कोठागोई

(चतुर्भुज स्थान के किस्से)

कोठागोई
(चतुर्भुज स्थान के किस्से)

प्रभात रंजन

वाणी प्रकाशन

प्रकाशन के उत्कृष्टतम 63 वर्ष

सजिल्द पहला संस्करण : 2015
सजिल्द दूसरा संस्करण : 2018
सजिल्द तीसरा संस्करण : 2026

vaniprakashan.com

वाणी प्रकाशन

4695, 21-ए, दरियागंज, नयी दिल्ली-110 002

फ़ोन : + 91 11 23273167, 23275710

शाखाएँ

अशोक राजपथ, पटना-800 004, बिहार

कॉफ़ी हाउस कैम्पस, महात्मा गांधी मार्ग, प्रयागराज-211 001, उत्तर प्रदेश

महात्मा गांधी अन्तरराष्ट्रीय हिन्दी विश्वविद्यालय, वर्धा-442 001, महाराष्ट्र

sales@vaniprakashan.in
vaniprakashan@gmail.com

Kothagoi
(Chaturbhuj Sthan Ke Kisse)
by Prabhat Ranjan

ISBN : 978-93-5072-994-6
Kothagoi

मूल्य : ₹ 495

चित्रांकन : मनीष वर्मा
आवरण : सम्पादकीय विभाग, वाणी प्रकाशन
आभार : सुहिता शिरोड़कर

जी.एस. ऑफ़सेट, दिल्ली-110 095 में मुद्रित

वाणी प्रकाशन का लोगो मक़बूल फ़िदा हुसैन की कूची से

समर्पण

लोक-जीवन के मर्मज्ञ लेखक
हृषिकेश सुलभ के लिए

विशेष आभार
पंकज दुबे को पुस्तक के
नामकरण के लिए

भूमिका

चतुर्भुज स्थान के उत्थान-पतन की रोचक किस्सागोई!

आज से चार बरस पहले...अगस्त का महीना। फोन घनघना उठा। आयोजक थे, मुज़फ़्फ़रपुर बिहार से। मुज़फ़्फ़रपुर यानी चतुर्भुज स्थान! सुनते ही मन बेचैन हो उठा। यह एक संयोग ही था कि पटना, बेगूसराय, आरा, मोतिहारी, दरभंगा यहाँ तक कि सीतामढ़ी भी हो आयी थी, लेकिन मुज़फ़्फ़रपुर कभी जाना नहीं हुआ। मन में कहीं न कहीं इस बात को लेकर एक गाँठ थी। तुरन्त हामी भरते हुए मैं मन ही मन आयोजकों की एहसानमन्द हो गयी जिनकी वजह से मैं अब मुज़फ़्फ़रपुर जाकर अपनी आँखों से उस जगह को देख सकूँगी जहाँ सदियों का सुरीला लेकिन अभिशप्त इतिहास दबा पड़ा है। पटना से मुज़फ़्फ़रपुर तक की सड़क-यात्रा इसी बेचैनी से बीती।

गोधूलि वेला हुई और मैं चतुर्भुज स्थान के सामने खड़ी थी।

एक शानदार इतिहास का सृजन इसी चतुर्भुज स्थान के गर्भ से हुआ था। पंछी मुंडेर पर सर झुकाये बैठे थे। ख़ामोशी पसरी हुई थी। सामने एक रंगबिरंगा बोर्ड दिखा 'चम्पारानी संगीत की दुकान', मैंने ठिठक कर अगलबगल देखा। आमन्त्रित करते चित्र-विचित्र बोर्ड लगी कोठरियाँ मानो चतुर्भुज स्थान के रंगीन गौरव का मखौल उड़ा रही थीं। उस सन्नाटे में भी मैं सुन पा रही थी, देख पा रही थी। यह कौन गा रहा था? यह कबकी बात है। शायद बरसों पुरानी आवाज़...

'काले भँवरे ने कली चटकाई
रस लूटा तमाम'

रस में भीगी सुरलहरियों की खनक, हारमोनियम पर मचलती उँगलियाँ, सरगम के पलटों का रियाज़ मारती कई आवाज़ें एक

साथ...हिदायतें-शिकायतें एक साथ। कहीं नखरे तो कहीं फिकरे, फिर दिखा अरमानों-वायदों का टूटता सिलसिला तो कहीं दम तोड़ता अदब-औ-तहजीब का सिलसिला।

चतुर्भुज स्थान की जड़ें अब सूख चुकी हैं। जैसे कोई सूखा पेड़, जो कभी पुराना घना दरख़्त हुआ करता था जिसकी छाया में कितने ही लोगों ने विश्राम किया, नया जीवन पाया।

कौन थे वो अनाम लोग जिनके रस के छींटे पाकर संगीत की अनेक विधाएँ अमरबेल बन गयीं! क्या इतिहास ने उन गुमनाम ज़िन्दगियों के योगदान का कभी सही आकलन किया? कभी नहीं, करता भी कैसे, इतिहास प्रायः ऐसी जगह पर मौन रहता है जहाँ समाज की प्रतिष्ठा उसे खतरे में पड़ती दिखाई देती है। लेकिन, लोकसंस्कृति की धारा इससे विपरीत है, वह निश्छल बहती है, अपना यात्रामार्ग स्वयं तय करती है, नित नये मोड़, नये कूल-कछार, नये विश्रामस्थलों का सृजन करती है। अतीत में छूटते और गन्तव्य में आने वाले तमाम अनाम शख्सियतों का हिसाब हमारी लोकधारा करती चलती है, किस्सागोई के रूप में, किंवदंतियों के रूप में, लोककथाओं के रूप में, गाथागायन के रूप में, लोकगीतों के रूप में। लोकसंस्कृति लिखित इतिहास की मोहताज नहीं। न जाने कितने किरदार बुजुर्गों की जुबान पर, लोककथाओं के रूप में, आज भी साँस ले रहे हैं। शुक्र है इस सशक्त लोकपरम्परा का, जिसने आज भी चतुर्भुज स्थान को स्मृतियों में जीवित रखा है और शुक्र है प्रभात रंजन जी का जिन्होंने कलम उठाई और पन्नाबाई, चन्दाबाई, भ्रमर गौहरजान जैसे नगीनों के जीवनवृत्त को संकलित करने के बहाने मुज़फ़्फ़रपुर का संगीत में योगदान पर विस्तार से लिखने का सार्थक उद्यम किया। ऐसा न होता तो चतुर्भुज स्थान की अनकही कहानियाँ सिर्फ़ कहानियाँ ही बन के रह जातीं।

मैंने भी सुनी हैं कई कहानियाँ! अपने उस्तादों से, बड़े बुजुर्गों से और गुणीजनों से। आगरा, फर्रुखाबाद, कानपुर, लखनऊ, बनारस से लेकर मुज़फ़्फ़रपुर तक की कहानियाँ। गायकी के उत्थान-पतन की कहानियाँ, तालीम और कठिन रियाज़ की कहानियाँ, मुहब्बत और फरेब की कहानियाँ, अपमान और जलालत की दुखद कहानियाँ।

जगमगाती गलियों की अधूरी कामनाओं की अनकही कहानियाँ। कहानी कहीं की भी हो, किरदार तो सब एक से थे। ज़माने भर की नफरत और निन्दा बर्दाश्त करते मुस्कुराते गुनगुनाते किरदार। तमाम दुनिया का रंज दिल में समेटे ऐसे किरदार जिनकी आवाज़ में इतनी ताब और कशिश थी कि किसी अजनबी का ग़म भी उनकी आवाज़ की कशिश सोख ले। किनकी आवाज़ें थीं ये। कौन थे ये लोग!

मुज़फ़्फ़रपुर और चतुर्भुज स्थान की जगत प्रसिद्ध संगीत परम्परा की अनगिनत कहानियाँ बड़े बुजुर्ग कलाकार आज भी बड़े अदब से सुनाते हैं। सुनहली स्मृतियों को याद करते उनकी आवाज़ बदल जाती है। एक से बढ़कर एक हुनरमन्द बाईजी लोगों का डेरा बन गया था चतुर्भुज स्थान। सारंगी के एक नामचीन उस्ताद जिन्होंने वहाँ काफी लम्बा अरसा गुजारा, चतुर्भुज स्थान का जिक्र आने पर बहुत भावुक हो गये। मुझसे बोले, "बेटा, हम लोगों को घर में हमारे वालिद और उस्ताद ने हिदायत दी कि ठुमरी-दादरा में 'बोल-काट' का चलन यदि सीखना है, तो मुज़फ़्फ़रपुर जाकर चतुर्भुज में कुछ बरस इन 'बाईजी' लोगों की सोहबत में गुजारो, वहाँ संगत कर ली तो फिर दुनिया में किसी भी कलाकार और कैसी भी गायकी के साथ संगत कर सकोगे।" बीसवीं सदी संगीत की सभी विधाओं के उत्कर्ष का समय था। बनारस, लखनऊ, पटियाला, दिल्ली, रामपुर, बड़ौदा, बम्बई, पूना तो संगीत के मुख्य केन्द्र थे ही, इस बीच खामोशी से बिहार का मुज़फ़्फ़रपुर तवायफों का बसेरा बन रहा था। बाईजी थीं तो जाहिर है उस्ताद भी एक से बढ़कर एक, कोई पटियाला घराने के तो कोई कलकत्ता से। गायिकाओं को शोहरत मिली और शोहरत बेशुमार धन दौलत का प्रलोभन साथ ले कर आयी। पचास और साठ के दशक में अनेक गुनी कलाकार दिल्ली, लखनऊ और बनारस छोड़ कर चतुर्भुज स्थान आकर यहाँ की गायिकाओं के साथ बजाने में फख्र महसूस करने लगे। उस दौर में पूरे देश में एक से बढ़कर एक गानेवालियाँ थीं और उनकी शोहरत बुलन्दियों को छू रही थी। यह उनकी खुशकिस्मती थी कि उनमें से कुछ को रियासतों और दरबारों ने इज़्ज़त बख्शी, कुछ को कलामर्मज्ञ श्रोताओं का सान्निध्य मिला, और कुछ को नामचीन शायरों के कलाम। लेकिन चतुर्भुज

स्थान की यह बदकिस्मती थी कि उन्हें सिर्फ और सिर्फ सौदागरों का बाजार मिला जहाँ हर चीज की बोली लगती थी फिर चाहे वह गायकी की हो या कुछ और!!

मुजरे के लिए मशहूर इन गायिकाओं की गाई ठुमरी दादरा कजरी चैती झूमर ग़ज़लों की भी धूम थी लेकिन उन्हें वह इज़्ज़त कभी न मिल सकी जो उनकी समकालीन गायिकाओं को मिली क्योंकि आमजनधारणा ने उन्हें पतिता जो माना था।

मुझे दिली सुकून है कि मुज़फ़्फ़रपुर की शापित गायिकाओं का गुमनाम इतिहास अब गुमनाम नहीं रहेगा। बीते वक़्त की ज़िन्दगियों का लेखाजोखा एकत्र करना बहुत मुश्किल काम है लेकिन प्रभात जी ने यह कर दिखाया है। चतुर्भुज स्थान के उत्थान से पतन तक की कहानी रोचक किस्सागोई शैली में लिखी गयी है।

गौर से सुनिये, पन्नाबाई गाते हुए कुछ कह रही हैं–

बड़ी दुआएँ मिलेंगी बेटा...
'तुम चाह करो हम चाह करें
क्यों रार करें क्यों आह भरें'

–मालिनी अवस्थी

किताब से पहले

कभी सोचा नहीं था इतने किस्से बन जायेंगे। 2003 में 'तद्भव-9' में एक किस्सानुमा छपा था। कहानियाँ इतनी जमा होती गयीं कि अगले 12 वर्षों में 12 किस्से बन गये। कुछ नहीं, गीत-संगीत की परम्पराएँ सुनने वालों के सहारे चलती हैं। उनमें अक्सर वे लोग होते हैं जिनको संगीत के शास्त्र का कोई ज्ञान नहीं होता। ऐसे ही लोगों के किस्से सुनता रहा, अपने कम्प्यूटर में लिखता गया। महफ़िल गायकी के किस्से, गायिकाओं के किस्से, उन गायिकाओं के जो तिरहुत, मिथिला से लेकर नेपाल तक में जा-जाकर ज़मींदारों, बाबुओं के घर में खुशी के मौके पर जाकर महफिलें सजाया करती थीं।

इसमें गीत-संगीत, किस्से-कहानियाँ जो भी हैं सब उस लोक का है जहाँ करीब 125 साल से गीत-संगीत की वह बस्ती अब भी आबाद है। रूप चाहे जितना बदल गया हो लेकिन उसकी गलियों से गुजरिये तो आपको आज भी थोड़ा-बहुत ही सही यह लग जायेगा कि आप जैसे इतिहास की एक जीती जागती गली में आ गये हों। सब उनका है। मैंने तो बस लिख भर दिया है। झूठ हो या सच—किस्से-कहानियों का यही सत होता है!

सब उजड़े, गुम हो गये, समय के फेर में पड़ फिर गये, इधर-उधर हो गये। लेकिन यह अब भी है। घूमिये, मिलिये, जुलिये तो इसके किस्से मिल जायेंगे। यहाँ शायद नहीं, आसपास फैले गाँवों में, पुराने कस्बों में, गंजों में, चौराहों में। यहाँ तो अँधेरा बसता जा रहा था, उजाला तो दूर ही फैलता है न, सुगन्ध फूल में होता है सुवास दूर ही फैलता है न। सीतामढ़ी, दरभंगा से लेकर नेपाल उस पार जनकपुर, जलेश्वर जैसे शहरों के गाँवों में, गलियों में फैले हैं किस्से।

एक शास्त्रीय परम्परा रही है। शुरू से ही। जिसके बारे में थोड़ा बहुत किताबों में भी लिखा गया है। आला फनकारों, कलाकारों के

बारे में। छन्नूलाल मिश्र, जिनके उस्ताद अब्दुल गनी खान साहब कहते हैं कि उनको यही गुरु ज्ञान दिया था कि गायक वही कहलाता है जो गाने वालों के समझ में आता है, उनके मन में बस जाता है। नहीं तो उस्ताद बन जाता है। ब्रजबाला देवी, जिनकी गायकी ने चतुर्भुज स्थान को एक नया मकाम दिया, उसे बुलन्दियों पर पहुँचाया, के बारे में अब भी बताने वाले मिल जाते हैं। बताने वाले बताते हैं कि फ़िल्म 'गूँज उठी शहनाई' में भरत व्यास के लिखे प्रसिद्ध गीत 'दिल का खिलौना हाय टूट गया' की धुन उस्ताद बिस्मिल्लाह खान ने उनसे उधार ली थी। खान साहब आजीवन ब्रजबाला देवी को अपनी छोटी बहन मानते रहे।

लन्दन में जाकर बस जाने वाली पन्ना देवी को किस्सों के बाहर अब कौन याद करता है? यह तो लिखित दस्तावेज़ है कि 70 के दशक में यूनिसेफ ने देश के कलाकारों का दस्तावेज़ तैयार करवाकर जारी किया था उसमें बिहार से बस एक गायिका का नाम दर्ज किया गया था। वह पन्ना देवी का ही था।

बड़े-बड़े ज़मींदार हुए, नवाब हुए, राजा, साहब, बाबू, सब हुए। न जाने कितने रईसों की शान की कहानियों में चतुर्भुज स्थान की किसी गायिका की कहानी उलझ गयी। इसी उलझा-सुलझी में यहाँ की कहानियाँ चलती रही हैं। अब न महफ़िल जमाने वाले बचे न महफ़िल लगाने वाले। परम्परा के अवशेष बचे हैं। कुछ अवशेषों के टुकड़े जोड़ने की कोशिश की गयी है इन किस्सों में।

कहवन्तों ने कथा कही, सुनवन्तों ने सुनी। गुणवन्त शायद नाक-भौं सिकोड़ें लेकिन लोक की परम्पराएँ ऐसे ही चलती हैं, पीढ़ियों चलती रहती हैं, बनती-बिगड़ती रहती हैं। हाशिए का जीवन, उससे जुड़ी कहानियाँ कुछ लोगों तक पहुँच जायें, यही कोठागोई का उद्देश्य है।

आभारी हूँ कवयित्री रश्मिरेखा जी का, अपने प्रिय सम्पादक पीयूष दईया का, युवा लेखक प्रचंड प्रवीर का, वरिष्ठ लेखिका गीताश्री का, सुदीप्ति जी का, मित्र आशुतोष भारद्वाज का, गिरिराज किराडू का, युवा आलोचक राकेश बिहारी का, युवा कवि-गीतकार त्रिपुरारि कुमार शर्मा का। आभार अरुण माहेश्वरी जी और अदिति जी का

जिन्होंने लगातार मेरा उत्साह बनाये रखा।

सबसे अन्त में आभार आत्मीय मित्र कलामर्मज्ञ यतीन्द्र मिश्र का।

और अन्त में, याद आ रहा है सीतामढ़ी में रामनवमी के मेले में सुनयना के नाच का यह गीत—

जिन बाबू ने दिया रुपइया वे हैं मेरे दिल के अन्दर
मैं हूँ उनकी हेमा मालिनी वे मेरे धरमेन्दर!

आप 'कोठागोई' के किस्सों का आनन्द लें। अच्छी लगे तो उन गुमनाम गायिकाओं के गुण गाएँ, न जमें तो दोष इस लेखक का! जो भी है जैसी भी है 'कोठागोई' आपकी हुई!

—प्रभात रंजन

मैं चतुर्भुज स्थान की शपथ लेकर कहता हूँ कि
इस पुस्तक में जो लिखा है सब झूठ है।
इसमें झूठ के सिवा कुछ नहीं है।

अनुक्रम

सुरों की सात गलियाँ औ' अदब का एक चौराहा
यहाँ कहवन्त हैं सुनवन्त हैं गुणवन्त हैं आहा!
यही वह धाम है मिलता जहाँ हूरों का नज्जारा
चतुर्भुज स्थान है हर चाहने वाले का दिलचाहा!
सभी आते सभी जाते न कोई ऊँच, न छोटा
है जिसके माल अंटी में उसी की है यहाँ वाहा!

सुरों की सात गलियाँ औ'
अदब का एक चौराहा
यहाँ कहवन्त हैं सुनवन्त हैं
गुणवन्त हैं आहा!
यही वह धाम है मिलता जहाँ
हूरों का नज्जारा
चतुर्भुज स्थान है हर चाहने
वाले का दिलचाहा!
सभी आते सभी जाते न कोई
ऊँच, न छोटा
है जिसके माल अंटी में उसी
की है यहाँ वाहा!

जहाँ संगीत इबादत से पहले है!

दुनिया तो याद रह गयी देवता भुला गये—किराना भण्डार वाले चौधरी जी ने अगर तंज़ नहीं किया होता मुझे भी क्या ध्यान आता। न मैं वहाँ मन्दिर में दर्शन के लिए गया था न कोई जाता है—

यहाँ का और है मौसम नज़ारे और होते हैं
अजब धरती अजब अम्बर सितारे और होते हैं
कोई बैठा है अफ़सुर्दा कोई मदमस्त फिरता है
मोहब्बत करने वालों के इदारे और होते हैं
इधर मन्दिर उधर मस्जिद कि सजदा कौन करता है
इबादत करने वालों के सहारे और होते हैं!

लेकिन यहाँ तो जो हैं वही हैं। उनके ही नाम से सब जाना जाता है। ऐन चौराहे पर उनका मन्दिर है। आप कहीं से आयें, कहीं जायें उनसे बचकर न आ सकते हैं, न जा। प्राचीन स्थान है, देवता, मन्दिर भी पुराना। लेकिन कहते हैं महातम नहीं मिला। महातम है शहर में बाबा गरीबनाथ का, देवी के मन्दिर का। यहाँ का उतना नहीं—चतुर्भुज स्थान! बाबा का स्थान बन गया नाचने-गाने का ठिकाना! सब उनकी मर्जी, उनका प्रताप!

सबसे अजीब बात यह है कि जो इस जगह से अच्छी तरह वाक़िफ़ हैं, भले इसके इतिहास और ढहती सांस्कृतिक परम्परा से अच्छी तरह वाक़िफ़ न हों उनके सामने भी अगर कहा जाये—चतुर्भुज स्थान! उसके दिमाग़ में पहला ख़याल देवता और देवता के मन्दिर का नहीं आयेगा।

नहीं आता है।

जबकि सब कुछ है देवता और उसके मन्दिर की महिमा जगाने के लिए। पता कीजिए सब पता चल जाता है। भगवान के जिस

चतुर्भुज रूप के नाम पर यह सब जगत प्रपंच हुआ, कहते हैं, 700 साल पहले तुर्की में चार भुजाओं वाले भगवान की मूर्ति तुर्की गाँव में ज़मीन से प्रकट हुई। वहीं पूजा होने लगी। कई सौ साल से ऊपर चली होगी पूजा या जाने कब तक। सब कुछ सही चल रहा था।

कहते हैं कि भगवान को वहाँ के भक्तों की भक्ति पसन्द नहीं आ रही थी। न भक्त अच्छे न माहौल। दूर गाँव में वे एक बाबा के सपने में प्रकट हुए। बोले, 'अपने शिव मन्दिर में मुझे भी स्थान दो। वही मेरा स्थान है। मुझे यहाँ से मुक्त करो। मन चित्र-विचित्र हो रहा है।' सुबह होते ही बाबा चल पड़े। बाबा का बड़ा नाम था उस ज़माने में जब शहर बना ही नहीं था और आज का मुजफ़्फ़रपुर तब पाँच गाँवों में पसरा हुआ था। बाबा ने कई गाँवों में पीपल के पेड़ों के नीचे महादेव के मन्दिर स्थापित किये थे। कुछ दिन पहले ही उस महादेव मन्दिर की उन्होंने स्थापना की थी जिस मन्दिर के बारे में भगवान ने उनको सपने में कहा था।

बाबा पैदल ही 20 कोस दूर के गाँव निकल पड़े। पैदल ही गये। चार भुजाओं वाले भगवान की प्रतिमा उठाई और भगवान को लेकर वापस पैदल ही चल पड़े। कहते हैं काँसे की मूर्ति का वज़न अच्छा-खासा था। लेकिन बाबा ऐसे उठाये हुए थे जैसे उन्होंने फूल उठा रखा हो।

फूल की ही तरह बाबा को सब भूल गये। खुशबू साथ रह जाती है, फूल कहाँ ...कहते हैं पीपल के पेड़ के नीचे महादेव के बगल में चार भुजाओं वाले देव की मूर्ति स्थापित करने के बाद बीस में दो कम साल तक बाबा ने वहाँ भगवान की पूजा करवाई। जिस दिन मन्दिर में भगवान की मूर्ति स्थापित हुई थी उस दिन हर साल स्थापना दिवस मनाने का उद्यम किया। हर साल नये धान की फ़सल के बाद मकर संक्रान्ति के दिन से वे बैलगाड़ी और साथ में 2-3 अच्छे मजबूत स्वयंसेवियों को लेकर आसपास के गाँवों में जाते और किसानों-ज़मींदारों के घर से जो मिल जाता लेकर आते और उसी पैसे से दो दिन के कीर्तन का आयोजन करते।

जब वे गाँवों जाते थे तब लगे हाथ गाँवों के कीर्तनियों को भी हंकार देकर आ जाते थे। खाना-पीना, रहना उनकी तरफ़ से। बाकी भगवान के सामने बैठकर कीर्तन करने का मौक़ा सबको बराबर

मिलेगा। खाना तो वहाँ आने वाले हर आदमी को दिया जाता था।

बाबा का अब कोई नाम नहीं मिल पाया तो कोई बात नहीं। यहाँ इस कहानी में मैं उनका नाम फिलहाल गुमनामी बाबा रखता हूँ। साथ में यह निवेदन भी है कि उन गुमनामी बाबा का कोई सम्बन्ध उन गुमनामी बाबा से नहीं है जिनकी 1980 के दशक में फैजाबाद में मृत्यु हो गयी थी। यह उनके आने से बहुत पहले की बात है। बात तब की है जब देश ग़ुलाम था लेकिन उसकी कोई आह नहीं थी, न ही आज़ादी की कोई चाह उमगी थी। कम से कम उस इलाके में नहीं जहाँ की बात हो रही है।

कहते हैं पहले तो दो-एक साल तो आसपास रहने वाले, पैसे को दाँत से पकड़ने वाले ज़मींदारों ने बाबा के काम में कुछ ख़ास उत्साह नहीं दिखाया। लेकिन तीसरे साल वहाँ कुछ ऐसा हुआ कि मेला वाला मन्दिर जगत प्रसिद्ध हो गया।

पकड़ी गाँव की एक औरत आयी थी उस साल मेले में। ज़िले में आसपास कोई मन्दिर, कोई स्थान ऐसा नहीं था जहाँ उसने जाकर आँचल न फैलाया हो। 8 साल से यही तो कर रही थी। अपने माथे से बाँझ का कलंक मिटाने के लिए उसे और कोई चारा नहीं सूझ रहा था। बाबा के स्थान भी आयी। अपनी माँ और भाई के साथ। उम्मीद में हर अपनी बड़ी बहन के पति के साथ जाती थी। पता नहीं उम्मीद कहाँ पूरी हो जाये।

उस साल थोड़े बहुत किरतनिया आये थे। कुछ किसान। दूसरी रात जब वह सोई हुई थी कि कहते हैं उसको सपना आया। सपने में वही भगवान आये। कहने लगे, 'जाओ अपने गाँव लौट जाओ। आज के आठ दिन बाद जो पूर्णिमा आने वाली है उस दिन गाँव में अपने घर के दक्षिण आँवला का एक पेड़ लगा देना। एक महीने तक उसमें रोज़ सुबह सूरज की पहली किरण के साथ पानी देना। एक महीने बाद भी अगर पेड़ हरा हो गया तो अगले मकर संक्रान्ति से पहले तुम्हारी मनोकामना पूरी होगी। हाँ, याद रखना। मनोकामना पूरी होने के बाद अगले साल आकर अपनी ख़ुशी और सामर्थ्य से यहाँ चढ़ौना चढ़ा जाना।' सुबह उठते ही उसने अपनी माँ से सपना सुनाया और तीनों उसी समय भगवान को प्रणाम करके चल पड़े।

अपने ससुराल में जाकर उस औरत ने सब कुछ सपने के अनुसार

ही किया। ख़ुशख़बरी आयी। अगहन मास आते आते घर में बेटे की जन्म की ख़ुशी में 7 दिनों तक पामरियों का गायन हुआ।

इस बीच मुँहामुँही बात फैलती रही। अगले ही साल जब गुमनामी बाबा अपनी गाड़ी और गिनेचुने लोगों को लेकर मकर संक्रान्ति के दिन अनाज संग्रह के लिए निकले तो गाड़ी कम पड़ गयी। कई गाड़ियों में भर कर अनाज मन्दिर के पास आया।

मन्दिर के बारे में मशहूर हो गया कि माघ महीने में महादेव मन्दिर के मेले में अगर कोई निस्सन्तान आये तो उसकी गोद भर जायेगी। कितनी आती मन्नतें लिए, कई मन्नतें पूरी करने। जो मेले में नहीं आ पाते वे आगे पीछे आने लगे। बाँस-फूस जोड़कर एक मन्दिर भी बन गया।

गुमनामी बाबा का भी महातम बढ़ने लगा। कहते थे अन्न ग्रहण नहीं करते थे। दही में आलू मिलाकर खाते। जो भी उनके आशीर्वाद की आकांक्षा लिए आता एक हाथ में दही की हाँडी दूसरे में उबले हुए आलू लेकर आने लगा। कहते हैं उनकी कुटिया के बाहर दही और आलू की हाँडियाँ रखी रहती थीं। देव महादेव दोनों की पूजा के बाद वे बाहर आते और जिस हाँडी को अपने भोग के लिए उठा लेते वह उसके लिए सौभाग्य सूचक समझा जाने लगा। बाकी हाँडियाँ प्रसाद की तरह लोगों में बाँट दी जाती थीं।

दूर-दूर के गाँवों में यह चर्चा फैलने लगी कि कैसे भवप्रसाद गाँव के पंडित जी की बहू की हाँडी उन्होंने उठा ली और उसका गोद भर गया, किसी का बचपन से चला आ रहा अधकपारी ठीक हो गया, किसी की बेटियों के विवाह में अच्छा वर मिल गया। रोग का तो ऐसा था कि न जाने कितने लोगों के असाध्य रोग दूर हो गये। शाश्वत असाध्य रोग गरीबी से पीड़ित उस इलाके की आम जनता के बीच न जाने कैसे चमत्कारी गुमनामी बाबा के क़िस्से घूमने लगे। वे किसी के सपनों में आने लगे, किसी को नींद से जगाकर दही माँगने लगे, किसी को दही खाने के लिए बुलाने लगे, किसी के खेत में आलू की फ़सल लगी होती थी तो उससे आलू की माँग करने लगते, कभी सपने में तो कभी दोपहरी की एकान्त में खेत से लौटते किसी किसान के कानों में यह आवाज़ गूँजने लगती—आलू पहुँचा जाना...

उस ज़माने में जब आम कहे जाने वाले लोगों के लिए दूर दूर तक सफ़र करने का एक ही जरिया होता था–अपने पाँव नापो ठाँव। लोग दूर-दूर से दही आलू लेकर आने लगे। मन्नतों-मुरादों की हाँडियाँ जिनमें से बाबा एक तो सुबह खा लेते थे, दूसरी दोपहर के लिए रख लेते थे, तीसरी सन्ध्या आरती के बाद खाते और मन्दिर का पट बन्द करके सो जाते थे।

कहते हैं मन्नतों-मुरादों के बोझ से भरी इतनी हाँडियाँ उस ज़माने में चढ़ने लगीं कि प्रसाद में बाँटने के बाद भी ख़त्म नहीं होती थीं। दूध-दही की नदियों के क़िस्से सुनते आये लेकिन हक़ीक़त में उससे वंचित सैकड़ों घरों में दूध न सही लेकिन गुमनामी बाबा की कृपा से दही पहुँचने लगी। देवता के साथ-साथ बाबा की या कहें बाबा के साथ-साथ देवता की चर्चा फैलती जा रही थी। महिमा बढ़ती जा रही थी।

इसी बीच, कहते हैं कि पटना के एक सेठ की मन्नत पूरी हुई। उसके घर में 14 साल बाद चिराग आया, खुशियाँ आयीं। वह उसी ख़ुशी में मगन हो गया। कहते हैं भगवान एक दिन उसके सपने में आये और बोले, भूल गया। ख़ुद तो इतने बड़े महल में रहता है। और भगवान के लिए कुछ भी नहीं। सेठ की भगवान और बाबा दोनों के ऊपर पूरी आस्था थी। अगले ही दिन नदी पार करके मुजफ़्फ़रपुर गया मन्दिर का काम शुरू करवा कर आ गया। महीने भर में पक्का मन्दिर तैयार हो गया। उससे लगा हुआ गुमनामी बाबा का कमरा भी बनवाया गया।

उसके बाद सालाना मेला और बड़ा लगने लगा। अब न आने वालों की कमी रह गयी और न ही गाने वालों की। माघ पूर्णिमा के दिन सारी रात दूर-दूर से आये कीर्तनियों की प्रतियोगिता होने लगी। जीतने वाले को इनाम में हर बार ज़िले के उन ज़मींदारों की तरफ़ से इनाम दिया जाने लगा जिनके बारे में यह कहा जाता था उनमें से कई तो ऐसे थे कि आसपास के राजा कहाने वाले भी वक़्त-कुवक़्त उनसे पईंचा-हथफेर कर लेते थे।

उस ज़माने में ज़मींदारों के बीच वह भी एक शान दिखाने का मौक़ा बन गया। हर साल एक ज़मींदार की तरफ़ से जीतने वाले कीर्तनिया को इनाम दिया जाता था। ज़माना ऐसा था कि रुपये-पैसे

से अधिक मोल आम के बाग़, कटहल के पेड़, पोखर, मखान, धान, गाय, भैंस, बैल, घोड़े, हाथी का था। रुपये-पैसे का ज़रा कम था। गाँव का था, देहात का था, शहर का ज़रा कम था।

इनाम के लिए कीर्तनियों में होड़ मची रहती थी। गाँव-गाँव कीर्तन मंडली बनने लगी, नवयुवकों में धर्म को लेकर, धार्मिक आयोजनों को लेकर रुचि बढ़ने लगी। शिवहर कोठी के गन्नू कीर्तनिया को लगातार तीन सालों तक इनाम मिला था। कहते हैं इनाम में ही उसको तीन गाँव में लीची के दो बाग़, और दो पोखरी मिल गयी थी। भगवान ने, भगवान की भक्ति ने उनकी किस्मत ही बदल दी।

गुमनामी बाबा के इस योगदान के ऊपर कभी कोई काम नहीं हुआ, कभी किसी इतिहासकार की नज़र, किसी संगीत पारखी की नज़र नहीं गयी। मुझे अपने दादाजी के मित्र रायबहादुर गोवर्धन शाही की यह बात याद आ जाती है। यह तब की बात है जब मेरे लिए संगीत का मतलब सिनेमा का गीत ही होता था। बाकी सब भक्ति संगीत। हाँ, तो बात राय साहब की हो रही थी। उनका कहना था, अजीब बात है, भक्ति के बोल जब महफ़िलों में गाया जाता तो शास्त्रीय संगीत कहलाता है, वही बोल जब मन्दिरों में गाया जाता है तो भजन क़हलाता है। संगीत का एक ही उद्देश्य होता है, जो दिखाई देता है और जो नहीं दिखाई देता है उसके बीच मेल बनाना।

मैं यह कह रहा था कि जिसे बाद में हवेली संगीत के रूप में पहचाना गया। जिसके ऊपर बड़ी-बड़ी किताबें लिखी गयीं, मन्दिरों में गाया-बजाया जाने वाला वह गीत संगीत उस ज़माने में मुजफ़्फ़रपुर की मन्दिरों की ख़ास पहचान बन गयी। ज़िले में इतने कीर्तनिये हो गये कि हर मन्दिर सुबह शाम उनके झाल-मंजीरों से गूँजने लगे। राम, कृष्ण, शिव भगवान की शान में गीत गाये जाने लगे। चतुर्भुज स्थान मन्दिर क्या बना गीत संगीत की एक नयी धारा सी ही चल पड़ी। गुमनामी बाबा के इस योगदान को कोई याद नहीं करता।

अजीब बात है यहाँ कोई कुछ भी याद नहीं करता। तिरहुत के दूसरे कोने में, सीता की नगरी में सीता कीर्तन मंडलियों को भी अब कौन याद करता है। सीता के दुःख के गीत गाने वाले, गाँव-गाँव घूमकर यह बताने वाले कि पश्चिम में बेटी की शादी करने से अपनी

धरती की बेटी को कितना दुःख उठाना पड़ा था। मिट्टी से पैदा हुई थी मिट्टी में ही समा गयी। उनकी माटी के लोग गले में हूक भरकर उसके गीत गाते–

भाग अभाग किये विधना ने
बेटी को दुःख भार दिये
राज करे राजा कहलाये
जीवन से सुख साज लिए
दूध नहाई फूलों खेली
बेटी को दुर्भाग दिये
जिस पच्छिम का राम कहाये
उस पच्छिम पर गाज गिरे...

कहते हैं महंथ इनरजोत परमहंस के मठ के कीर्तनियों ने जब एक साल चतुर्भुज स्थान के मेले में सीता कीर्तन का यह गीत गाया था तो उनके कीर्तन में बार-बार आते पच्छिम शब्द के कारण सिपाही आ गये थे। माँ सीता के दुःख में आवाज़ मिलाने के लिए गाये गये इस गीत को तब अंग्रेज़ों के खिलाफ़ विद्रोह का गीत समझ लिया गया था।

सिपाही कीर्तन रुकवाने के लिए कहने लगे तो गुमनामी बाबा अड़ गये। अकेले दीवार की तरह सिपाहियों के सामने खड़े हो गये। गोरी फ़ौज के सिपाही थे। कहा- सुनी होने लगी, धक्का-मुक्की होने लगी। उसी सब के बीच किसी ने पत्थर चला दिया जो एक सिपाही की आँख के ऊपर लग गया। उसके बाद जो हुआ वह कुछ बाबू साहबों की डायरी में दर्ज होकर बन्द हो गया। जिस तरह गुमनामी बाबा का नाम बताने वाला कोई नहीं मिलता उसी तरह उस कहानी को भी लोग भूल गये। कहते हैं उस रात शहर घोड़ों की टापों और चीख पुकारों से भर गया था। अगले तीन दिन तक आकाश में चील उड़ते रहे।

कहते हैं एक सिपाही का भाला गुमनामी बाबा के आरपार निकल गया था। उनकी लाश भी नहीं मिली। बाबा नहीं रहे उनकी कहानियाँ रहीं। पूरे तिरहुत में बाबा किसानों के, दुखियारों के सपनों में पहले की तरह ही आते रहे। लेकिन दही-आलू माँगने नहीं। वे भजन गाने लगते थे।

कहीं किसी दस्तावेज़ में इस बात का उल्लेख नहीं मिलता है लेकिन कहते हैं उसके बाद ज़िले के जिस ज़मींदार की ज़मीन पर मन्दिर बना था उन्होंने अंग्रेज़ों के इस कुकृत्य के विरोध में गीत-संगीत का और बड़ा मेला लगाना शुरू कर दिया। पहले से अधिक लोग जुटने लगे। सिर्फ़ ज़िले के ही नहीं देश भर से लोग बुलाये जाने लगे। लोग आते, वहाँ गाते और वहाँ की खुशबू अपने साथ ले जाते।

कहते हैं वहाँ आना, वहाँ गाना अंग्रेज़ी राज में विद्रोह का बड़ा प्रतीक बन गया था। गुमनामी बाबा का नाम गुम होता गया संगीत की रौनक बढ़ती गयी। पुरानी परम्पराएँ मिटती गयीं नयी बनती गयीं।

सौ साल से कई-कई बरस ऊपर हो गये। मन्दिर का संगीत महफ़िल के संगीत में बदल गया। लेकिन चतुर्भुज स्थान और संगीत का रिश्ता बरकरार रहा। हर गूँजती आवाज़ में गुमनामी बाबा की आवाज़ बसी हुई है, जिन्होंने सारे इलाके में गीतों की गूँज को गरीब गुरबों से लेकर अमीर उमरों के जीवन के रस से घोल दिया था।

वहाँ आज संगीत इबादत से पहले है! पूजा आज भी पहले गीत की होती है संगीत की होती है। चतुर्भुज भगवान हैं तो गीत है, चतुर्भुज स्थान है तो संगीत है! कहने वाले कहते हैं कि गुमनामी बाबा का कौल है जब तक यहाँ चतुर्भुज स्थान है तब तक गीत संगीत की महफ़िल कभी नहीं रुकेगी।

रंग बदला ढंग बदला लेकिन महफ़िल अब भी जारी है!

जीवन सफ़र ने हमको भरमा के रख दिया है
क़िस्से-कहानियों में उलझा के रख दिया है
जायें तो कहाँ जायें किस किस को मुँह दिखाएँ
चम्पा चमेलियों ने शरमा के रख दिया है

जीवन सफ़र ने हमको
भरमा के रख दिया है
क़िस्से-कहानियों में
उलझा के रख दिया है
जायें तो कहाँ जायें किस
किस को मुँह दिखाएँ
चम्पा चमेलियों ने शरमा
के रख दिया है

सुना गुना समझा जाना बुना!

कुछ सुना, कुछ गुना, कुछ समझा, कुछ जाना—सब मिलाकर बुना।

क़िस्से-कहानियों में कहाँ कहाँ की बात कहाँ कहाँ जुड़ती चली गयी। देख रहा हूँ जब तार जोड़ने की कोशिश कर रहा हूँ तो क़िस्से याद आते जा रहे हैं लेकिन कौन कब कहाँ? कुछ गड्ड-मड्ड सा होता जा रहा है, जैसे कुहरीले दिन में धूप फँस गयी हो। बस कहानियाँ ही रह गयी हैं।

'जिनकी शान थी, शौक़त थी, हाथों में बरकत थी, चेहरे पर नूर था! जिनके हाथी थे, घोड़े थे, 9-9 कोस पर डेरे थे! जिनके देखने वाले कम ही थे, सब सुनते थे जिनके बारे में, बड़े-बड़े साहबों की मोटर जिनके दुआरे खड़ी रहती थी—उनके भी जीवन का कोई नामोनिशान नहीं रहा, न कोई हवाल, न अहवाल। समय की धूल में भी जो बचा रह गया वही क़िस्सा है ये। सुनाता हूँ सालों सालों के चले आ रहे तूफान, अन्धड़, बाढ़, सूखे में भी बाकी बच गये इस हिस्से की, रामधुनी के क़िस्से की...' रामधुनी का क़िस्सा शुरू होता था तो ज़ुबानी इतिहास ने न जाने कितने अध्याय समेट देता था। आगे की गिरह खोलता जाता था, पिछला सिरा उलझाता!

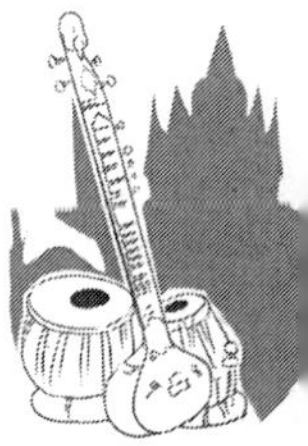

और कुछ नहीं, सुनी-सुनाई बातों को कितना सहेज पाया, कितने को भुला कर सदा के लिए सहेज दिया—कह नहीं सकता। जो कह रहा हूँ उसमें कितना सच है कितना झूठ कौन जानता है! वैसे हम जो जानते हैं वह भी पूरा का पूरा सच होता है कैसे कहा जा सकता है। न जाने कितने झूठ समय के साथ सच हो जाते हैं और कितने सच धूल हटने पर झूठ साबित होते हैं। क़िस्सों को इससे कोई फ़र्क़ नहीं पड़ता। वे पहाड़ों की तरह होते हैं, हमेशा कायम रहते हैं।

क़िस्सों की बात से अपना क़िस्सा याद आ गया।

सनातन धर्म पुस्तकालय से लेकर शरत्चन्द्र का उपन्यास

'देवदास' पढ़ा ही था कि यह क़िस्सा सुनने को मिला। शास्त्री सर ने सुनाया था, रामधुनी ने नहीं। संस्कृत पढ़ाते थे। संस्कृत पढ़ने के लिए नहीं हम उनके क़िस्सों के दीवाने थे। और परीक्षा से पहले के आख़िरी महीने में जब मेरे बीच के नौ के नौ विद्यार्थी उनके ट्यूशन का 30 रुपया लेकर गोल हो गये थे तो एक महीने देर से ही सही लेकिन मैंने उनकी फीस चुका दी थी तो इसीलिए कि उनके सुनाये क़िस्सों की तासीर मेरे ऊपर गहरी रही। संस्कृत का आलम तो यह रहा कि दसवीं के बाद जैसे ही उससे पीछा छूटा मैंने पलटकर उसकी तरफ़ नहीं देखा!

'जानते हो देवदास की पारो कहाँ की रहने वाली थी?' शास्त्री जी ने पहले मेरी तरफ़ फिर सबकी तरफ़ देखते हुए पूछा तो मैं तत्काल समझ गया सर आज कुछ सुनाने के मूड में हैं।

मैं चुपचाप उनकी तरफ़ देखे जा रहा था। उन्होंने मेरे हाथ में देवदास की सजिल्द प्रति देखी थी और सवाल पूछ दिया। मैं समझ नहीं पा रहा था। तो साहब, उस सुबह ट्यूशन का समय उनके इसी क़िस्से में चला गया। वह तालसोनापुर गाँव के देवदास और पार्वती को लेकर कोई क़िस्सा नहीं था, वह क़िस्सा था उस पारो का जो तालसोनापुर में नहीं मुजफ़्फ़रपुर के हरिसभा चौक की रहने वाली थी। 'शरत् बाबू उसके पीछे-पीछे यहाँ आ गये थे। बंगाली क्लब के मैनेजर थे, घोष बाबू, वही बताते थे। करीब एक साल तक रहे शरत् बाबू यहाँ। गुरुदेव रवीन्द्रनाथ टैगोर का आना तो इतिहास में दर्ज है लेकिन शरत् बाबू को तब कोई नहीं जानता था न। इधर-उधर भटकते रहे, जीवन काटते रहे। चले गये। कहते हैं पारो से उनकी मुलाक़ात भागलपुर में ही हुई थी। उनकी रिश्तेदारी में आयी हुई थी पूजा की छुट्टियों में। ऐसा राग जुड़ा कि घर से बैराग लिया। उसके पीछे-पीछे यहाँ आ गये। बंगाली क्लब के मैनेजर ने पहले ही दिन उनको देखकर समझ लिया कि कोई भद्र बाबू है और उनके रहने-खाने का इन्तजाम अपनी तरफ़ से करवा दिया। यहाँ से लौट कर ही तो लिखे थे 'देवदास'।

'घोष बाबू को उन्होंने एक प्रति भिजवाई थी। मैंने ख़ुद अपनी आँखों से देखा था। उनके मिठनपुरा वाले घर में मेरी बुआ किराये पर रहती थी। वहीं आते-जाते उनसे मिलना होता था। सत्संगी

आदमी थे, इतना ज्ञान दिये कि पूरा याद से लिख दूँ तो मुजफ़्फ़रपुर शहर का इतिहास बन जाये। अभी तक किसी ने लिखा नहीं है। सोचता हूँ इस नौकरी से रिटायर होने के बाद वही काम मन लगाकर करूँगा। नहीं तो उनका ज्ञान सारा बेकार चला जायेगा—उन्होंने याद से सुनाया और मैं नादानी में भुला दूँ, अनुचित होगा।'

'सर, आप पारो की कहानी सुना रहे थे', रमण ने टोका। उसे हमेशा डर रहता था कि देर हो गया तो 8 बजे गुप्त सर के साइंस कोचिंग में नहीं पहुँच पायेगा, और एक दिन का नुक़सान हो जायेगा। वह चाहता था, कहानी तो चले लेकिन जल्दी चले...

'तुमको तो हमेशा जल्दी रहती है। जानते हो, क़िस्से-कहानी जल्दी-जल्दी में सुनाये जायें तो अपना सत खो देते हैं, जो उसका सच होता है सब झूठ बन जाता है। अब तुमने टोक दिया, देखना तुमको कहानी का सत नहीं फलेगा...'

क़िस्सा सुनने-सुनाने को लेकर भी उनकी बड़ी मौलिक स्थापना से परिचय हुआ था, आज तक जिसके ऊपर कभी-कभी सोचता हूँ। आप भी पढ़िए और सोच में पड़ जाइये। पंडित चतुरानन शास्त्री का कहना था कि हम जो क़िस्से-कहानियाँ सुनते-सुनाते हैं उनमें हमारे पुरखों की बानी होती है। उन क़िस्सों के साथ-साथ वे हमारे साथ-साथ रहते हैं। जब हम सुनते हैं, सुनाते हैं तो पुरखों का आशीर्वाद हमारे आसपास फैल जाता है, जो हमें जीने की आस देता है, आगे बढ़ने की साँस देता है। जो समाज, जो इंसान अपने समाज के क़िस्सों से दूर हो जाता है, कट जाता है समझ लो पुरखों का आशीर्वाद उसके सिर से हट जाता है...

भागलपुर के निमाई डॉक्टर का परिवार बड़ा नामी था। कहते हैं दूर-दूर के राजे रजवाड़े उनके इलाज से जीते थे। उनकी सगी भांजी थी सरस्वती। अपने मामा के घर आयी थी। वहीं दुर्गापूजा की छुट्टियों में उसका परिचय शरत् बाबू से हुआ। शरत् बाबू लिखने लगे थे लेकिन छपवाने के मामले में संकोची थे। उधर सरस्वती का हाल यह था कि उसकी दिली तमन्ना यही थी कि एक दिन लेखिका बनना है, दार्जिलिंग में मामा का जो बँगला है वहाँ धूप में लॉन में टेबुल-कुर्सी लगाकर बैठ जाये और सामने फैले चाय के अथाह बगान को देखती रहे और बस लिखती रहे, लिखती रहे...

क्या?

यह उसने फिलहाल सोचा नहीं था।

जब उसे पता चला कि शरत् लिखता है तो अपने मामा से कहकर उसने शरत् से लिखना सिखाने के लिए आग्रह किया। मामा ने कहा कि छुट्टियों में आयी है थोड़ा बहुत बता दो, बाद में जब लिखेगी तो काम आयेगा। उनका मिलना-मिलाना शुरू हुआ। 9 दिन की पूजा ख़त्म हुई दसवें दिन वह ट्रेन पकड़ कर चली गयी। वापस अपनी दुनिया में। बस इतने दिन का मिलना-जुलना रहा, लेकिन समझो जन्म-जन्मान्तर इसी में पार कर लिए।

उनके लिए एक लिफ़ाफ़ा छोड़ गयी थी, जो उनके मामा के कम्पाउंडर के लड़के ने उसके जाने के दो दिन बाद लाकर दी थी। पूछने पर कहा—दीदी ने ऐसा ही करने को कहा था।

'मैं जब कुछ लिखूँगी तो जवाब देंगे न? आपसे जो सीखा उसे शब्दों में ढालने की कोशिश करूँगी', बस एक लाइन की चिट्ठी पीले रंग के काग़ज़ पर और वाटरमैन के पेन की क्लिप में खुँसी हुई।

पहले ज़माने का प्यार ऐसे ही होता था। सरस्वती-शरत् की तरह। जिसमें मिलना कम बिछुड़ना ही अधिक लिखा था। जो बोलने-बतियाने से नहीं लिखने-लिखाने के सहारे चलता रहा। बहुत प्रगाढ़ था...

'तुम लोगों में से गुड़ बनते हुए किसने देखा है?' शास्त्री जी ने अचानक सवाल दाग़ दिया।

मैंने झट से हाथ उठा दिया।

'गुड। देखो जैसे गन्ने का रस शुरू में आग की तेज़ आँच की वजह से उबलने तो लगता है लेकिन वह गाढ़ा समय के साथ ही होता है, तेज़ आँच पर धीरे-धीरे पक कर।

घोष बाबू बताते कि सरस्वती ने लिखना सीख लिया था। लौटने के बाद वह शरत्चन्द्र को नियमित चिट्ठियाँ लिखने लगी। अपने दिल की बात, जो लिखना चाहती थी उसकी बात, प्यार पाना, उसको खो देना...उनका प्यार फूट-फूट कर उसमें बहता रहा।

यह शास्त्री जी के शरत्चन्द्र थे। जिनकी कहानी सुनाते-सुनाते उन्होंने कहानी कला को लेकर, विश्व साहित्य को लेकर इतनी बातें बताईं, सच कहता हूँ जिनकी छाप मन पर उनकी पढ़ाई संस्कृत से अच्छी रही।

'उधर, कहते हैं शरत्चन्द्र के जीवन का वह पहला वाटरमैन का पेन था। सोने की निब वाली उस कलम से उन्होंने पहला उपन्यास लिखा था 'परिणीता' जिसने उनको ख्याति दी, और बाद में 'देवदास', जिसने उनको दुनिया भर के साहित्य में अमर कर दिया...उस वाटरमैन पेन ने उनकी किस्मत ही बदल दी।'

बंगाल में सामता में शरत् बाबू का जो बँगला है उसमें उनकी बहुत सारी चीज़ें सुरक्षित रखी हुई हैं, उनकी टेबुल, उनकी कुर्सी, उनका पलंग, उनकी मच्छरदानी, उनके जूते, उनकी छड़ी, उनका छाता, उनकी कॉपी, और एक केस में उनकी एक पेन भी है। कम ही लोग जानते हैं कि वही वही वाटरमैन पेन है। घोष बाबू ने तो कलम की ढक्कन खोलकर देख ली थी कि उसकी निब टूटी हुई थी। कहते हैं देवदास लिखने के बाद जब उस उपन्यास की प्रतियाँ छपकर आयीं तो उन्होंने उसकी पहली प्रति उठाई और आवरण हटाकर उसके पहले पन्ने पर लिखा—'पारो के लिए!' उसके बाद उन्होंने उसी पन्ने में धँसाकर उस कलम की निब तोड़ दी थी। उसके बाद उससे उन्होंने और कुछ नहीं लिखा।

'घोष बाबू को चिट्ठी में उन्होंने लिखा था कि अब नयी कलम से नयी किताब लिखूँगा। मैंने ख़ुद पढ़ा था', शास्त्री जी जब यह बता रहे थे तो उत्साह के मारे उनकी साँस फूल फूल जा रही थी।

करीब साल डेढ़ साल सरस्वती और शरत् बाबू के बीच चिट्ठाचार चलता रहा। कहते हैं एक चिट्ठी में जब सरस्वती देवी ने लिखा कि उनका विवाह तय हो गया है। पूजा के बाद लगन पड़ते ही विवाह हो जायेगा। चिट्ठी पढ़कर शरत्चन्द्र ने चिट्ठी में लिखा कि वे विवाह से पहले एक बार उससे मिलना चाहते हैं—क्या अनुमति है? जब जवाब नहीं आया तब शरत् बाबू मुजफ़्फ़रपुर आये। कहते हैं भेष बदल कर आये थे, घुमंतू जोगियों के संग, उसी बाने में।

उस समय मुजफ़्फ़रपुर में मशहूर बांग्ला लेखिका अनुरूपा देवी रहती थीं, जो लेखक के रूप में शरत्चन्द्र के नाम से परिचित थीं। जब उनसे शरत् बाबू ने सरस्वती का ज़िक्र किया तो उन्होंने एक दिन सरस्वती को शम्फनी भेजकर अपने घर बुलवाया। शरत् उनके घर में पहले से मौजूद थे। उस मुलाक़ात में क्या हुआ यह तो घोष बाबू को भी नहीं मालूम, लेकिन कहते हैं उसकी अगली सुबह ही

शरत् बाबू मुजफ़्फ़रपुर से निकल गये थे। जीवन का एक अध्याय पूरा हो गया था उनका।

'उनके जीवन का यही अध्याय था जो उनके उपन्यास 'देवदास' में उभरकर आया है। जीवन की ऐसी मूक पीड़ा को आजतक कोई लेखक अभिव्यक्त नहीं कर पाया', कहते-कहते ऐसा लग रहा था जैसे शास्त्री जी काँप रहे थे। 'आज कोई नहीं जानता कि सरस्वती कहाँ गयी, उसका परिवार कहाँ चला गया...कोई नहीं जानता। अब घोष बाबू से हेलमेल नहीं हुआ होता तो हम भी कहाँ जानते कि अपने मुजफ्फ्फरपुर की सरस्वती को पारो बनाकर शरत् बाबू सदा के लिए अमर बना गये।'

शास्त्री जी से सुनी कहानी सुना ही रहे हैं तो इतना और सुना देते हैं—घोष बाबू का तो यहाँ तक कहना था कि असल में देवदास में पार्वती की शादी होने तक की कहानी सरस्वती देवी ने अपनी चिट्ठियों में ही लिख डाली थी। शरत् बाबू ने सिर्फ़ उसका अन्त लिखा है। अगर आप ध्यान से पढ़ें तो चन्द्रमुखी वाला हिस्सा और उपन्यास में शराबनोशी से मरते देवदास की कहानी की शैली उससे अलग है जो पारो की शादी तक की कहानी है। ध्यान से पढ़ने पर कहानी का यह फ़र्क़ दिखाई दे जाता है। कहते हैं उस अन्तिम मुलाक़ात के बाद जब शरत्चन्द्र बंगाल लौटे तो उन्होंने एक सप्ताह लगातार लिखकर उपन्यास को पूरा कर दिया था। बहुत साल बाद जब शरत्चन्द्र का लेखक के रूप में नाम हो गया तो कहते हैं उनके पते पर सरस्वती का पत्र आया, जिसमें उसने देवदास और पारो की कहानी की याद दिलाई। तब जाकर शरत् बाबू ने प्रकाशक को देवदास उपन्यास छपने के लिए दिया था।

उस दिन शास्त्री जी की कहानी फिर इतनी लम्बी खिंच गयी कि रमण गुप्त जी के साइंस कोचिंग में नहीं पहुँच पाया था। लेकिन शरत्चन्द्र, सरस्वती, देवदास, पारो की इस कहानी का असर इतना गहरा पड़ा था मन पर कि हम बरसों तक इसे सच मानते रहे। इतना सच कि किसी और से कुछ सच जानने-समझने की ज़रूरत भी नहीं समझते थे।

कई बरस बाद किसी ने कहा कि सब कहानी है।

बात तब की है जब शरत्चन्द्र के लिखे उपन्यास 'श्रीकान्त'

के ऊपर दूरदर्शन पर धारावाहिक प्रसारित हो रहा था, तो एक दिन मुझे साइकिल सिखाने वाले सीनियर गुंजन भैया ने बातों-बातों में बताया कि 'जानते हो ई जो श्रीकान्त सीरियल में राजलक्ष्मी है न ऊ अपने मुजफ़्फ़रपुर की ही थी। और सपना दीदी तो बता रही थी कि शरत्चन्द्र उससे मिलने यहाँ आये भी थे। यहीं पास में ही चतुर्भुज स्थान है वहाँ।'

यह दूसरी कहानी थी, लेकिन इसमें सरस्वती देवी नहीं थी बल्कि चतुर्भुज स्थान की गायिका रैना थी। यह एक ऐसी कहानी थी जिसके ऊपर भरोसा करना मुश्किल लग रहा था। लेकिन उस कहानी पर विश्वास न करना गुंजन भैया पर विश्वास न करना होता। यह मुमकिन नहीं था। उन दिनों गुंजन भैया हम जैसे भुसकौल विद्यार्थियों के लिए आदर्श सरीखे थे। वे हमेशा क्लास में फर्स्ट आते थे। कभी किसी को शिकायत का मौक़ा नहीं देते थे। तीन साल तक मैं उनके मोहल्ले में नवल बाबू के मकान में किरायेदार रहा, हर साल रिजल्ट आने पर पापा एक बात ज़रूर कहते थे गुंजन से साइकिल चलाना तो सीख लिए पढ़ाई भी सीख लिए होते तो हमको भी मोहल्ला में माथा उठाकर चलने का मौक़ा मिलता।

वैसे गुंजन भैया की बात पर अविश्वास करना मुश्किल था।

लेकिन चतुर्भुज स्थान? उन दिनों चतुर्भुज स्थान का नाम आते ही घर-परिवार में लोग बाल-बच्चों के सामने शब्दों का नहीं इशारों का काम लेते थे, आँखों आँखों में बातें करते थे, वह चतुर्भुज स्थान और अमर लेखक शरत्चन्द्र? वही चतुर्भुज स्थान जिसके बारे में सप्ताह भर पहले ही पटना के 'दैनिक प्रदीप' अख़बार में छपा था कि पुलिस ने रात में वहाँ छापा मारा था और शहर के कई नामी-गिरामी डॉक्टर, इंजीनियर, ठेकेदार पकड़े गये थे। अख़बार में शहर के उन गणमान्य लोगों के नाम नहीं छपे थे, लेकिन शहर के गली-मोहल्लों में चर्चा थी कि कौन-कौन पकड़ा गया। पटना को मुजफ़्फ़रपुर से जोड़ने वाले गाँधी सेतु के एक ठेकेदार नथुनी का बेटा मेरे ही स्कूल में पढ़ता था—ब्रजभूषण। उसके क्लास के लड़के उसको देखकर खुसुर फुसुर करने लगते थे। कहते थे कि उसके पापा को भी पुलिस ने उस रात वहाँ से पकड़ा था।

मन में यह सवाल उठता था—ऐसी जगह जहाँ जाने भर से

सभ्य लोगों की इज़्ज़त पर दाग़ लग जाता हो, जहाँ देखे जाने भर से भात कट जाने का ख़तरा रहता हो, जिसका होना न होना सभ्यता में कहीं दर्ज न हुआ हो उस जगह पर शरत्चन्द्र जैसा लेखक कभी आये होंगे, वह भी वहाँ की धन्धा करने वाली एक लड़की के फेर में पड़कर—सहजे-महजे इस बात के ऊपर विश्वास तो नहीं ही होता था।

हाँ, यह ज़रूर हुआ कि जब-जब दूरदर्शन पर श्रीकान्त देखता शास्त्री जी की कहानी और गुंजन की कहानी आपस में लटपटा जाती थी। मन कहता था कि हो न हो शास्त्री जी ने जो कहा था वही सही रहा हो, सरस्वती देवी, घोष बाबू—शास्त्री जी की कहानी में तो कई सबूत थे। वह तो घोष बाबू के साथ सामता गये थे शरत्चन्द्र का घर देखने। लेकिन गुंजन भैया भी तो झूठ नहीं बोलते थे।

यही होता है क़िस्सा-कहानी का सच-झूठ! कितना कुछ सुनते हैं समय काटने के लिए, मन को ख़ुश करने के लिए, अपनी दुनिया से दूर मन की दुनिया का छोर पकड़ कर कहीं से कहीं निकल जाने के लिए...अब सिरा जोड़ने की कोशिश कर रहा हूँ तो सच झूठ का पैमाना दिखने लगता है।

क्या सब झूठ?

वैसे देखें तो सच को हम कितना समझ पाते हैं? शरत्चन्द्र को पढ़ता रहा, उनके उपन्यासों पर बनी फ़िल्में देखता रहा। समय गुज़रता रहा लेकिन उनके जीवन से लिपटी ये कहानियाँ भी साथ-साथ चलती रहीं।

वह तो मैंने बरसों बाद विष्णु प्रभाकर की किताब पढ़ी 'आवारा मसीहा'। हिन्दू कॉलेज होस्टल में रहता था और सामने एक बँगले में कृष्णदत्त पालीवाल सर रहते थे। उनसे जब शरत्चन्द्र के बारे में, मुजफ़्फ़रपुर के बारे में बातें करता तो एक दिन उन्होंने अपने रैक से निकाल कर वह किताब दी...सच बताऊँ तो उसके बारे में, उस किताब के बारे में मुझे कुछ पता ही नहीं था। यह भी नहीं पता था कि बांग्ला के इतने बड़े लेखक की एक जीवनी हिन्दी में लिखी गयी, और वही उनके जीवन को जानने का सबसे प्रामाणिक जरिया है। शायद आज भी...

विष्णु प्रभाकर ने साफ़ लिखा है कि शरत्चन्द्र 1902 में मुजफ़्फ़रपुर आये थे, रवीन्द्रनाथ टैगोर के आगमन से एक साल

पहले। विष्णु प्रभाकर ने लिखा है कि किसी बात पर मातृहीन बालक किशोर शरत्चन्द्र का अपने पिता से विवाद हुआ और वे घर छोड़ कर अनजान दिशा की तरफ़ निकल पड़े। साधुओं की मंडली के साथ चल पड़ा, रास्ते में बीमार पड़ा, ठीक हुआ और मुजफ़्फ़रपुर पहुँच गया। संन्यासी वेष में ही। उसी वेष में एक दिन बंगालियों के क्लब में गया और वहाँ पोस्टकार्ड की माँग की। वहाँ उसकी भेंट प्रमथनाथ भट्ट से हुई। रहना धर्मशाला में ही हो रहा था, उसी धर्मशाला की छत पर बैठकर गाना गा रहे थे कि उनकी आवाज़ सुनकर एक युवक निशानाथ बंद्योपाध्याय से उनका परिचय हुआ और वे उनके घर में रहने चले गये। उनका परिवार संगीतप्रेमी था और उनका परिवार बांग्ला लेखिका अनुरूपा देवी का सम्बन्धी था, जो पहले भागलपुर में रहती थी, और वह लेखक के रूप में शरत्चन्द्र के हुनर को जानती थी। निशानाथ के बड़े भाई शिखरनाथ को इस बात की जानकारी थी कि शरत्चन्द्र लेखक थे और अच्छी कहानियाँ लिखा करते थे।

वहीं उनका परिचय महादेव साहू से हुआ। जिनकी संगत में आकर शराब और वेश्याओं-गायिकाओं का संग-साथ भी जुड़ गया। उनके साथ ही उनका परिचय राजबाला नामक युवती से हुआ, जो अत्यन्त सुन्दर थी, और जिसके प्यार में शरत्चन्द्र पड़ गये थे।

कुल दो महीने तक वे मुजफ़्फ़रपुर में रहे, लेकिन उन दिनों को कहते हैं उन्होंने अपने उपन्यास 'श्रीकान्त' में कहानी का रूप देकर अमर कर दिया। राजबाला उस उपन्यास में प्यारी और राजलक्ष्मी बन जाती है। उपन्यास में लेखक ने उसे पटना का बताया है, लेकिन वह चतुर्भुज स्थान मुजफ़्फ़रपुर की ही गायिका थी जिसे श्रीकान्त उपन्यास में शरत्चन्द्र ने अमर कर दिया।

पहली बार किसी बड़े लेखक ने एक बहुत बड़े लेखक के बारे में साफ़-साफ़ लिखा था कि वे मुजफ़्फ़रपुर आये—यहाँ की एक गायिका के रूप-जाल में फँस गये, गीत-संगीत की महफ़िल में रम गये, फिर चले गये। आख़िर क्या था मुजफ़्फ़रपुर की इन बदनाम गलियों में जहाँ बड़े-बड़े क़द्रदान आते थे।

सच कहता हूँ पहली बार लगा कि अपने शहर, अपने मुकाम,

घर-घाम की ऐसी चीज़ों के ऊपर भी गर्व किया जा सकता है 'सभ्य' घरों में जिसका ज़िक्र तक हराम समझा जाता है, जहाँ जाना तो बहुत दूर जिसकी तरफ़ आँख उठाकर देखने तक से बदनामी होने का डर होता हो वहाँ देश, दुनिया का एक महान लेखक आया था, कहते हैं कि महादेव साह से लड़कपन के दिनों में उनकी जो दोस्ती कायम हुई थी बाद तक बनी रही। वे उनसे मिलने बाद में भी आये थे। और राजबाला से? इतिहास ऐसी बातों पर मौन हो जाता है! इतिहास मौन है कि चतुर्भुज स्थान का इतिहास कितना पुराना है, इतिहास मौन है कि चतुर्भुज स्थान कभी था भी, इतिहास मौन है कि वह है भी!

उसके होने से सभ्यता की पोल खुलती है! इसलिए उसके होने को जानते हुए भी हम उससे इनकार करते हुए जीते हैं। लेकिन क़िस्से-कहानियों में वह बाकी रह जाता है, बड़े-बड़े बाबुओं के बनने-बिगड़ने के क़िस्सों में, घुटे हुए प्यार के क़िस्सों में, सच्चे ईमान के क़िस्सों में वह बाकी रह जाता है!

आख़िर सब क़िस्से ही तो हैं—शरत् बाबू का आना, अपनी पारो से लेकर राजबाला तक से मिलना, उपन्यास लिखना—शुद्ध गल्प! शास्त्री जी, घोष बाबू से विष्णु प्रभाकर तक की यह यात्रा गल्प की एक लम्बी यात्रा है! जिसकी शुरुआत हुई थी शरत्चन्द्र के 'देवदास' उपन्यास की पारो की खोज से, जिसका पता एक दिन सुबह-सुबह शास्त्री जी ने बताया था। जिसका सिरा बार-बार छूटता रहा। आज भी मन यह मानने को तैयार नहीं है कि पारो वहाँ नहीं रहती थी। क़िस्सों का सच भी सच ही होता है!

जो सुना वही सुना रहा हूँ। सच बताऊँ तो न सच जानता हूँ न झूठ! सब गाँव गाँव बिखरे ब्रह्म बाबा के पत्थरों की तरह हैं जहाँ सिर झुका दीजिए उसी का महातम। उसी का सत्, बाकी सब असत्। बाकी पहले ही कह देता हूँ कहानी में बहुत झोल है! क्या करूँ सुनने-सुनाने के बीच जरा सा झोल रह ही जाता है।

बाकी अपनी तरफ़ से सच सुनाया है—हो सकता है पुरखों का सत् मिल जाये! जो भी था सुन्दर वह हुनर मिल जाये!

नज़ारे ले लो नज़रों से नज़रबाज़ी का मौसम है
किसी का थाम लो कॉलर कि रंगबाज़ी का मौसम है
जो हमको गुल समझते हैं हम उनके खार हो जायें
चले हम यार की जानिब कि दिलबाज़ी का मौसम है

नज़ारे ले लो नज़रों से
नज़रबाज़ी का मौसम है
किसी का थाम लो
कॉलर कि रंगबाज़ी का
मौसम है
जो हमको गुल समझते हैं
हम उनके ख़ार हो जायें
चले हम यार की जानिब
कि दिलबाज़ी का मौसम
है

ज़िन्दगी इस पार जितनी ज़िन्दगी उस पार है

इस पार उस पार का फ़र्क़ उस दिन समझ में आ गया था।

पड़ोस में आये एक फूफा के साथ मुझे ज्यादा घुलते-मिलते देख दादी ने समझाया था—उनकी संगत ज्यादा नहीं। उस पार जाते हैं।

हम जिस दुनिया में रहते हैं उसके पार की दुनिया। हमारे दीवारों, हमारे पर्दों के पार की दुनिया।

हमारी यादों की दुनिया के उस पार की दुनिया। हमारे भूलने की दुनिया। जहाँ तक पहुँचते-पहुँचते हमारी सभ्यता की दुनिया ख़त्म हो जाती है।

जब वहाँ के उस्तादों, गायकों-गायिकाओं, साजिन्दों-बाशिंदों की संगत में आया, उनके क़िस्सों की संगत में आया तो यह जाना कि वह स्मृति की नहीं विस्मृति की दुनिया है। आगे जीने के लिए पीछे को भूल जाने वाले ही वहाँ जीते हैं।

कितना याद रखा जाये? क्या क्या याद रखा जाये?

चलती है गाड़ी उड़ती है धूल
बुरी नज़र वाले तेरा डैम फूल!

आख़िर में तो सब की गत धूल में ही होती है न—नारायण टन टन भाजा वाले की बात याद आती है।

उस पार की दुनिया की जो पहली तस्वीर उस दिन दादी ने बताई थी वह आने वाले सालों में बनती रही बिगड़ती रही। अपने अमूर्तन में—कभी कोई रंग कहीं बढ़ जाता, कभी कोई रेखा कहीं। मन के कैनवस पर शक्लें उभरती-मिटती रहीं। कभी कोई फ़िल्म देखता, कभी कोई कहानी सुनता और कोई तस्वीर मन के कैनवस पर उभर जाती।

'परसों बरात में ख़ूब हंगामा हुआ बमहनगामा में। नवाब सिंह

की बेटी का बियाह था। बाई जी का नाच रखा था। तीन बाई जी गयी थीं यहीं चतुर्भुज स्थान से। ख़ूब गोली चली। टेंट तो छल्ली छल्ली हो गया। बाद में सब बाई जी सब को भी नहीं छोड़े। सारे नामी ठेकेदार जुटे थे। ए गो को पप्पा भी उठा लिए...' नरेन्द्र की बात याद आ जाती है। सातवाँ नवीन में मेरे साथ ही पढ़ता था।

शहर मुजफ़्फ़रपुर में तब ठेकेदारों-इंजीनियरों के ऊँचे-ऊँचे मकान खड़े हो रहे थे, चारों तरफ़ सड़कें बन रही थीं, पुल बन रहे थे। ठेकेदार बढ़ते जा रहे थे, इंजीनियर मालामाल होते जा रहे थे। उनके यहाँ महफ़िलों में गायिकाओं की जगह नाचनेवालियाँ लेती जा रही थीं। उनके घरों में शादी-ब्याह, जनेऊ से लेकर हैप्पी बर्थडे तक में वहाँ के नाचनेवालियों के प्रोग्राम करवाना नये-नये शहराती हुए ठेकदारों के लिए, पुराने ज़मींदारों के नये बाबुओं के लिए लाजिमी होता था।

हम उसी दौर में बड़े हो रहे थे...

उन्हीं दिनों फ़िल्म देखी थी 'अर्पण'। गाना था—तौबा कैसे हैं नादान घुंघरू पायल के...उससे पहले फ़िल्म 'उमराव जान' देख चुका था, उसके गाने सुन चुका था। बाद में आयी एक और फ़िल्म और एक फ़िल्म के गाने की याद और आ रही है। फ़िल्म थी तवायफ जिसमें शहरी बाबू एक तवायफ को अपने घर ले आते हैं, तो दूसरा गाना है फ़िल्म 'युद्ध' का जिसमें हेमा मालिनी का मुजरा और गाना आज भी याद आ जाता है—'मेरे मुजरे की रात आख़िरी।'

सारी छवियाँ घुलती-मिलती जा रही थीं, साथ-साथ चलती जा रही थीं। कभी-कभी सोचता था जो फ़िल्मों में देखता हूँ वह सब अपने शहर में भी है, घर के इतने पास...

सभ्यता का तकाजा यही था कि कभी उस पार न जाया जाये। जबकि रोज़-रोज़ सुनता था स्कूल में ऐसे लड़कों के बिगड़ जाने के बारे में, जो भी उस पार जाता था बिगड़ जाता था। नरेन्द्र एकदम ख़तम, समझे बिगड़ गया था। लीची बगान के उस पर जाकर रेलवे लाइन पर बैठकर सिगरेट पीता था। कहता था बड़ा से बड़ा मर्द भी दो विल्स एक साथ नहीं पी सकता है। बहुत नशा होता है।

'टन टन भाजा खाने चलोगे?' उसने एक दिन पांडे सर की मैथ की क्लास से ठीक पहले पूछा।

मैं सोचता रहा। एक तो मैंने टन टन भाजा का नाम सुना तो

था लेकिन कभी देखा नहीं था।

'कभी नहीं खाये होगे। बेजोड़ बनाता है नरायणा। यहीं पास में शुक्ला चौक पर।'

मैं जैसे मन्त्रमुग्ध सा उसके पीछे-पीछे चल पड़ा। एक तो पांडे सर की क्लास से दूर रहने का बहाना मैं भी सोच रहा था।

गणित न तब सुलझता था न अब।

मैं चला जा रहा था। रामबाग से गुज़रते हुए लगा कि कहीं...

जब तक कुछ सोचता, कुछ कह पाता कि मैं शुक्ला चौक पहुँच गया था। वही चौराहा जहाँ से सभ्यता की कई राहें खुलती थीं। वहीं एक कोने में स्टूल पर अपना खोखा डाले नरायन बैठता था–

टन टन भाजा
आजा खाजा
चार आना में
मन भर खाजा
रिक्शा वाले साहब
साइकिल वाले बाबू
आ जा आ जा...
टन टन भाजा...

नरेन्द्र ने रास्ते में ही सुना दिया था।

उस दिन के बाद नरायन का रास्ता हमने बार-बार तय किया। टन टन भाजा की खोज उसी ने की थी। बंगाल-बिहार से लेकर दिल्ली तक जिसे झाल-मुढ़ी कहा जाता है उसी को उसने टन टन भाजा नाम दिया और देखते-देखते छा गया। टन टन भाजा दरअसल उस संगीत का नाम था जो स्टील के मग में मूढ़ी रखकर उसको चम्मच से बजाने पर निकलती थी। असल में ध्यान दें तो उसने टन टन बाजा में बाजा की जगह भाजा कर दिया था और बस!

मैं सीधा बढ़ता गया था और सोचता हूँ तो आज भी वह तस्वीर आँखों के सामने खिंच जाती है। सुबह करीब 11 बजे का समय। सड़क पर कम दिखाई देते लोग। जो आते-जाते दिखाई दे भी रहे थे ऐसा लग रहा था जैसे वे सिर झुकाए वहाँ से तेज़ी से वैसे ही निकल जाना चाहते थे जैसे गाँव में रात के अँधेरे में कहीं से कभी

भी बेधड़क आता-जाता था लेकिन अपने घर के पिछवाड़े के शमी के पेड़ के सामने से निकल जाता था। सब कहते थे उस पेड़ पर भूतों का वास था। रात में जब शमी के उस पेड़ की जटायें हलकी हवा में मन्द मन्द झूलती थीं तो लगता था जैसे पेड़ पर बैठे भूत झूला झूल रहे हों।

बचपन से सुनी कहानियों का कैसा असर था कि मन को कितना भी समझाता था भूत नहीं होता है, सब मन का वहम है। लेकिन पेड़ तक पहुँचते-पहुँचते सारी समझ जाती रहती थी। वही शमी का पेड़, डालियों पर वही झूलता भूत।

आगे बढ़ता जा रहा था एक नयी दुनिया की आवाज़ें, नज़ारों को ऐसे आँखें फाड़े देखता रहा जैसे परी कथा पढ़ने वाले बच्चे के सामने औचक परियों का देश आ जाये। खुले दरवाज़े, हिलते परदे, पर्दों के पीछे से आती हारमोनियम, तबले, गाने की आवाज़, किसी-किसी परदे के पीछे से घुँघरुओं की आवाज़ भी आ रही थी। बचपन से उस पार के बारे में जितना सुना था, जो जो सुना था सब जैसे फ्लैशबैक की तरह मन के परदे पर चलता जा रहा था।

हर तरफ़ बुलबुल मगन है मौसमे गुलज़ार है
ज़िन्दगी इस पार जितनी ज़िन्दगी उस पार है
आपकी तिरछी नज़र का हम निशाना बन गये
ज़िन्दगी मेरी नहीं अब आपकी सरकार है
ज़िन्दगी इस पार जितनी ज़िन्दगी उस पार है...

यही है उस पार की दुनिया!

बजते हारमोनियम के साथ गीत के इन बोलों ने एक घर के सामने मेरे क़दमों को जैसे रोक दिया हो...सच बताऊँ तो इस आवाज़ के साथ हिलते पदो के अलावा कुछ और दिखाई नहीं दिया था। ऊपर नाम लिखा था—सौदामिनी देवी—यहाँ शाम 6 से 9 गीत-संगीत का प्रोग्राम पेश होता है। हर घर के बाहर लगे नामपट्ट से यह पता चल रहा था कि उसमें प्रोग्राम पेश करने का काम कौन-सी देवी या कौन-सी बाई करती थी।

देह में एक अजीब सी झुरझुरी दौड़ रही थी। मुझे पक्का विश्वास

है मेरा चेहरा लाल हो गया होगा। मैं जब भी तनाव में होता हूँ ऐसा हो जाता है। उसी से मैं यह कह सकता हूँ कि ऐसा ही हुआ होगा। पहली बार वैसी अनुभूति हुई थी। अचानक से अहसास हुआ पहली बार कि मैं बिगड़ गया। यह अहसास तब भी हुआ था जब पहली बार नरेन्द्र के साथ मिसकौट के पार रेलवे लाइन पर बैठकर सिगरेट पी थी, तब भी जब पहली बार स्टूडेंट्स कन्सेशन वाले दिन 90 पैसे का टिकट कटाकर फ्रंट स्टाल में 'बलम परदेसिया' फ़िल्म देखी थी। तब भी जब अपने साथ ट्यूशन पढ़ने वाली पूनम की कॉपी लौटाते हुए उसके पिछले पन्ने पर आई लव यू लिख दिया था। उसने कोई जवाब तो नहीं दिया था, अगले दिन महाजन सर के घर से बाहर निकलते हुए बस इतना कहा था—'मेरी कॉपी में आगे से कुछ मत लिखना। अगर बड़की दी देख लेती तो।' कहकर वह तेज़ी से निकल गयी थी। मैं कभी उससे यह नहीं पूछ पाया था कि क्या हुआ था, किसी ने देख तो नहीं लिया। सर ने उसका टाइम बदल दिया था। मैं पहले की तरह सुबह के बैच में पढ़ता रहा, वह शाम के बैच में आने लगी थी।

लेकिन इस बार वह अहसास सबसे गहरा था। मैं कहाँ निकल आया। जब यह अहसास बढ़ने लगा तो तेज़ी से पीछे मुड़ गया और वापस शुक्ला रोड के चौराहे को पार करने के लिए तेज़ क़दमों से चलने लगा।

अब देखो गलत काम एक बार करो या बार-बार बात बराबर है। समझे—नरेन्द्र ने यही कह-कह कर बार-बार हर वह काम करवाया जिसके करने से मुझे बिगड़ जाने का अहसास होने लगता था।

चतुर्भुज स्थान की गलियाँ मुझे कई कारणों से रास आयीं। सबसे बड़ा कारण था स्कूल की क्लास छोड़कर ऐसी जगह की सैर की जहाँ कोई देख न पाये। चतुर्भुज स्थान सबसे मुफीद जगह थी। दिन के वक़्त उधर का रुख कोई नहीं करता था। धोखे से भी नहीं। ऐसे में उधर आने से निरापद होकर घूमा टहला जा सकता था। एकदम निर्धोक होकर, नरेन्द्र कहता था।

शुरुआत होती थी नरायन के टन टन भाजा खाने के बहाने से, फिर टन टन भाजा खाते हुए हम सामने वाली सड़क पर दूर उसके सिरे तक टहलते हुए जाते, फिर आ जाते। बहुत बाद में पढ़ा था,

लैटिन अमेरिकी लेखक मार्केज़ ने विलियम फौकनर के हवाले से अपनी आत्मकथा में लिखा कि एक लेखक के लिए वेश्यालय से अच्छी कोई जगह नहीं होती। दिन के वक़्त वहाँ ऐसी शान्ति होती है जैसी शहर में कहीं और नहीं होती और रात को वहाँ हल्ला-गुल्ला, शोर-शराबे का ऐसा माहौल रहता है जैसा शहर में कहीं और नहीं होता है। मेरा अपना अनुभव इसमें यह जोड़ने के लिए कह रहा है—दिन के वक़्त स्कूल से भागने वाले लड़कों के लिए भी उससे निरापद कोई जगह नहीं होती है।

नहीं वह वेश्यालय नहीं था। चतुर्भुज स्थान वेश्यालय बिल्कुल नहीं था। बहुत बाद में यह समझ में आया, शुक्ला रोड के चौराहे से निकलने वाले चार रास्ते आगे चतुर्भुज स्थान की सात गलियों में मिल जाते थे। सुर की गलियाँ, संगीत की गलियाँ, हुनर की गलियाँ, फन की गलियाँ, उरूज की गलियाँ, जवाल की गलियाँ...

वहाँ कोई वेश्यालय नहीं था। समय सारी पहचानों को बदल देता है। काल का कलुष हर चीज़ पर चढ़ जाता है। आज इतने उद्धार वाले, सुधार वाले, एड्स वाले, कंडोम वाले वहाँ आ जा रहे हैं कि...

मत पूछिए! जिसे देखिए वही दूसरी तरफ़ मुड़ जायेगा। मत पूछिए! न कोई कुछ पूछता है न कोई कुछ बताता है। सब कुछ पीछे छूटता जा रहा है, क़िस्से सुनने-सुनाने वाले स्मृति दोष का शिकार हो रहे हैं। सब कुछ इतना बदल चुका है कि पिछली बातें कीजिए तो ऐसा लगेगा जैसे कोई कहानी हो। आख़िर इसी तरह बच जाता है कभी- कभी समय भी क़िस्से-कहानियों में, ढहती दीवारों में, बदरंग होती मीनारों में!

जो बच गया वही रच रहा हूँ। जैसे बरसों पहले नरायन का टन टन भाजा खाने जाता था और फिर तेज़ क़दमों लौट आता था। दो दुनियायों का सफ़र महज चन्द क़दमों में पूरा हो जाता था।

हर सफ़र की कुछ यादें रह जाती हैं। हर सफ़र में कुछ जुड़ जाता है, कुछ छूट जाता है। छोटे-छोटे दृश्यों को जोड़ने बैठा तो क़िस्से बनने लगे। जिनमें कहीं टन टन भाजा का स्वाद है तो कहीं हारमोनियम की आवाज़, गाने-गुनगुनाने की आवाज़ें, कहीं तेज़ कहीं मद्धिम...कई बार समझ में न आने पर बेसुरी लगने वाली...

मैं अपने दिल का शायर हूँ दिल्ली का नहीं
चूहों का शौक़ीन हूँ बाबा बिल्ली का नहीं
शाम ढले सब आ जाते हैं राजा रंक फ़कीर
अपनी आदत चुप्पी मारो चुगली का नहीं!

मैं अपने दिल का
शायर हूँ दिल्ली का
नहीं
चूहों का शौकीन हूँ
बाबा बिल्ली का नहीं
शाम ढले सब आ जाते
हैं राजा रंक फकीर
अपनी आदत चुप्पी
मारो चुगली का नहीं!

गुमनाम कवि बदनाम गायिका

बाबू लक्ष्मेश्वर नन्दन के बारे में जग-विख्यात था—बड़े कंजूस हैं।

थे, नहीं थे पता नहीं, लेकिन बात फैल गयी थी। मिथिला राज के परिवार में इतना कंजूस कोई नहीं हुआ, मिथिला राज की ज़मींदारी में 8 गाँव के 81 जजमानों के पारिवारिक नाई की भूमिका निभाने वाले केवल ठाकुर ने कहा था। 81 जजमानों के परिवार में किसी का जनेऊ हो, बेटे के विवाह में मौर हिलाना हो, बेटी की शादी में धनबट्टी करनी हो केवल ठाकुर के परिवार के नाई को ही जिम्मेदारी निभानी पड़ती थी। सबकी माँग होती केवल ठाकुर ख़ुद आयें तो सिल्क का सुनहरा कुरता और गोल्डमोहर की असली पियरी धोती। बेचारे इस गाँव उस गाँव—पूरे जीवन कभी किसी सवारी का इस्तेमाल नहीं किया। पैदल ही चलते थे।

विजयादशमी के दिन मिथिला राज बरसों पुरानी परम्परा का निर्वहन करने। विजयादशमी के दिन हजामत बनाने पर बाबू लोग अच्छा इनाम देते थे। वह दिन इनाम-इकराम के नाम ही होता था बाबू लोगों के लिए। उस दिन उन्होंने ख़ुद बाबू लक्ष्मेश्वर नन्दन की हजामत बनायी थी। मिला क्या—दो रुपये। अब इसके लिए वे इतनी सुबह ढाई कोस पैदल चलकर तो नहीं ही गये थे। बस उस दिन के बाद से जब भी कहीं से उनको इनाम-इकराम कम मिलता बस वे उसकी तुलना बाबू लक्ष्मेश्वर नन्दन की कंजूसी से कर देते।

केवल ठाकुर ने जैसे बाबू लक्ष्मेश्वर नन्दन को कंजूसी के उदाहरण में बदल दिया। जिसका कभी उनसे कोई वास्ता भी नहीं पड़ा था वे भी लक्ष्मेश्वर नन्दन का नाम आते ही कहते—वही जो बड़ा कंजूस है।

केवल की इस आदत से सब घबड़ाते थे, लेकिन केवल ठाकुर को नेवता पेहानी में भेजना उनकी मजबूरी भी रहती थी। केवल ठाकुर जब पियरी धोती-कलफदार कुर्ता के ऊपर गाँधी टोपी झाड़कर पैर में

बाटा का जलसा जूता चरमराते हुए किसी बाबूसाहब के दरवाज़े पर पहुँचते थे तो वहाँ लोगों को यह समझने में थोड़ा वक़्त लग जाता था कि वे और कोई नहीं फलां गोतिया के खानदानी नाई हैं, कोई नेता-समाजसेवी नहीं। ज़मींदारों-बाबू साहबों की ज़मीन-जायदाद की उतराई के दौर में वे उनकी बची-खुची इज़्ज़त की तरह थे। जो ऐसे मौक़ों पर झूठी शान को बनाये रखने के काम आ जाते।

लेकिन कब किसकी इज़्ज़त उतार दें। बनमनखी गाँव के चौधरी जी की बेटी की शादी चंपारण के अरेराज में तय हुई थी। तिलक-फलदान में गये। धनबट्टी के लिए रुक गये। सब कुछ ठीक रहा। धान भी बँट गया, खान-पान भी बढ़िया रहा। लेकिन लड़के वालों ने गोल्डमोहर धोती न दी। बस, गाँव आकर चौधराइन से बोले—पुरखे कोई बुड़बक थोड़े थे जो पछिमाहा से बियाह नहीं करने की बात करते थे। एकदम मोटा चाल है। कहाँ मिथिला का महीन खान-पान कहाँ चंपारण के पछिमाहा। चौधराइन ने जल्दी से उनको गोल्डमोहर की धोती देकर चुप कराने की कोशिश की। लेकिन केवल ठाकुर के पेट में कोई बात पची हो जो यह पचती।

बाबू लक्ष्मेश्वर नन्दन बड़े कंजूस थे—यह वाक्य बाबू साहब के नाम के साथ ऐसे चिपक गया था कि अपने जीवन में उन्होंने जो कुछ भी किया उसके साथ यह वाक्य चिपक गया।

मशहूर है कि पन्ना बाई को उन्होंने सोने का कमरबन्द दिया। हल्ला हो गया कि पन्ना के गाये गीत 'जियरा जरत है मन तरसत है/चढ़ल सावन घर आ जा पिया' सुनकर कमरबन्द का इनाम दे दिया। लेकिन कंजूसी वाला दाग़ तब भी नहीं धुला। कहने वाले कहते कि आख़िर बाबू साहब ने अपनी कंजूसी दिखा ही दी। इनाम भी दिया तो नाप-तौल के। पन्ना की कमर सबसे पतली है इसीलिए कमरबन्द दिया।

ऐसे ही क़िस्से-कहानियों ने पन्ना को जीते-जी मिथक में बदल दिया था। बदनाम मोहल्ले की गुमनाम गायिका सैकड़ों ज़मींदारों-नवाबों की इज़्ज़त का पैमाना बन गयी।

'इतना वक़्त भी नहीं हुआ लेकिन लगता है जैसे अरसा गुज़र गया', एक ज़माने की याद की तरह बच गये उस्ताद गौहर ख़ान के क़िस्सों में एक क़िस्सा पन्ना का है। पन्ना जो मुगन्निया थी। यानी

सिर्फ़ गाना गाने वाली। शुक्ला रोड के चौराहे से निकलने वाले चार रास्तों की सात गलियों में एक गली उसकी थी। हवेली उसके कोने पर शान से खड़ी थी। अब भी है। वक़्त की धूल को दोशाला ओढ़े।

क्या शान थी। हवेली के दरवाज़े पर हाथी आकर बैठे, उड़न्ता घोड़े आकर ठहरे, चमकती-दमकती शम्फनी आकर रुकी, उस ज़माने में जब आसपास मिलाकर 50 से अधिक मोटरकारें नहीं थीं, मौरिस से लेकर हिन्दुस्तान गाड़ियों के मॉडल वहाँ दिख जाते थे। तब की बात है जब गाड़ियों के आने-जाने से गाँव-शहर वाले जान जाते थे कि कौन कहाँ से आ रहा है, कौन कहाँ जा रहा है।

सीतामढ़ी के सिनेमा हॉल वाले सेठ की गाड़ी नौ बजे के आसपास शहर के मेन रोड में घुसती और वहाँ रहने वाले, दूकान का शटर उठा रहे, सारे यह समझ जाते सेठ जी गाना सुनकर लौट रहे हैं—पन्ना बाई का। वही मुजफ़्फ़रपुर के चतुर्भुज स्थान वाली। सब जानते थे। रात में आठ बजे के आसपास गाड़ी शहर से बाहर की तरफ़ निकलती और सब समझ जाते है सिनेमा हॉल वाले सेठ की। शहर में तब गाड़ियाँ थीं ही कितनी। आँख-नाक कान-गला विशेषज्ञ की गाड़ी इतवार के दिन सुबह-सुबह निकलती। सुबह-सुबह वे जनकपुर पहुँचकर माँ जानकी के मन्दिर में पूजा करते थे। घूम-फिरकर शाम को वापसी।

हर गाड़ी का अपना-अपना रुटीन बँधा हुआ था। पन्ना बाई के यहाँ आने वाली गाड़ियों का रुटीन भी बँधा हुआ था—आने का और जाने का।

मिर्जापुर, लखनऊ, बनारस—कहीं इनाम मिला और कहीं कीमत भी नहीं! न नाम न पहचान। बनारस में विद्याधरी बाई ने सुझाव दिया कि उसकी आवाज़ में एक तरह का सोंधापन है जिसकी वजह से वह गंगा इस पार के गुणग्राहक उसकी आवाज़ को ख़ास पसन्द नहीं करने वाले। इधर के बाबू लोग या तो शोख चंचल आवाज़ के धुनी हैं या एकदम खनकती आवाज़, खुले गले से गयी गयी। यह आवाज़ गंगा पार की बोलियों के अधिक करीब है। इधर के लोग ठुमरी, दादरा, चैती-कजरी वाले हैं, उधर ग़ज़ल की सौगात लेकर जाओ। बज्जिका, मैथिली बोलने वालों को तुम्हारी आवाज़ का सोंधापन ख़ूब भायेगा।

पन्ना ने उसकी सलाह को सर-माथे लिया।

उन दिनों गंगा पार का मतलब होता था चतुर्भुज स्थान मुजफ़्फ़रपुर। आने जाने के लिए यातायात के साधन के रूप में जैसे-जैसे पानी के जहाज़ की जगह रेल लेती गयी गंगा किनारे बसे शहरों-कस्बों का रंग उन शहरों पर भी चढ़ने लगा तो बड़े-बड़े रेलवे स्टेशन बने। बाज़ार बना, शहर बना, जगर-मगर बढ़ा। आसपास के ज़मींदारों ने यहाँ अपने लिए डेरे बनवाने शुरू किये। घर यानी अपने गाँव का मकान और डेरा शहर में जहाँ आये सौदा-सुलुफ किया, रमन-चमन किया, सिनेमा देखा, होटल में खाया और दो-चार दिन में लौट गये। चतुर्भुज स्थान उनका ठिकाना था। शास्त्रीय संगीत की शुद्धता का ज़माना बीत रहा था।

वह ज़माना जब वहाँ के रसिकों की दाद पाने के लिए देश के बड़े-बड़े गायक, अलग-अलग वाद्य यन्त्रों के बजाने वाले उस्ताद यहाँ आते, रसिकों की दाद-इमदाद पाते और ख़ुद को बड़भागी मानते। चतुर्भुज स्थान मन्दिर के संगीत उत्सवों में तब किसने भाग नहीं लिया? जिसने नहीं लिया वह मन मसोसता, उनकी गौरव गाथा में एक पन्ना कम रह गया हो जैसे। राग-रागिनियों की रात-रात भर चलने वाली महफ़िलें कम होती जा रही थीं। जहाँ कई बार इस बात को लेकर मारपीट से लेकर गोलीबाज़ी तक की नौबत आ जाती थी कि गलत जगह पर दाद देकर संगीत के आनन्द में खलल क्यों डाला।

अब तो गीत-ग़ज़ल का दौर शुरू हो रहा था। टी-सीरिज़ के जय माता दी मार्का 15 रुपये के कैसेट और सन्तोष के टेप रिकॉर्डरों ने अस्सी के दशक में ग़ज़लों को जैसे जन-जन तक पहुँचा दिया। ग़ुलाम अली, जगजीत सिंह, मेंहदी हसन, पंकज उधास, अनूप जलोटा की आवाज़ में टी-सीरिज़ द्वारा घर-घर लोकप्रिय बनाये जाने से बहुत पहले मुजफ़्फ़रपुर के चतुर्भुज स्थान में पन्ना के गाये ग़ज़लों की धूम मच रही थी। वे दाग़, मोमिन, जज़्बी, खुमार की लिखी किताबी ग़ज़लें नहीं थीं। पन्ना की आवाज़ ने उस ज़माने में एक लगभग गुमनाम स्थानीय शायर जगत 'भ्रमर' के गीतों-ग़ज़लों को सभा-सोसाइटियों की जान बना दिया। अब तो न जगत 'भ्रमर' है, न पन्ना की आवाज़ है। होने को तो अब ग़ज़ल भी नहीं रही।

कुछ भी नहीं रहा अब वैसा। पन्ना के जाने के बाद क्या बचा?

चतुर्भुज स्थान में जो बचे रह गये उनको अक्सर इस सवाल से गुज़रना पड़ता था।

सब कुछ बदल रहा था। शम्फनी, टायर गाड़ी, हाथी से चलकर आने वाले ज़मींदारों की जगह मोटर से आने वाले ले रहे थे। पहले कई-कई दिनों में चलकर बाबू साहब लोग आते थे अब तो दो-चार घंटे में चलकर आते। आनन्द उठाते और सुबह मोटर गाड़ी से फुर्र...

पन्ना मुजफ़्फ़रपुर पहुँची। चन्द्रकला बाई के पास। विद्याधरी की पुरानी संगी। वहीं उसने पहली बार जगत 'भ्रमर' के ग़ज़लों को आवाज़ दी—

तुम चाह करो, हम चाह करें
क्यों रार करें क्यों आह भरें
जब इश्क है बेचैनी का सबब
क्यों मिल जायें आराम धरें
तुम मिल जाओ तुम खो जाओ
क्यों सोचें जी हलकान करें
ऐ राजाजी तुम राज करो
हम परबत दरिया धाम करें
तुम चाह करो हम चाह करें...

जगत 'भ्रमर' का नाम यहाँ आया तो इससे ध्यान आया कि उसकी कहानी का कोई कहनहार नहीं रहा। न तो उनकी ग़ज़लों, गीतों की कोई किताब ही साया हुई कि चतुर्भुज स्थान के बाहर के शौक़ीनों तक उनकी ग़ज़लें पहुँचतीं, उनकी धूम मचती। कहा जाता है कि आज़ादी के बाद के दो दहाई दशकों तक चतुर्भुज स्थान के इस गुमनाम शायर के ग़ज़लों की धूम थी। नेपाल के सीमावर्ती शहर पुपरी रोड का जगत शाही कब जगत 'भ्रमर' हो गया इसके बारे में ठीक ठीक बताने वाला अब शायद ही कोई बचा हो, बल्कि उनके बारे में तो उनके गोतिया-दयाद भी कुछ ख़ास नहीं बता पाते अब। क्या पता वे वहाँ के थे भी या नहीं।

'जिसका वंश नहीं चलता उसका अंस नहीं रहता'—गौहर मियाँ ने उनके बारे में कहते-कहते इतना और कह दिया था। कहते हैं स्कूल के दिनों से एक शायर की संगत में उठने बैठने वाले जगत

शाही कच्ची उम्र से ही छन्द-बन्द कहने लगे थे। दूर की कौड़ी के रूप में एक प्रमाण किसी सहृदय ने दिया। बात उन दिनों की है जब राष्ट्रकवि के रूप में प्रसिद्ध कवि रामधारी सिंह दिनकर सीतामढ़ी में सब-रजिस्ट्रार बनकर आये थे। उन दिनों ज़िले में इंटर पास बाबू लोगों ने एक साहित्यिक सांस्कृतिक संस्था सी बना रखगी थी, कभी-कभार जिसकी सन्ध्या गोष्ठी हो जाया करती थी। कुछ छन्द-बन्द सुनने-सुनाने का दौर चलता, खान-पान...

जानता हूँ सबसे पहले आपको इस बात का खटका लगेगा कि इंटर पास ही क्यों? तो साहब इसके पीछे बड़ा सीधा-सा कारण था कि आसपास कहीं भी इंटर से अधिक पढ़ाई की कोई सुविधा नहीं थी। सबसे ऊँची शिक्षा तब सीतामढ़ी में इंटर की ही मानी जाती थी। सो भी गिने चुने ही थे। तो उन लोगों की संस्था का नाम था 'सुलेखक संघ'। उसकी अन्य गतिविधियों के बारे में तो ख़ास कुछ पता नहीं लेकिन सीतामढ़ी के 'सनातन धर्म पुस्तकालय' में आज भी एक पुस्तक मौजूद है—रामधारी सिंह दिनकर अभिनन्दन ग्रन्थ, जिसके प्रकाशक के रूप में सुलेखक संघ का नाम दर्ज है।

सुलेखक संघ के इस अभिनन्दन ग्रन्थ का जगत शाही से क्या सम्बन्ध? अरे, उसी सम्बन्ध के कारण तो यह सारा प्रकरण आया है यहाँ। अभिनन्दन ग्रन्थ के मुखपृष्ठ पर एक कविता उद्धृत है। पिछले साल जब वहाँ गया था मैं ख़ुद अपने मोबाइल के कैमरे में उसके मुखपृष्ठ की तस्वीर को क़ैद कर लाया था। उसी तस्वीर को देखकर उससे यह कविता यहाँ लिख रहा हूँ—

कविवर बनकर दिनकर आया
एक रजिस्ट्रार की सूरत में
श्रीकान्ति शान्ति मस्ती मुस्की का
पंचामृत ले मूरत में...

कवि के रूप में नाम दर्ज है—जगत। गौहर ख़ान का तो यह कहना था कि जगत 'भ्रमर' ने आरम्भ में जगत के नाम से हिन्दी में कविताएँ भी लिखी थीं, जो कुछ पत्र-पत्रिकाओं में छपी भी। दिनकर अभिनन्दन ग्रन्थ भी उनमें से एक थी। खैर, इस बात की मैंने न किसी से ताकीद की न ही कोई उनके बारे में कुछ बता सकता था

शायद। हिन्दी-उर्दू दो भाषाओं में समान रूप से लिखने वाले जगत 'भ्रमर' के बारे में केवल इतना ही पता चल पाया कि वे खाते-पीते खुशहाल किसान परिवार के थे। लेकिन न घर में बँध कर रहे न अपना घर बसाया। क्या किया क्या नहीं...कुछ पता नहीं चलता...

'बुलाकीपुर के ज़मींदार सिरमौर सिंह की तरह अगर अपने पैसे से अपने कलम प्रकाशन से किताबें छापी होतीं तो सिरमौर 'तृषित' की तरह हिन्दी साहित्य के इतिहास में 'गीतों के मखमली बयार' के रूप में अमर हो गये होते—लेकिन नहीं...जो लिखा भी वह अपने नाम से कहाँ लिखा—भ्रमर...' गौहर ख़ान के पास क़िस्से ही क़िस्से हैं, क्या सच है क्या झूठ—क्या पता!

'सच-झूठ होता क्या है? अपना-अपना नजरिया है'—मुझे अपना वह दोस्त याद आ गया रजनीश, ओशो बुलाते थे हम उसे। पता नहीं कॉलेज के बाद कहाँ गया? 'सच असल में जानते ही कुछ होता नहीं है। जो हमें अच्छा लगता है उसे हम सच मान लेते हैं। एक समय ऐसा आता है जब वह सबसे बड़ा सच एक बहुत बड़े झूठ में बदल जाता है। सच असल में कुछ होता नहीं, अपने-अपने सोच की सुविधा होती है। भ्रमर की कहानियाँ, पन्ना की कहानियाँ सब क्या ख़ान साहब के सोच की सुविधा भर है?

भ्रमर की ग़ज़लों, भजनों, सभा-सोसाइटियों में गाने जाने वाले गीतों को गा-गाकर पन्ना जल्दी ही चतुर्भुज स्थान का नगीना हो गयी—पन्ना बाई! चतुर्भुज स्थान उससे पहले भी गंगा पार से कई गायिकाएँ आयीं, कई गयीं, लेकिन उसकी बात अलग थी। 'इसकी आवाज़ में वही शोखी है जैसे खट्टे आँवले का मीठा स्वाद', बाबू लक्ष्मेश्वर नन्दन ने तो उसी दिन चन्द्रकला देवी के यहाँ पन्ना की पहली महफ़िल में ही कह दिया था। बाद में यह उसकी गायकी के लिए मुहावरे की तरह कहा जाने लगा—सीतामढ़ी, शिवहर, जनकपुर, मोतिहारी, बेतिया, रक्सौल, हाजीपुर...जाने कहाँ-कहाँ! उसके फन ने जल्दी ही ज़मींदारों, राजाओं, पुराने रायबहादुरों, ख़ान साहबों, महंथों को अपना मुरीद बनाना शुरू किया।

लेकिन असली जलवा जमा सोसाइटी गीतों से। अब न तो वह बिरादरी बची जो इस तरह के गीत सुनती थी, न वह फन बचा। यह वह ज़माना था जब सारा उत्तर बिहार मुजफ़्फ़रपुर की तरफ़

देखता था। स्कूल तो मुजफ़्फ़रपुर, कॉलेज तो मुजफ़्फ़रपुर, नया सिनेमा तो मुजफ़्फ़रपुर, पहला एयरकूल्ड सिनेमा हॉल तो मुजफ़्फ़रपुर, नया-नया बाज़ार, नया-नया फैशन सब मुजफ़्फ़रपुर। चतुर्भुज स्थान तो मुजफ़्फ़रपुर। लेकिन उसकी कहानी बाद में। पहले सोसाइटी गीत।

गाँव-देहातों में खेत थे, ऊँची-ऊँची हवेलियाँ थीं, हाथी थे, घोड़े थे, बैल थे, गाछी थे, पोखर थे, लेकिन उनके लड़के पढ़ने शहर जाने लगे थे। गाँव परम्परा थी तो शहर आधुनिकता होती जा रही थी। लोग अपनी-अपनी परम्पराओं को छोड़कर आधुनिकता की शरण में जाने लगे थे। शिवहर कोठी के बड़े-बुजुर्ग अक्सर एक कहानी सुनाते थे। वहाँ 500 बीघा जोत वाले किसान थे बाबू कपिलेश्वर ठाकुर। आज़ादी से पहले उन्होंने बनारस हिन्दू विश्वविद्यालय में जाकर एम. ए. तक की पढ़ाई की। फर्स्ट क्लास फर्स्ट आये। बनारस के अख़बारों में फोटो भी छपी। इंग्लैंड जाकर पीएच.डी. करने के लिए वजीफा मिलने वाला था। पिताजी ने कहा इतना सब कुछ कौन देखेगा? बस लौट आये। उन्हीं कपिलेश्वर ठाकुर के बेटे अखिलेश्वर ठाकुर ने पटना से वकालत की पढ़ाई की और वहीं वकालत करने लगे। महीना-दो महीना पर कभी-कभार घर आ जाते। आज अखिलेश्वर ठाकुर के तीनों बेटे-बेटी इंग्लैंड, अमेरिका में बसे हुए थे।

तब सब नया-नया था। लोग सीधे गाँव नहीं छोड़ते थे। घर तो गाँव में ही रहता था, शहर में 'डेरा' बना लेते। मुजफ़्फ़रपुर सबका डेरा बनता जा रहा था। परम्परा को जब भी आधुनिक बनना होता वह घर छोड़ डेरे पर आ जाता। मुजफ़्फ़रपुर आधुनिकता का पैमाना था। आधुनिक शहर में साहब रहते थे, गाँवों के बाबू रहते थे, वकील रहते थे, सेठ-व्यापारी रहते थे, प्रोफ़ेसर रहते थे। उनके मनोरंजन के नये-नये माध्यम आ रहे थे। सिनेमा उनमें सबसे अव्वल था, लेकिन चतुर्भुज स्थान की ओर से सिनेमा हॉल्स को कड़ी टक्कर मिल रही थी। उन्हीं दिनों एक नये काट की संगीत महफ़िल लेकर आयी पन्ना बाई और छा गयी।

टीशन पर चलती है गाड़ी रे दिल पे आरी चलत है
धुक-धुक बढ़ाती है गाड़ी रे दिल पे आरी चलत है...
प्यार किये दिल घाव दिये हो

दिल ले के इल्जाम दिये हो
काहे रुलावत हो, जिया तरसावत हो
दो दिन की है अपनी यारी रे, दिल पे आरी चलत है...

चिमनपुर के बड़े मालिक शशिधर शर्मा के बड़े लड़के अलख शर्मा गाँव-समाज के पहले आदमी थे जिन्होंने पटना विश्वविद्यालय से ऊँची पढ़ाई की, फिर बैंक में साहब बने। सबसे बढ़कर वे अपने समाज के पहले व्यक्ति बने जिसने अपने बेटे का जनेऊ गाँव से बाहर अपने आधुनिक माहौल में ही करने का काम किया था। उन दिनों वे पंजाब नेशनल बैंक के मुजफ़्फ़रपुर ज़िले में डेवलपमेंट मैनेजर थे। मिठनपुरा मोहल्ले में उस जनेऊ को कई साल बाद तक याद किया जाता रहा। खासकर संगीत की अपनी महफ़िलों के लिए। कहते हैं वह शहर की ऐसी कुछ आख़िरी महफ़िलों में थी जिसमें उस्ताद गौहर ख़ान, ब्रजबाला देवी जैसी सुगम संगीत की पारंगत गायिकाओं के साथ रहमत अली कव्वाल एवं साथी के अलावा पन्ना बाई का अलग से शो हुआ था।

सोसाइटी गायकी को पन्ना बाई ने एक विधा के रूप में शहर में स्थापित कर दिया। अलख शर्मा के बेटे के जनेऊ में साहब लोगों के लिए शहर के संगीत की बानगी के तौर पर पन्ना बाई ने जो झलक दिखाई उससे वहाँ मौजूद सभी के दिलों पर सचमुच आरी चल गयी। वह केवल मर्दों की महफ़िलें नहीं होती थीं उसमें साहबों की आधुनिका पत्नियाँ भी बैठती और गीत-ग़ज़लों के मिले-जुले उस संगीत का आनन्द उठाते, बीच-बीच में ताली बजाकर थोड़ा बहुत झूमते, अगर संगीत अधिक साथ दे देता तो उठकर थोड़ा-बहुत पैर भी थिरका लेते।

और पारम्परिक ढंग से कुछ आधुनिक टाइप मनोरंजन हो जाता। शादी-ब्याह से लेकर रतजगे की शहरी महफ़िलों में पन्ना सुगम संगीत से सोसाइटी संगीत का रंग जमाती कि बस पूछिए मत। लोग उनकी अगली महफ़िल का इन्तज़ार करते। इन्तज़ार करते कब उसकी एक झलक दिख जाये।

चर्चे उसके रूप के भी कम न थे। सोमवार को अगर शहर में रहती तो बाबा गरीबनाथ के दर्शन करने ज़रूर जाती। रास्ते में सड़क

के दोनों तरफ़ देखने वाले किसी बहाने खड़े रहते और कनखियों से उसे देखते। जैसा गला वैसा रूप। सब तरफ़ उसकी चर्चा हो जाती। कहते हैं उन दिनों महफ़िलों में उसके गाये गीतों को पार्टियों, कम्पीटीशन में लड़कियाँ दोहराती थीं। स्कूल-कॉलेजों में, सभा-प्रतियोगिता में सिनेमा के गीत गाना अच्छा नहीं समझा जाता था।

पन्ना गाती थी। ख़ूब गाती। लेकिन सबके यहाँ नहीं गाती थी, सबके लिए नहीं गाती थी। कहने वाले कहते कि उसने गीत-संगीत के मायने बदल दिये। संगीत की महफ़िलों के अन्दाज़ बदल दिये। नये शहराती आधुनिक समाज को चतुर्भुज स्थान की संगीत परम्परा से जोड़ने के चक्कर में वह उस परम्परा को ही संगीत से दूर ले गयी। लेकिन अदब, तहजीब की उस परम्परा को नहीं छोड़ा जिसने चतुर्भुज स्थान को चतुर्भुज स्थान बनाया। एक बार का क़िस्सा है नेपाल के सीमावर्ती क्षेत्र के एक बड़े ज़मींदार उसकी महफ़िल में गाना सुनने आये। उनके सम्मान में महफ़िल सजी। संग-साथ के लिए आसपास के इलाकों के कई मशहूर रसिया आये। बाबू आये, साहब आये, टोपी वाले आये, खादी वाले, आला वाले आये, चोगा वाले आये। सब आये। उनके आने से रौनक आयी। बाज़ार में चमक आयीं, गाड़ियाँ आयी, शम्फनी आयी, ताँगा आये, इक्के आये। सबको देखकर फूल वाले आये, अतर वाले आये, पान वाले आये, नसवार वाले आये। उस औरत की आवाज़ चलती थी इतने सारे लोगों का रोज़गार...लेकिन सब अदब से तहजीब से।

नेपाल के धनुषा अंचल के लोहना गाँव के उस ज़मींदार साहब की शान में कहते हैं उस रात पन्ना ने एक से एक गीत ग़ज़लें गायीं। जब महफ़िल का रंग कुछ सुरूर में आया तो पन्ना ने गाना शुरू किया—

इस जान की क्या बात है इमान दे दिया
अपनी हरेक अदा को तेरे नाम दे दिया
और आपने दिया क्या?
बदनामियों का चर्चा मेरे नाम कर दिया!

सुनाने वाले कहते जब हाथ को बड़ी अदा से आगे से पीछे की तरफ़ नचाते हुए पन्ना ने कहा—और आपने दिया क्या? बस ज़मींदार

साहब ने सुरूर में आते हुए कहा—'तुम जो कहो दे देंगे!' कहते हुए वे खड़े होने लगे। पन्ना ने वहीं गाना रोक दिया। सन्नाटा छा गया। वह चतुर्भुज स्थान के ढलान के दिन थे। आज़ादी के बाद रजवाड़े ख़त्म हो गये थे। ज़मींदारों के परिवार में भी विस्थापन शुरू हो चुका था। ऐसे में इतने बड़े ज़मींदार की थोड़ी सी चुहल पर इतना भड़क जाना। बाज़ार है, इसके चलाने वाले जैसे चलायेंगे वैसे ही तो चलना होगा न।

लेकिन नहीं...पन्ना तो अपने ही रंग में रही, अपने ही ढंग से चली। साफ़ कह दिया—'भंसार पार से आने वाले बाबू लोगों के पास अंटी में माल तो बहुत होता है, लेकिन शऊर नहीं होता। हम जैसों को ध्यान से सुन लेंगे न बाबू तो शऊर वैसे भी आ जायेगा। इस तरह की बेअदबी करके क्यों अपने खानदान को बेआबरू करके उसकी बेअदबी कर रहे हैं। मुआफ कीजिएगा, लेकिन दरवाज़ा खुला हुआ है। आप फ़ैसला कीजिए। आज की महफ़िल ख़त्म।'

बाबू साहब से माफ़ी मँगवा ली थी उस रात पन्ना ने।

न जाने कितने बाबुओं ने माफ़ियाँ माँगीं, कितनों ने उसके यहाँ आ आ कर नाक रगड़ी। पन्ना अपनी मर्जी से ही चली। पक्का कलाकार। मन किया तो महफ़िल भी कर आयी, नेग भी दे आयी। सूतापट्टी के मारवाड़ी सेठ के घर जब बेटे की शादी के दस बरसों बाद पोता हुआ तो बिना बुलाये ख़बर करवा कर छठ्ठी की महफ़िल लगाने पहुँच गयी थी और सोना का हनुमानी मुँह दिखाई दे आयी। उनके कहने पर ही बाद में रक्सौल में गोला सेठ के बेटे के तिलक-फलदान में महफ़िल में गाने से मना कर दिया। क्यों? क्योंकि 'जब बड़े-बड़े पछिमाहा दरबारों में नहीं गयी तो पछिमाहा सेठ के यहाँ क्या जाऊँ? एक बार न तो न! चाहे कोई कितना भी पैसा दिखा दे।'

बड़ी-बड़ी महफ़िलों की ख़ुशनुमा याद बनकर महकती रही पन्ना। उत्तर बिहार के किसान-ज़मींदार परिवार के बूढ़-पुरनिया दो महफ़िलों का ज़िक्र बरसों बाद तक करते रहे। बिहार के एक मुख्यमन्त्री की दो पोतियों की शादी सीतामढ़ी ज़िले के दो ज़मींदार परिवार के इकलौते वारिसों से हुई। चक्का रसलपुर के रघुनाथ बाबू उनमें से एक ज़मींदार थे जो बरात के साथ अपने इलाके की संस्कृति की एक झलक पेश

करने के लिए पन्ना बाई की पार्टी को भी साथ लेकर गंगा पार मुख्यमन्त्री के गाँव पहुँचे। तीन रात का रतजगा हुआ था उस शादी में। पटना, मुजफ़्फ़रपुर के गाने वाले, कव्वाल सभी थे वहाँ। लेकिन औरतों के बीच खासतौर पर बधाई गाकर और चुनिन्दा बाबुओं की महफ़िल में गाकर पन्ना ने अलग ही समाँ बाँधा।

'वो शुभ घड़ी आयी है/सब मिलके गाओ बधाई वो शुभ घड़ी आयी है', या 'बाबुल को तजकर चली आज सजकर/बिटिया रानी ससुराल चली' जैसे गीतों से उसने औरतों की महफ़िल में सबको हँसाया, रुलाया, नचाया। बाहर गुणवंतों की महफ़िल में उसकी गायकी का रंग जमा ग़ज़लों से, गीतों से—

'दूर जाते हैं साहब चले जाइये
अपनी हस्ती है क्या जी चले जाइये!
दो क़दम का सफ़र चार रुस्वाइयाँ
बस यही है मोहब्बत? चले जाइये!
जाने वाले कहाँ आने वाले रहे
जाने वालों का क्या जी चले जाइये...'

या यह ग़ज़ल—

यूँ कनखियों से न देखा कीजिए
देख लेंगे सब न देखा कीजिए!
सबसे बोलो सबसे चाहो हम नहीं
सब समझते हम न देखा कीजिए!
क्या मोहब्बत क्या लगावट क्या जुदाई
सब कहानी है न देखा कीजिए!...

उनकी महफ़िलों की ही चर्चा रह गयी। जानी-मानी हस्तियों ने बढ़-चढ़कर दाद दी। लड़के वाले मुख्यमन्त्री के घर से लड़की लेकर चले पन्ना दाद लेकर निकली। भरपूर। उसकी गायकी, उसकी अदायगी। सब लोग कभी नहीं भूल पाते। यह हो ही नहीं सकता था कि आपको कभी उनकी महफ़िल में जाने का मौक़ा मिला हो और आप उस महफ़िल को भूल गये हों।

मुख्यमन्त्री के घर दोनों शादियों में पन्ना गंगा पार करके क्या

गयी कि गंगा पार भी उसकी महफ़िल करवाने के लिए गुणवंत मौक़े तलाशते रहते। लेकिन उसकी उम्र ढलने लगी थी। वह गाड़ियों, स्टीमर की लम्बी थकाऊ यात्रा में बेदम हो जाती थी। पहले की तरह रतजगों में उत्साह से गा नहीं पाती थी। बस कुछ गिने-चुने लोग थे जिनके लिए कभी-कभार महफ़िल सजाती, जिनके दरवाज़ों पर आवाज़ की रौशनी जलाती। आवाज़ में वही सोंधापन था लेकिन शरीर थकता जा रहा था। एक तरह से उसने मुजफ़्फ़रपुर से बाहर जाना छोड़ दिया। वह भी तब जब उसकी ख्याति मुजफ़्फ़रपुर के बाहर के शहरों-कस्बों में फैल रही थी। दूर-दूर तक!

उसी दौर का एक क़िस्सा है जब पन्ना एक जीती-जागती मिथक में बदलती जा रही थी। साठ के दशक के आरम्भिक वर्षों में भारत के प्रथम प्रधानमन्त्री मुजफ़्फ़रपुर की यात्रा पर आये थे। रात को उनके सम्मान में शहर के प्रसिद्ध रईस समरेश प्रसाद सिंह के घर आयोजन किया गया। संस्कृति प्रेमी विद्वान प्रधानमन्त्री के सम्मान में आयोजन हो और गीत-संगीत न हो। तब तक मुजफ़्फ़रपुर में संगीत मतलब पन्ना बाई ही था। इसलिए दो-तीन चुनिन्दा गीत गाने के लिए पन्ना को भी बुलाया गया।

यह उसके जीवन का सबसे बड़ा सम्मान था। वह जानती थी। इसलिए उसने इस मौक़े का भरपूर उपयोग करते हुए एक गीत गाया—

'हीरा बेकार है, सोना बेकार है
देश को तो अपने जवाहर से प्यार है
सब मिलकर साथ रहें,
मकसदों की ओर बढ़ें
घाटियाँ बहुत हैं मगर
सामने पहाड़ है
कन्धे पर जिसके हिमालय का भार है
देश को तो अपने जवाहर से प्यार है...'

उसकी ग़ज़लों का तो अपना रंग रहा। वह आमतौर पर बड़े शायरों के कलाम गाने से परहेज करती थी लेकिन उस शाम पन्ना ने खासतौर पर मुईन हसन जज़्बी की ग़ज़ल गायी—'दुनिया को समझ के बैठे हैं अब दुनिया दुनिया कौन करे..' ख़ूब सराहना मिली। किंवदंती है कि

प्रधानमन्त्री ने कहा था कि आपकी आवाज़ में लोगों को प्रभावित करने की क्षमता है। आपको अपने गीतों के माध्यम से अपने समाज में आधुनिकता की भावना पैदा करने की कोशिश करनी चाहिए, अपनी विरासत की मजबूत छवि को सामने प्रस्तुत करने का प्रयास करना चाहिए।

और कोई कहे या न कहे गौहर ख़ान साहब कहते हैं कि उस दिन के बाद तो जैसे उसे दूसरा जीवन मिल गया। नाम-इकराम उसने काफ़ी बना लिया था। उसके धन दौलत, उसकी शाहख़र्ची, उसकी मेहमाननवाज़ी, शिमला-नैनीताल घूमने का उसका शौक़—सबके अलग क़िस्से हैं। वह देख रही थी समय बदल रहा था। पुराने रईसों के, पुराने ज़मींदारों की अंटियाँ टाइट होती जा रही थीं। उसने धीरे-धीरे अपनी पहचान बदलनी शुरू की। संगीत समारोहों में जाने लगी, कहते हैं अपने जीवन में कुल 44 शहरों में उसने अपने एकल प्रोग्राम दिये जो चतुर्भुज स्थान की किसी और गायिका ने दिये हों ऐसा सुनने में नहीं आया।

गीत-संगीत लाइन की अपनी पोलिटिक्स होती है। दुर्भाग्य से उस ज़माने में पूरब की गायकी का मतलब बनारस के साथ ख़त्म हो जाता था। गंगा पार के गायक-गायिकाओं को नीची नज़र से देखा जाता था। जबकि खुद बनारस वाले यहाँ नज़र रखते। इसी पोलिटिक्स का नतीजा रहा कि म्यूजिक का तवा बनाने वाली कम्पनियों ने कभी उसका तवा नहीं निकाला। तब ग़ज़लों-सुगम संगीत का वैसा दौर भी नहीं आया था। जब उसका सुनहरा दौर आया तो पन्ना का दौर बीत चुका था। कलकत्ता की भारत कैसेट्स कम्पनी ने उसके कई कैसेट निकाले। लेकिन कम्पनी ही बाद में डूब गयी। उसकी आवाज़ उसके साथ ही ख़त्म हो गयी। जबकि थी वह रूहानी आवाज़—गौहर ख़ान ने एक दोपहर उसकी तस्वीर ढूँढ़ते-ढूँढ़ते एक ज़माने की दर्द भरी भर्राई आवाज़ में कहा।

वह देवी बन गयी थी। उसे कोई भी बाई नहीं बुलाता था। आकाशवाणी के उसके गायन के प्रोग्राम प्रसारित होने लगे जिसमें उसका नाम प्रसारित होता पन्ना देवी। उसका एक अपना मकाम बन गया था। देश की गायिकाओं में उसका नाम शुमार किया जाता रहा हो या नहीं इसका कोई प्रमाण नहीं मिलता है लेकिन एक दस्तावेज़

है यूनेस्को का। सत्तर के दशक के मध्य में यूनेस्को ने भारत के सभी उल्लेखनीय शास्त्रीय संगीत विशारदों के नाम दर्ज किये गये हैं। उसमें मुजफ़्फ़रपुर से सिर्फ़ एक नाम दर्ज है पन्ना बाई का। पन्ना हमारी स्मृतियों से गुम ज़रूर होती चली गयी लेकिन उसका मकाम क़िस्से-कहानियों में आज भी बरकरार है।

न जाने कितनी ऐसी गायिकाएँ थीं, रही होंगी जिनके गाये गीत तवे पर चढ़कर अमर नहीं हो सके। वे अमर होने के लिए थे ही नहीं। जीवन के उमंग को आवाज़ से जगाने वाली आवाज़ें कभी अमर नहीं होतीं। उनका मरना ही उनकी नियति होती है शायद। जिनका कोई नाम नहीं होता उनका गुम हो जाना ही उनकी नियति होती है। हम तो बस खोज सकते हैं। उसको जो गुम हो गये।

पन्ना की यह कहानी जगत भ्रमर की शायरी से शुरू हुई थी। उनकी शायरी के साथ ही परवान चढ़ी। यह गुत्थी मैं नहीं सुलझा पाया कि पन्ना की निजी कहानी में जगत भ्रमर कहाँ तक थे। लेकिन इतना तो पक्का है कि वे उसकी संगीत यात्रा में बैकग्राउंड म्यूज़िक की तरह थे। बिना तखल्लुस के हर जगह मौजूद रहने वाले। पन्ना की लोकप्रियता का एक कारण यह भी बताया जाता है कि उन्होंने अपने ज़माने के मिजाज़ को समझा। उस आधुनिकता को समझा जो शास्त्रीयता से तो मुक्त हो रही थी लेकिन परम्परा को भी बनाये रखना चाहती थी। लेकिन थोड़ा अपने ढंग से—थोड़ा अपने काट से!

जगत भ्रमर की शायरी का उसमें अहम किरदार था। उसकी आम ज़ुबान वाली शायरी में थोड़ी गहराई भी होती थी, जो साधारण समझ वाले शौक़ीनों को थोड़ी बहुत गहरी सूझ भी दे जाती थी।

जगत भ्रमर एक पहेली बनकर रह गये। जिस सुबह उनको इस बात का पहली बार पता चला कि पन्ना ने चतुर्भुज स्थान की हवेली खाली कर दी है। तो उनको दो-तीन दिन बाद तक वहाँ भटकते देखा गया। शायद उनको लगा हो कि वह 7 शहरों में बने अपने बँगलों में से किसी में गयी होगी। कुछ दिन में आ जायेगी। किसी से आने की ख़बर मिल जायेगी। उसने जगत भ्रमर को कुछ नहीं बताया था। वे कुछ दिन तक उसे खोजते रहे, भटकते रहे, फिर कहाँ चले गये किसी ने नहीं देखा। अपने गाँव तो नहीं गये थे। क्या फिर...

नहीं इतना तो पक्का है कि पन्ना के बच्चों के पिता वे नहीं

थे। जगत भ्रमर नहीं। कई लोगों के नाम जुड़े। पहला नाम लक्ष्मेश्वर नन्दन का ही था। कहने वाले कहते कि चतुर्भुज स्थान की उसकी हवेली उनकी ही बनवाई हुई थी। वह अक्सर उनके दरबार में जाती भी थी। लक्ष्मेश्वर नन्दन वैसे बहुत बड़े मुरीद थे पन्ना बाई के। उनके लगुए-भगुए उन दिनों कहा करते थे—बाबू साहब को पन्ना का बहुत शौक़ है। एक गले में पहनते हैं दूसरी है वह गले वाली। वैसे लक्ष्मेश्वर नन्दन के बारे में जितना भी मशहूर रहा हो कि वे बड़े कंजूस थे, लेकिन उन्होंने अपनी शानो-शौक़त के मामले में कभी कंजूसी नहीं बरती। न ही पन्ना को लेकर।

असल में पन्ना पन्ना बनी तो उसके पीछे बाबू साहब लक्ष्मेश्वर नन्दन का बड़ा हाथ था। उन दिनों बहुत कम ऐसे दरबार थे उत्तर की तरफ़ जो सही मायने में कनरसिया थे। बाबू साहब वही थे। बाहर चाहे जहाँ जायें जिधर भी मुँह मार आयें लेकिन अपने दरबार में खास-खास मौक़ों पर उनको ही बुलाते जिनकी आवाज़ कानों के साथ सहज भाव से रिश्ता बना लेती हो। पन्ना उन ख़ुशनसीबों में थी जो मिथिला के उस दरबार में बार-बार गयी। आजीवन उसको दरबार से पेंशन भी मिलता रहा। मेरा मतलब है जब तक वह लेती रही तब तक। बाद के दिनों में तो ख़ुद दरबार की ऐसी हालत नहीं रह गयी थी कि वह किसी को कुछ दे सके। बाबू लक्ष्मेश्वर नन्दन तब तक दुनिया छोड़कर जा चुके थे।

बार-बार आने जाने गाने से भी तो कहानियाँ बन जाती हैं। जहाँ गयी वहीं एक कहानी बन गयी। एक ऐसी कहानी जिसे जिसने सुनाया अपने ही ढंग से सुनाया। उसकी कोई भी कहानी अन्तिम नहीं रही।

किस दरबार में नहीं जाती थी पन्ना। यही तो उसका जलवा था। लखनऊ के उस रईस का नाम बार-बार आता जिसने उसके बच्चों को लखनऊ के प्रमुख स्कूलों में पढ़वाया। उसकी दो-दो बेटियाँ स्वर्णलता और प्रेमलता पढ़ीं, डॉक्टर बनीं, फिर लन्दन में बस गयीं। बेटा एक बड़े चाय बागान में मैनेजर बना। दार्जिलिंग में।

जिन कलाकारों को राज-समाज की मान्यता मिली, मान मिला, सम्मान मिला उनको तो समाज में मान्यता मिल जाती। लेकिन जिनको यह सब नहीं मिला उन्होंने यूरोप-अमेरिका के अलग-अलग शहरों में

जाकर एक दूसरे जीवन को अपना लिया। एक आम ज़िन्दगी, एक खुली ज़िन्दगी। एक ऐसी ज़िन्दगी जिसमें न नाम था न गुमनामी थी।

पन्ना ने लन्दन में अपना नया जीवन शुरू किया। अपनी दो बेटियों के साथ। उसके बाद न तो चतुर्भुज स्थान का कोई उनसे कहीं मिल पाया, न किसी ने उनको कहीं देखा। कई बरस बाद बनारस आने जाने वाले तबलानवाज सुलतान ने बताया कि पन्ना नहीं रही। बनारस में उनकी मुलाक़ात पन्ना की मौसेरी बहन से हुई थी।

वहीं लन्दन में उनका क्रियाकर्म हुआ। उनके परिवारवालों ने हरिद्वार, प्रयाग के संगम में उनके फूल प्रवाहित किये। संस्कृति की सनातन नदी में एक छोटी-सी कहानी जैसा जीवन जीने वाली पन्ना अपनी परम्परा में समाहित हो गयी।

जिस दिन ख़बर आयी चतुर्भुज स्थान में मातम पसर गया। पन्ना भले अपनी उस गली को उसके अपने परायों को भूल गयी हो लेकिन वे उसे नहीं भूले थे। वे जानते थे, पन्ना जहाँ भी गयी उसके साथ थोड़ा चतुर्भुज स्थान भी गया, थोड़ी वहाँ की परम्परा गयी।

परम्परा, जिसे पन्ना ने एक दौर में बदल कर रख दिया था।

जगत भ्रमर के तो क़िस्से भी नहीं बचे। कौन मानेगा कि एक ज़माने में, एक ज़माने तक सबसे मशहूर गायिका ने उनके लिखे शब्दों को आवाज़ दी, देश भर में उनकी ग़ज़लों, उनके गीतों को पहुँचाया। लेकिन वे तो जैसे दुनियावी मसलों के लिए बने ही नहीं थे। जो लिखा उसके लिए लिखा, वहीं तक गये जहाँ तक वह लेकर गयी।

लेकिन क्यों गयी? यह सवाल कई बार मेरे मन में कौंधा। जितने इशारे इस कहानी में दायें-बायें से मिलते हैं अगर उनको जोड़कर जो कहानी बनायी जा सकती है वह मन ही मन मैंने कई बार बनायी भी। लेकिन ख़ुद मुझे भी नहीं जमी। इतने बड़े चरित्र को इतनी छोटी कहानी में निपटा देना मुझे कुछ जमता नहीं था।

जगत भ्रमर के बारे में मैं लिखना चाहता था। लेकिन गौहर ख़ान साहब के अलावा उनकी कहानी का कोई और सिरा नहीं मिला। समय बहुत बीत चुका है। समय तो बड़ों-बड़ों के निशान मिटा देता है। फिर वे तो जगत भ्रमर थे। मैं ख़ुद को सौभाग्यशाली समझता हूँ कि मुझे उनकी कुछ ग़ज़लें मिल गयीं, उनके कुछ गीत।

मैं सोच रहा था कि उनकी कविताएँ हिन्दी साहित्य की परम्परा

का हिस्सा हैं या उर्दू साहित्य की। सबकी परम्परा नहीं होती। नहीं बनती।

अभी कहानी ख़त्म नहीं हुई है। असल में पन्ना बाई उर्फ़ पन्ना देवी की कहानी तब तक ख़त्म नहीं हो सकती जब तक कि छोटी पन्ना की कहानी न आ जाये। यही वह किरदार है जिसने चतुर्भुज स्थान में पन्ना के खरे संगीत को खोटा कर दिया। बनारस के पास मुगलसराय की रहने वाली सुमित्रा को मुजफ़्फ़रपुर के एक थोक व्यापारी सेठ ने नाम दिया छोटी पन्ना और चतुर्भुज स्थान के बाज़ार में शिकारी मर्दों के लिए उतार दिया।

समय बदल रहा था। पुराने ज़मींदार, सेठ, राजे, दरबार सब एक-एक कर ख़त्म हो रहे थे। शहराती लोगों का मिजाज़ बदल रहा था। गाना-नाचना उनके लिए कला का कोई रूप नहीं रह गया था। वह तो उनके लिए खालिस मनोरंजन भर था। पैसा फेंको तमाशा देखो। अगर नाच-गान एक साथ ही हो तो। मुजरा का ज़ोर बढ़ता जा रहा था। नव दौलतियों की नयी खेप शहर में आ गयी थी। पथ निर्माण विभाग, सिंचाई विभाग का बजट बढ़ रहा था। गाँव-गाँव, शहर-शहर के लिए परियोजनाएँ पास हो रही थीं। ठेकेदार, इंजीनियरों की नयी खेप आ रही थी। थोक में माल कमाने वालों का एकदम नया तबका सामने आ रहा था। इस तबके को न अपनी परम्परा से मतलब था, न संस्कृति की उस जीती जागती धरोहर पर उनको नाज था।

गीत-ग़ज़ल, सभा-सोसाइटी संगीत के दिन लदते जा रहे थे। पब्लिक का डिमांड रहता था पैसा दिये हैं तो थोड़ा फ़िल्मी हो जाये, थोड़ा मुजरा हो जाये दो-चार ठुमकों के साथ। उसी ज़माने में थोक सेठ ने नवजीवन स्टोर के मालिक के बेटे के जन्मदिन पर छोटी पन्ना को उतारा। 'वो न आयेंगे पलट के उन्हें लाख हम बुलायें'—अपने पहले ही मुजरे के ठुमकों से उसने ऐसा समाँ बाँधा कि नामी ठेकेदार यशकर मदनानी ने आगे बढ़कर घोषणा कर दी—छोटी पन्ना ज़रूर है लेकिन ढब और छब में पन्ना बाई के भी कान काट लेगी।

जिस परम्परा को पीढ़ियों से गायिकाओं ने पारिवारिक संगीत के रूप में विकसित किया था छोटी पन्ना के आते ही वह केवल मर्दों

के मनोरंजन में बदल गयी। देखते-देखते कई मुजरेवालियाँ पता नहीं कहाँ से चतुर्भुज स्थान में आ गयीं। दाद-इमदाद के बल पर चलने वाली परम्परा को देखते-देखते सेठों, ठेकेदारों, साहबों, खद्दरधारियों ने अपने पैसे के ज़ोर पर बदल दिया।

उन्हीं दिनों की बात है जब पन्ना बाई उर्फ़ पन्ना देवी ने चतुर्भुज स्थान को छोड़ दिया। अपने अहंकार की वजह से उसने अपने आसपास ऐसी दीवार बना ली थी कि किसी ने उसके जाने का अफसोस भी नहीं मनाया। उस्ताद गौहर ख़ान जैसे लोग मन मसोसकर रह गये। समझ गये थे अदब और तहजीब की विदाई हो चुकी थी। शोर-शराबा बढ़ गया था।

छोटी पन्ना की कहानी भी ख़ूब रही। मुग़लसराय के एक ग़रीब घर की इकलौती लड़की सुमित्रा आयी और आते ही छा गयी। संगीत की बैठकी की जगह पैसा लुटाने वाले 'नाच' की शुरुआत हो चुकी थी। पन्ना जैसे इन नव दौलतियों की नब्ज़ को समझती थी। साल-साल भर का 'साटा' बुक रहता था। मुजरा करने वाली तो कई लड़कियाँ थीं लेकिन उसके मुक़ाबले का कोई नहीं था। वह फ़िल्मी मुजरे करती और जैसे देखने वालों की कल्पना की हिरोइन को साक्षात उतार देती थी।

छोटी पन्ना की बड़ी पन्ना से तुलना करना एक तरह से पन्ना बाई का उपहास उड़ाना था। पन्ना बाई के ज़माने में तहजीब का आलम यह था कि कई बार अपने पुराने असामियों के घर में किसी ख़ास ख़ुशी के मौक़े पर पन्ना बाई ने न सिर्फ़ आगे बढ़कर प्रोग्राम दिया बल्कि अपनी हैसियत के हिसाब से शगुन भी दिया। एक नहीं कई-कई उदाहरण हैं। इज़्ज़त, नाम फोकट में थोड़े ही हो जाता है।

छोटी पन्ना की कहानी बरसों सुनाई जाती रही समस्तीपुर के सेठ नारायण कुमार जैन के कारण। समस्तीपुर के नारायण वस्त्रालय के मालिक नारायण जैन छोटी पन्ना के प्यार में पड़ गये। दूकान कर्मचारियों के भरोसे पन्ना के यहाँ पड़े रहते। दो साल बीतते कंगाल हो गये। जब उनके पास पन्ना को देने के लिए कुछ नहीं बचा तो कहते हैं पन्ना ने मुँह फेर लिया। पुलिस बुलवाकर पिटवाया। शिकायत की 'ई आदमी टाइम-बेटाइम परेशान करता रहता है। गलत-सलत

बात करता है।' नारायण जैन बार-बार आते, बार-बार पिटते। बाद में चतुर्भुज स्थान मन्दिर के बाहर बैठकर भीख माँगने लगे। बरसों वहाँ बैठे देखे गये। कहते हैं उनके परिवार वाले बदनामी के कारण समस्तीपुर छोड़कर दिल्ली रहने चले गये। वहाँ उन्होंने अपना बिजनेस जमाया। लेकिन कभी नारायण जैन को पूछने नहीं आये, जिसने पन्ना के लिए अपना सब कुछ खो दिया।

लेकिन पन्ना उसे नहीं मिली। पन्ना किसी को नहीं मिलती। कहते हैं चतुर्भुज स्थान में पन्ना नाम इतना शगुनिया माना जाता है कि पन्ना बाई के सात समन्दर पार चले जाने के बाद चतुर्भुज स्थान की सात गलियों में एक न एक पन्ना ज़रूर रहती आयी है—पन्ना बाई!

कौन नगर से पानी लाये कौन नगर से दाना
कौन नगर का जोड़ा जामा कौने गाम ठिकाना
जनकपुर से पानी लाये दरभंगा का दाना
मधुबनी का जोड़ा जामा सरसिउ गाम ठिकाना

कौन नगर से पानी लाये
कौन नगर से दाना
कौन नगर का जोड़ा
जामा कौने गाम
ठिकाना
जनकपुर से पानी लाये
दरभंगा का दाना
मधुबनी का जोड़ा जामा
सरसिउ गाम ठिकाना

बाकी बाजत रसनचौकी

'जे लागत से दियाई/बाकी बाजत रसनचौकी...'

बरसों लोग इस कहावत को दोहराते रहे। कहावतें शायद इसी तरह बनती हों और क़िस्से-कहानियों में ढलकर लोक का हिस्सा बनकर पीढ़ियों की स्मृतियों में बची रह जाती हों।

कहानी है माँ सीता की जन्मभूमि सीतामढ़ी से तीस कोस पश्चिम अदौरी गाँव की। बाबू रामकिंकर सिंह की बेटी की शादी नेपाल के धनुषा अंचल के वैदेही गाँव के ज़मींदार विन्देश्वर ठाकुर के एकलौते बेटे से तय हुई थी, लड़का कोलम्बो प्लान से इंजीनियरिंग की पढ़ाई कर रहा था।

क्या कीजिएगा विषय के साथ विषयान्तर हो ही जाता है। इस क़िस्से का ताल्लुक उसी शादी के क़िस्से से जुड़ा हुआ है। 40 साल से ऊपर हो गये होंगे। लेकिन भूले-बिसरों को आज भी कभी-कभी वह जलसा याद आ जाता है जिसके उन्होंने क़िस्से सुने थे। इस क़िस्से ने बाबू रामकिंकर सिंह को अमर कर दिया, उनकी बेटी की उस शादी को न मिटने वाली स्मृति का हिस्सा बना दिया।

कहते हैं जब रामकिंकर सिंह के समधी ने अपने समदिया के मार्फत उनसे पुछवाया कि कितना बराती लायें। रामकिंकर सिंह का जैसे ख़ून खौल गया। एक तो पहले से ही मन ही मन इस बात को लेकर दुखी चल रहे थे कि इतना पैसा-ऊँचा खानदान कुछ काम नहीं आया। लड़की के लिए अपने इंडिया में कोई ढंग का लड़का नहीं मिला, बेटी की शादी नेपाल में करनी पड़ी। ऊपर से यह हरकत!

अपनी मूँछों को हल्का सा छूते हुए उन्होंने कहा—'गाँव में भाई कम पड़ जायें तो आसपास के गाँव के भाइयों को भी न्योता दे देने के लिए कहना समधी साहब को!' और हँसते हुए यह भी जोड़ दिया

कि अगर आदमी कम पड़ जायें तो कहना मर्दाना कपड़ा पहना कर जनाना लोग को भी ले आयें। उनका कहना था कि वहाँ बैठे सभी लोग ठठाकर हँस पड़े। 'हम हौसला रखते हैं, न्योता-पेहानी में पीछे नहीं हटते, न स्वागत सत्कार में!' समदिया को इस सन्देश के साथ 51 रुपये दिये और विदा कर दिया।

'जे लागत से दियाई बाकी बाजत रसनचौकी!' जाते-जाते समदिया के कानों में यह आवाज़ आयी थी और समवेत ठहाके की गूँज!

समदिया ने जाने किस ढंग से जाकर अपने मालिक विन्देश्वर बाबू को यह सन्देश सुनाया कि उन्होंने आव देखा न ताव आसपास के पाँच गाँव के भाइयों को बरात में चलने का न्योता दे दिया। उन दिनों बरात में भाई यानी जात-बिरादर वालों को ही ले जाने का चलन था। कहते हैं 1500 लोग बराती में आये थे।

खाने-पीने-ठहरने के इन्तजाम को भी लोगों ने बरसों याद किया। शर्बत के लिए कहते हैं कुओं में चीनी की बोरियाँ उलट दी गयी थीं। तीन दिन तक बरातियों के स्वागत के लिए तरह-तरह के इन्तजाम किये गये थे। लेकिन याद रह गया चतुर्भुज स्थान की छोटी पन्ना का 'मोजरा'। बाबू विन्देश्वर ठाकुर ने ख़ास फरमाइश की थी अपने समधी साहब से—दूरा, मरजाद में थोड़ा बहुत एन्ने-ओन्ने हो जाये तो कोई बात नहीं बाकी पन्ना का मोजरा ज़रूर होना चाहिए बाबू साहब।

नेपाल में राजशाही का ज़माना था। शादी-ब्याह, परब-त्योहार पर नाच-गान के आयोजन की साफ़ मनाही थी। उस ज़माने में नेपाल के बाबू साहब लोग जब अपने बेटे का बियाह सीमा पार करते तो उसके पीछे उनका यह लोभ भी छिपा रहता था कि चतुर्भुज स्थान की किसी बाई का नाच देख लें, गाना सुन लें। दहेज में तो थोड़ा-बहुत हेरफेर मान जाते थे, लेकिन मरजाद के बाद मोजरा न हो तो...

जो बाबू साहब इसके लिए तैयार नहीं होते थे उनके यहाँ शादी-बियाह की बात आगे नहीं चल पाती थी। रामकिंकर सिंह मान गये थे। तीन रात बरातियों के रमन-चमन के लिए अलग-अलग इन्तजाम किये गये थे। पहली रात रही कव्वाली की। बाबू रामकिंकर सिंह कव्वाली के बड़े शौक़ीन थे। एक बार तो गुलाम फ़रीद ख़ान की कव्वाली सुनने के लिए ट्रेन पकड़ कर दिल्ली निकल पड़े थे। तो

उन्होंने नेपाल से आये बरातियों के लिए खासतौर पर बन्ने भारती की कव्वाली का प्रोग्राम रखवाया था। मुजफ़्फ़रपुर ज़िले के बन्ने भारती उनके हिसाब से आसपास के इलाके के सबसे अच्छे कव्वाल थे।

बरात की माँग थी कि तीनों दिन नाच के अलग-अलग आइटम रखे जायें। लेकिन सीमा के इधर के बाबू लोगों में नाच करवाने को लेकर अभी भी हिचक सी रहती थी। पुराना रिवाज जो था। खानदानी ज़मींदार परिवार गायक-गायिकाओं को बुलाने में यक़ीन रखते थे। तिरहुत-मिथिला के ज़मींदार लोग कनरसिया कहलाते थे। मुजफ़्फ़रपुर से लेकर बनारस तक उनके पसन्द की गायिकाएँ बिखरी हुई थीं। जब मौक़ा मिलता, जितनी हैसियत होती उस हिसाब से सब अपने पसन्द की गायिकाओं को बुलाते, अपने परायों के साथ बैठकर गाना सुनते।

इन परिवारों में इस बात को ही गिरावट के रूप में देखा गया था कि शुद्ध शास्त्रीय राग-रागिनियों की परम्पराओं को बरसों सहेजने वाले परिवारों में गीत-ग़ज़लों का दौर शुरू हो गया था। लेकिन मोजरा... ज़मींदारों के घर में नाच को शहराती रमन- चमन माना जाता था। ऑफिस में काम करने वाले, गोला-गद्दी सँभालने वाले, स्टोर चलाने वालों का मनोरंजन। शाम में दो-तीन घंटे नाच देखे, उछले-कूदे, घर आकर चित। संगीत के रतजगों, महफ़िलों के लिए न तो उनके पास वक़्त होता था न राग- रागिनियों की वह समझ जिसके कारण उनके पुरखों को कनरसिया कहा जाता था। उनके लिए संगीत जीवन के प्रसंगों से जुड़ा हुआ था, इनके लिए बस मनोरंजन।

अब तो गाँव-देहातों में शादियों में दिखाने के लिए सर-सोलकन भी नाच करवाने लगे थे—रामकिंकर सिंह कहते। मोजरा नाच सब एक हुआ जा रहा था। कहाँ गीत- संगीत की बैठकी कहाँ मोजरा-नाच का हो हल्ला। फिर भी मोजरा नाच से अलग होता था। उसमें न रुपैया लुटौअल होता था, न फूहड़ इशारे। कुछ तो गरिमा बनी रहती थी।

ऐसे में रामकिंकर बाबू जैसे ज़मींदार ख़ुद को इस नयी शहराती संस्कृति से अलग दिखाने के लिए मोजरा का नाम आते ही नाक-भौं सिकोड़ लेते थे। कहते ई सब लफुआ कल्चर का असर है। लेकिन क्या करें समधी साहब की ख़ास फ़रमाइश थी। कोलम्बो प्लान में पढ़ा

हुआ इंजीनियर दामाद। शाही नेपाल वायु सेवा निगम की नौकरी। ऐसे में तो थोड़ा आँख तो दबाना ही पड़ता है न। रामकिंकर बाबू ने आँखें दबाई और बरातियों के लिए दूसरी रात पूड़ी जलेबी के भोज के बाद छोटी पन्ना का मोजरा हुआ।

'वादा हमसे किया दिल किसी को दिया/बेवफा हो गये हो तो जाओ पिया'—फ़िल्म सरस्वतीचन्द्र के इस मुजरे के साथ पन्ना ने जब ठुमका लगाया तो नेपाली बराती जैसे बुत बन गये—उस रात के बरसों बाद जब अदौरी गाँव के पाहुन जोगिन्दर महतो जब उस शादी, उस बरात की कहानी सुनाते तो ऐसे सुनाते जैसे अभी कल ही देखा हो उन्होंने। बराती-सराती सबके लिए जलेबी उनके परिवार वालों ने ही छानी थी।

रात भर पहले जब बन्ने भारती कव्वाल की महफ़िल सजी तो आधे घंटे के भीतर आधे लोग सोने चले गये थे। अरे एतना दूर से कोई भजन-कव्वाली सुनने थोड़े न आये थे। जगरना तो उस रात हुआ। पन्ना एक के बाद एक आइटम देती गयी। लोग आँखें फाड़-फाड़ कर देख रहे थे। देखते रह गये...बीच-बीच में पान खाने, पानी पीने के लिए विराम लेती तो उसके साथ आयी मंडली का प्रोग्राम शुरू हो जाता। पन्ना को चाय पीने की लत थी जैसे। आइटम पूरा हुआ नहीं कि गरम चाय का कप हाजिर। राजा साहब ने तो एक आदमी को चाय बनाने पर ही बिठाये रखा। ख़ास दार्जिलिंग वाला अन्दर से निकाल कर लाये थे। मेरा छोटा वाला बेटा बिशराम इसी में लगा रहा—जोगिन्दर के अन्दर वह कहानी जैसे सिनेमा के रील की तरह भरी हुई थी। एक-एक सीन दिखाने लगता।

चार बजे भुरकुवा फूटा और उसने शुरू किया—कहवाँ से आये सवेरे सवेरे/आँखों में लाली गले में गुलहार है/मस्त मस्त चाल चलो/गालों में सुर्खी लगाये हो/बता दो...कहवाँ से आये सवेरे सवेरे...' आख़िरी आइटम पेश करके इधर पन्ना ने प्रोग्राम ख़तम किया उधर समधी साहब ने समधी मिलन किया—जोगिन्दर की कहानी ने छोटी पन्ना के जलवे की एक बानगी दिखाई।

उस रात सीमा पार के पाँच गाँव के बाराती अचरज से देखते रह गये थे। जैसा गला वैसे ही पैर। लगता था जैसे कोई चलती

फिरती बिजली गा रही हो। कहते हैं बरात में कई लोग डर गये थे और पीछे की तरफ़ चले गये थे। उनको विश्वास ही नहीं हो रहा था कि कोई चलती फिरती औरत ऐसा नाच कर सकती है। 4-5 घंटे प्रोग्राम देने के बाद भी थकान का कहीं कोई नामोनिशान नहीं। 10 मिनट के अन्दर मोटर स्टार्ट हुआ और ये जा ओ जा...

बाद में अदौरी गाँव से लेकर न्योता पेहानी में जितने लोग आये थे उन सबके गाँव में इस बात को लेकर बड़ी हँसी भी होती थी कि राजा साहब ने एतना पैसा खर्च किया, इंजीनियर दामाद लाये, स्वागत सत्कार में लाखों लुटा दिया। बाकी एक बात है लड़का के उधर के लोग मोटा चाल वाला है। पन्ना का मोजरा देख कर डर गये। कह कर सब ख़ूब हँसते। पछिमाहा लोग—कहते।

नेपाली बराती उस रात डर ज़रूर गये हों लेकिन अपने-अपने गाँवों में लौटकर पन्ना के जो क़िस्से उन्होंने सुनाये उसके बाद तो नेपाल की शादियों में पन्ना का मोजरा आइटम पक्का हो गया। कहते हर आइटम के बाद सारे कपड़े बदलकर एकदम नयी पन्ना बन जाती, नया गाना, पैरों की थिरकन नयी, नये कपड़े। बाद में जब धनुषा अंचल के उन ग्रामीणों ने एक गाने में हेमा मालिनी को बारह बार नये- नये कपड़ों में देखा तो वे इस बात को मानने के लिए तैयार ही नहीं हुए कि फ़िल्मी पर्दे पर किरदार निभाने वाली उस अभिनेत्री ने नये-नये कपड़े पहनकर आइटम देने की अदा अपने चतुर्भुज स्थान वाली पन्ना से नहीं सीखी थी।

गंगा इस पार के ज़िलों में पन्ना की पूछ तो बढ़ ही रही थी नेपाल के भी सात-सात ज़िलों में बाबू लोग उसे देखने-सुनने के मौक़े तलाशते रहते थे। ऐसा तो था नहीं कि सर्कस, जादू के प्रोग्राम की तरह उनके प्रोग्राम होते रहे हों कि आप गये टिकट कटाया और शो देखकर आ गये। हाँ, चतुर्भुज स्थान में अपनी नयी-नयी बनी कोठी पर वह शाम को साहब, बाबुओं के लिए प्रोग्राम करती थी लेकिन प्रोग्राम देने के लिए शहर में रहना भी तो पड़ता है। शहर में होने पर भी अपनी हवेली पर होना पड़ता है।

पन्ना कहीं नहीं होती थी और हर जगह होती थी। उन दिनों जिस किसी रसूखदार के घर में शादी होती हल्ला हो जाता कि छोटी

पन्ना आने वाली है और रात में जाने कहाँ-कहाँ से लोग सराती के घर आ जुटते थे—छोटी पन्ना की एक झलक के लिए। कई बार माहौल बिगड़ जाता था। एक बार मनियारी गाँव में एक ज़मींदार के यहाँ जनेऊ था। रात में उनकी ऊँची-ऊँची दीवारों वाले कम्पाउंड के भीतर बाजा बजना शुरू हुआ और बाहर लोग जुटने लगे। हल्ला हो गया था कि अन्दर पन्ना का मोजरा चल रहा है। लोगों को बहुत समझाया गया। सब बेअसर! अन्त में बाबू साहब को गेट खोलकर दिखाना पड़ा कि वहाँ किसी का प्रोग्राम नहीं चल रहा था, लाउडस्पीकर पर खाली गाना बज रहा था।

ज़माना बदल रहा था। पहले के ज़माने में पन्ना जैसे कलाकारों को इस बात से ही बहुत ख़ुशी मिलत्ती थी कि अलां-फलां ज़मींदार के यहाँ उनको जाने का मौक़ा मिला, गाने का मौक़ा मिला। जो इनाम-इमदाद मिल जाता उससे सन्तोष करती थी। हालाँकि ऐसा नहीं था कि जो मिलता था वह कम नहीं होता था। ऊपर अदौरी के ज़मींदार रामकिंकर सिंह की बेटी की शादी के जलसे का ज़िक्र आया था। कहते हैं उस शादी से उनके घर में पहला इंजीनियर दामाद ज़रूर आया। लेकिन कहते हैं कि 800 बीघा जोतने वाले बाबू साहब का रकबा आधा रह गया था। उस बड़ी बारात, छोटी पन्ना का मोजरा सबने उनको एक झटके में इलाके के एक बड़े ज़मींदार से आम ज़मींदार में बदल दिया था।

कहते हैं पहली एक रात के आइटम के लिए एक-एक लाख लेने वाली वह पहली मुजरे वाली थी। 50 हज़ार से कम पैसे जुटाने वाला तो उसके सट्टा बँधाने की हिम्मत भी नहीं कर पाता था। बड़ों-बड़ों को उसके दरवाज़े पर चढ़ने से पहले अपनी अंटी का वज़न तौलकर देख लेना पड़ता था। कहते हैं माछी गाँव के ज़मींदार अलख सिंह ने अपने पोते के जनेऊ में मोजरा करने का न्योता भिजवाया। भिजवाया कि ख़ुद अपने एम्बेसेडर मार्क 1 में चढ़कर चतुर्भुज स्थान में आबिदा हाई स्कूल के पीछे की तरफ़ उसकी कोठी तक गये। कहते हैं ज़मींदार साहब ने उससे कहा कि सबका आग्रह है कि प्रोग्राम तुम्हारा ही हो लेकिन बड़ी मुश्किल से 25 हज़ार रुपये जुटा पाया हूँ। कहते हुए अलख बाबू ने उनके क़दमों पर अपनी

टोपी उतारकर रख दी।

'आना कब है बाबू साहब, बताइये!' उठते हुए पन्ना ने कहा। 'आप यह पैसे भी रख लीजिए। जनेऊ में दस काम होते हैं, आपको ज़रूरत पड़ेगी। आपके घर में पहले भी कई प्रोग्राम दे चुकी हूँ। बच्चे के जनेऊ में आपसे क्या लेना। आशीर्वाद रूप में शगुन दे दीजिएगा। मैं उससे अधिक कुछ नहीं लूँगी।' सुनाने वाले कहते कि पैसे के लिए उसने कभी किसी की इज़्ज़त नहीं उतारी।

लेकिन कोई मुरव्वत भी नहीं बरती कभी पैसे लेने में। बाबू विन्देश्वरी ठाकुर के बेटे की शादी के बाद धनुषा अंचल में उसके नाम की धमक पड़ी। उन दिनों नेपाल में घर में, पार्टी में सार्वजनिक रूप से नाच-गान पर पाबन्दी थी। राजा के जासूस घूमते रहते थे। जहाँ कहीं भी हँसी-ख़ुशी का कोई आयोजन होता वे उसके आसपास सादे कपड़ों में मँडराने लगते थे। सबसे बड़ी बात थी कि यह पता ही नहीं रहता था कि जासूस आख़िर है कौन। जहाँ कहीं कोई कोशिश करता पकड़ा जाता था, सारी हँसी सारी ख़ुशी जाती रहती थी। पुलिस के कानून इस मामले में बड़े सख़्त थे। जेल भी होती जुर्माना भी, पगड़ी अलग उछल जाती।

लेकिन ऐसा नहीं था कि भारत-नेपाल में शादियों के मामले में, रिश्ते जोड़ने के मामले में एका था। वे भारत से सिर्फ़ लड़कियाँ नहीं ला रहे थे या ऐसे घरों में अपनी लड़कियों की शादी भर नहीं कर रहे थे जिनकी इज़्ज़त-प्रतिष्ठा तो थी लेकिन माली हालत कुछ ख़ास अच्छी नहीं होती थी। नेपाल में यह आम था वहाँ के ज़मींदार परिवार भारत में अपने लड़कों की शादी तो अच्छा दहेज लेकर करते थे लेकिन लड़कियों की शादी कम दहेज देकर।

तो जब शादी-ब्याह के मामले में यह लेनदेन चल रहा था तो उसके माध्यम से भ्रष्टाचार का आदान-प्रदान भी होने लगा। सीमा इस पार उस पार की शादियों में दहेज लेने देने को लेकर नेपाल की सरकार बहुत सख़्त थी। किसी भी तरह के दहेज पर पाबन्दी थी। सीमा इस पार बिना दहेज शादी-ब्याह की बात सुनी भी नहीं जा सकती थी। लेकिन शादियाँ इतने बड़े पैमाने पर हो रही थीं उन दिनों कि इसका रास्ता भी निकल आया। अब हँसी-ख़ुशी का मौक़ा

होगा तो उसके रस्म रिवाज तो निभाने ही पड़ेंगे न। उसी रस्म रिवाज में एक रस्म दस्तूरी की जोड़ दी गयी। यह पुलिस वालों-जासूसों के लिए होती थी।

दस्तूरी देकर आराम से बाल-बच्चों की सुख-सुविधा के सामान सीमा के आर-पार होने लगे। ठाकुर जी के बेटे के ब्याह में छोटी पन्ना के मोजरा के बाद नेपाल के ज़मींदारों में यह होड़ मची कि कैसे अपने यहाँ नाच-गान के आयोजन शुरू करवाये जायें। दस्तूरी यहाँ भी काम आयी। जासूसों तक दस्तूरी पहुँच जाती और प्रोग्राम हो जाता। छिप-छिपकर ही सही मोजरा नेपाल के सीमावर्ती ज़िलों में लोकप्रिय होने लगा, शादी-ब्याह, जनेऊ के आयोजनों का ज़रूरी हिस्सा भी बन गया।

इसी दौर में छोटी पन्ना ने ख़ूब कमाई की। कहते हैं एक-एक घंटे के प्रोग्राम के लिए कई बार एक-एक लाख रुपये लेकर उसने आइटम दिया, नहीं तो दरवाज़े से वापस लौट जाने का बूता रखती थी। नेपाल में प्रोग्राम देने का ख़तरा रहता था। पैसा लेकर भी कोई गायिका, नाचने वाली वहाँ प्रोग्राम देने के लिए तैयार नहीं होती थी। छोटी पन्ना ने इस अवसर न सिर्फ़ फायदा उठाया बल्कि इस दौर में उसकी कीर्ति भी फैल गयी। हँसी-मज़ाक़ में लोग कहते दूसरे कलाकार तो यहाँ का नाम गाँव-देहातों में लेकर गये पन्ना ने उसका नाम विदेशों तक पहुँचा दिया।

नेपाल के लोगों का ख़ास ध्यान रखते हुए उसने मैथिली के लोकगीतों के ऊपर ठुमके लगाने शुरू किये—दुमका में झुमका हेरौलन/ काशी में कनबाली...या उन दिनों उसका यह गीत बहुत लोकप्रिय हुआ था—लुकाय के छिपाय के/धोखा से अपना बनाय के...सैयाँ मनरखन भुलाये देलीयई...कहते हैं एक बार धनुषा अंचल के जनकपुर के लोहना गाँव के मुखिया जी के एकलौते पोते के जनेऊ में इसी गीत पर लड़का के फूफा और गाँव के एक मेहमान में नोट लुटाने की होड़ मच गयी। कहते हैं उस सस्ती के ज़माने में इस एक गाने पर सवा 11 हज़ार रुपये उस एक रात में लुटाये गये थे।

ऐसा ही जलवा था उसका। अंटी को दबाकर रखने वाले बड़े से बड़े रईसों की कंजूसी उसके सामने फेल हो जाती थी। कहने वाले

बाद में कहते—मेयार गिरता गया लेकिन उसके ख़ज़ाने का वज़न बढ़ता गया। छोटी पन्ना के आने से पहले चतुर्भुज स्थान में मुजरा करना, मुजरे में जाना भी ख़राब माना जाता था। लेकिन पन्ना के आने के बाद तो जैसे मुजरे के अलावा कुछ बचा ही नहीं। देखिए भाई, जिसे तवायफ कहते हैं न चार काट की होती थीं—तवायफ, जो मुजरा करती थीं, मुगन्निया यानी गाने वाली, लेकिन मुगन्निया सबके लिए नहीं गाती थी—राजे-महाराजे तो बचे नहीं तो ज़मींदारों-रईसों के लिए गाने वाली, क़द्रदानों के लिए गाने वाली, रंडी वह होती थी जो कुछ नीचे के दर्जे वाले मर्दों के सामने नाचती-गातीं, पेशा करतीं, सबसे निचले तबके की औरतें कसबी कहलाती थीं, जो मेलों-तमाशों में घूम-घूम कर नाचती-गाती, शादी-ब्याह, जनेऊ में।

छोटी पन्ना के आने से पहले चतुर्भुज स्थान में बस मुगन्निया बाइयों का ज़ोर था—सिर्फ़ गाना गाने वाली। कुछ पेशे वाली औरतें ऐसी थीं जो अवध के कथक की विरासत को तिरहुत मिथिला में सँजोये हुए थीं। ख़ास-ख़ास मौक़ों पर प्रदर्शन करती और शहर के बड़े-बड़े घरों की लड़कियों को तक-तक धुन-धुन के ताल पर थिरकना सिखाती थीं। इन नृत्यांगनाओं की वजह से चतुर्भुज स्थान तक शहर के सम्भ्रान्त परिवारों की आमद हुई और चतुर्भुज स्थान की पहुँच शहर के सम्भ्रान्त घरों तक हुई।

जिस बस्ती की इज़्ज़त थी, जिसकी रवायत पर आसपास के इलाकों के लोग भी गर्व करते थे छोटी पन्ना के ठुमकों के लोकप्रिय होने के बाद सम्भ्रान्त घरों से इसका वह राफ्ता नहीं रह गया। उसकी थोड़ी-थोड़ी बदनामी होनी शुरू हो गयी।

उन दिनों यह कहावत चल निकली कि पहले चतुर्भुज स्थान में अदब का यह हाल था कि अगर कोई भूले से भी किसी बाई के दरवाज़े पर चला जाता तो बाई पहले बैठने के लिए कहती थी, फिर कहती—पान खायेंगे हुजूर? अब ज़माना यह आ गया है कि किसी ने अगर गलती से किसी के दरवाज़े पर झाँक दिया तो लपककर पूछेंगी—आइये बाबू साहब! पान लाये हैं?

कला पीछे छूटती गयी पैसा आगे आता गया। पहले के कलाकार अपने हुनर, अपने अदब के लिए जाने गये, अपनी उस नफासत

की वजह से जिसकी वजह से जहाँ वे गये वहाँ उन्होंने अपनी एक अलग याद छोड़ी। संगीत की याद, गायकी की याद, अदा...उफ़्फ़...!

गौहर ख़ान के लिए सब कुछ याद कर पाना जैसे तकलीफ के एक सफ़र से फिर से गुज़रना है। जो बीत गया कब का पीछे छूट चुका है...फिर भी मन में वैसे का वैसा। कोई हमारी कहानी नहीं लिखता। कोई कुछ सुनाता है कोई कुछ सुनाता है...सब बदल गया लेकिन किसको लेना, क्या देना! जो बीत गया उस पर मिट्टी डाले आगे बढ़े जा रहे हैं।

सब आगे बढ़े जा रहे थे। छोटी पन्ना चतुर्भुज स्थान के फटे पन्ने वाले इतिहास का एक नया पन्ना लिख रही थी। गाँव-शहर की मरजाद टूटी जा रही थी। उस टूटते दरकते समाज को उसने बहुत अच्छी तरह समझा। बन्द-बन्द सा ग्रामीण समाज कस्बाई खुलेपन में साँसें ले रहा था। गंगा इस पार के बाबू लोगों को उस टूटते दरकते दौर में उसने चतुर्भुज स्थान से जोड़े रखा। जिस ज़माने में बड़ी पन्ना, बेनजीर बाई जैसी गायिकाएँ वहाँ दूर जा रही थीं उसने मनोरंजन के इस परम्परागत ठीये के माहौल को रंगीन बनाये रखा।

क्या था उसमें? सब यही पूछते थे। हमने भी पहली बार पूछा—क्या था उसमें? जब तक जवाब नहीं पूछा था मैं यही समझता था गाती क्या खाक होगी? सुन्दर रही होगी। अपने अंगों को हिला-हिला कर उत्तेजक डांस करती होगी। बहुत दबे ढँके रहने के उस दौर में थोड़ा बहुत कपड़े सरका देती होगी नाचते नाचते। अचानक किसी मनचले बाबू, सेठ या साहब के दाँतों में फँसे नोट को आगे झुककर दाँत से निकाल लेती होगी। इस फँसाने-निकालने के खेल में कुछ दिख दिखा जाता होगा, उत्तेजना फैल जाती होगी, सीटियाँ बजने लगती होंगी, हल्ला मच जाता होगा, लोग एक-दूसरे के ऊपर गिरने लगते होंगे! और क्या होता होगा?

जब तक किसी से पूछा नहीं था तब तक मैं यही समझता था। जानता हूँ आप भी वही समझते होंगे, हो सकता है आप में से बहुत ऐसे होंगे जो इस बात को समझ पाते होंगे, नहीं ऐसा नहीं था। फिर क्या था छोटी पन्ना में, जिसने बैठी परम्परा को खड़ी परम्परा में बदल दिया। नहीं समझे न, हर परम्परा अपनी ज़ुबान में असली

रूप में दिखती है, समझ में आती है। गौहर ख़ान साहब की संगतों ने धीरे-धीरे ज़ुबान समझा दी। बैठी परम्परा का मतलब हुआ बैठकर संगीत सुनने सुनाने की परम्परा। गायिकाएँ बैठकर गाना गाती थीं, सुनने वाले कनरसिया बैठकर सुनते थे। खड़े होकर सुनना बेअदबी मानी जाती थी। खड़े होकर सुनना तो बहुत बड़ी बात थी कोई दाद देने के लिए भी खड़ा हो जाये तो वह बेअदबी समझी जाती थी।

लगे हाथ एक क़िस्सा सुन लें। एलआईसी में एक अफ़सर थे झा जी। गाँव तो उनका था वैशाली के पास लेकिन नौकरी के सिलसिले में अलग-अलग शहरों में रहना हुआ था। मुजफ़्फ़रपुर आने से पहले आरा शहर में रहते थे। एक बार जसोदा बानो ने दादरा गाया, झा जी इतने अधिक प्रभावित हुए कि उनको ध्यान ही नहीं रहा और वे खड़े होकर तालियाँ बजाने लगे। सब उनकी ओर देखने लगे। कुछ मुस्कुरा भी रहे थे। जसोदा ने सिर्फ़ इतना कहा–'बैठ जाइये बाबू साहब!' फिर बाकी लोगों की तरफ़ देख कर बोली–'इनकी गलती नहीं है। यहाँ आने से पहले भोजपुर की हवा खाकर लौटे हैं न!' उसका इतना कहना था कि सब हो-हो करके हँसने लगे। अब यह अलग से बताने की ज़रूरत तो है नहीं कि भोजपुरी भाषी इलाकों में नाच-गान की खड़ी परम्परा बहुत पुरानी थी।

जहाँ खड़े होकर दाद देने तक को अशिष्टता समझा जाता रहा हो वहाँ संगीत की खड़ी परम्परा लाने वाली छोटी पन्ना को वैसी ऊँची निगाहों से नहीं देखा जाता था जैसी बैठी परम्परा वाली गायिकाओं को। लेकिन सिर्फ़ सम्मान से पेट तो नहीं भरता न। पेट भरने के लिए ज़रूरी था कि सिलसिला चलता रहे। सिलसिला चलता रहे.. .हर ज़माने का रंग ढंग अलग होता है। उस रंग ढंग को समझना ज़रूरी होता है। समाजशास्त्री ऐसा कहते हों हो सकता है लेकिन पन्ना ने तो जैसे घोषणा कर दी थी कि उसने अपने ज़माने के रंग ढंग को समझ लिया है।

अभी कुछ दिनों पहले मैं लैटिन अमेरिकी देश कोलम्बिया के लेखक मार्केज़ का वह लेख पढ़ रहा था जो उन्होंने पॉप गायिका शकीरा पर लिखा था। शकीरा के व्यस्त दिनों में से एक दिन की दिनचर्या को बड़ी बारीकी से उन्होंने इस तरह लिखा है कि वह कोई

अलौकिक चरित्र लगने लगती है। एक सामान्य पॉप गायिका से ऊपर उठती हुई मार्केज़ की कहानियों, उपन्यासों की जादुई यथार्थ की शैली में ढली कोई पात्र। लेकिन सच बताऊँ जितनी बार मैंने इस लेख को पढ़ा मुझे एक ही कलाकार का ध्यान आया मुग़लसराय के पास के एक गाँव की रहने वाली सुमित्रा का जिसे थोक व्यापारी सेठ ने छोटी पन्ना का नाम देकर चतुर्भुज स्थान से बाबस्ता कर दिया, चतुर्भुज स्थान की पहचान बना दिया।

फिर वही सवाल कुछ बदले हुए रूप में—आख़िर सेठ ने क्या देखा होगा उसमें? क्या पहचाना होगा उसमें जो उन्होंने यह सोचा होगा कि इसके आने से चतुर्भुज स्थान की कायापलट हो जायेगी। मेरे ख्याल से कायापलट जैसी कोई बात तो उन्होंने सोची नहीं होगी। उनके मन में अधिक से अधिक यह रहा होगा कि उसके आने से पन्ना बाई की अकड़ ढीली पड़ जायेगी। लेकिन सवाल फिर वही कि आख़िर क्या देखा होगा थोक सेठ ने उसमें?

इसका जवाब हम जैसे लोग न दे सकते हैं न दिये गये जवाब को समझ सकते हैं। इसका जवाब संगीत की उस परम्परा में छिपा था, जिसको देखते सुनते पीढ़ियाँ बड़ी हुईं। गौहर ख़ान साहब ने एक कहावत सुनाई थी—पैसा से संगीत खरीद तो कोई सकता है, घर में तवा लगाकर कोई भी सुन सकता है। कोई किसी को बुला कर पैसे देकर गाना गवा सकता है। हमारा तो पेशा है। लेकिन कान कहाँ से लायेगा? कुल मिलाकर बात इतनी है। ख़ान साहब के पास हर बात का जवाब होता है। वे हमारी हर बात का जवाब थे।

कोई कहता था मुग़लसराय में सेठ को मिल गयी थी, कोई कहता था मिर्जापुर में इसका प्रोग्राम देखा था सेठ ने। सेठ जी जब गोला गद्दी से ऊब जाते थे तो वसूली करने निकल जाते थे। कहाँ कितना बकाया रहता था, कितना वसूली करते सब वही जानते थे। लेकिन निकल जाते थे। साल में एक बार। महीना डेढ़ महीना में लौटते। अपनी उसी वसूली यात्रा में एक बार इस लड़की सुमित्रा को ले आये। नाम दिया छोटी पन्ना और एक छोटी सी हवेली में बैठा दिया।

लेकिन उसके बाद छोटी पन्ना ने जो किया वह अपने आप में

किसी उस शकीरा से कम नहीं जिसके ऊपर मार्केज़ ने एक लेख लिख मारा था। दुनिया भर में जिसका हल्ला मचा। कहते हैं वह पहली कलाकार थी जिसने वहाँ की बोलियों में गीत गाये—उसके मैथिली गीतों के दीवाने सीमा उस पार नेपाल के दीवाने थे। बज्जिका में गाकर उसने तिरहुत, मिथिला के कई गाँवों को अपना बना लिया। बज्जिका में गाये उसके गीत सुनाने वाले तो नहीं मिले लेकिन सीतामढ़ी में जानकी नवमी के मेले में वह हर साल गाती रही। जब तक नाचने गाने से उसका ताल्लुक बना रहा। बिला नागा हर साल सीतामढ़ी जानकी नवमी के मेले में आती। 'गोड़ लगई छी मईया हमरा न बिसराऊ/हमरा हरदम साथ देहब से किरिया खाऊ...' या 'भाग जगल ह हम्मर/हम्मर भाग जगल ह/सीता मईया दुयारे ऐलान भाग जगल ह...'

कहते हैं मैथिली-भोजपुरी कोकिला शारदा सिंह के परिदृश्य पर आगमन से पूर्व छोटी पन्ना के भक्ति गीतों का जलवा था। किसी कम्पनी ने तवा भी तैयार करवाया था उसके गीतों का। मौक़े-कुमौक़े उनको बजाया जाता था। पर्व-त्योहार पर उनके गीतों को लाउडस्पीकर से सुनकर याद करने वाले लोग शायद यह जानते भी नहीं थे कि उसकी गायिका पन्ना असल में छोटी पन्ना है जो मुजरा करती है और जिसके एक-एक रात के प्रोग्राम के लिए बाबू साहब लोग लाख-लाख रुपये तक निछावर करने के लिए तैयार रहते थे।

छोटी पन्ना के जीवन का यह दूसरा पहलू था। कहते हैं वह धरम करम की पक्की थी। आश्विन महीने के नवरात्र में नौ दिन उपवास करती थी। सिर्फ़ पानी पीती थी। रोज़ सुबह उठकर देवी मन्दिर जाती, जल चढ़ाती, घर आकर दुर्गा सप्तशती का पाठ करती थी। नौ दिन तक उसके घर में अखंड दीप जलता था। कितना भी बड़ा सट्टा हो नवरात्र में नहीं। कहते हैं सैदपुर के पुराने ज़मींदार परिवार रायबहादुर बच्चा सिंह के बेटे नवल किशोर सिंह को अपने बेटे की छठी का समारोह एक हफ्ते आगे खिसकाना पड़ गया था क्योंकि ऐन नवरात्र में किसी भी कीमत पर पन्ना आने के लिए, प्रोग्राम देने के लिए तैयार नहीं हुई। घर-परिवार, दोस्त-संघाती सभी का इसरार था कि रायबहादुर के परिवार में वारिस के आने का

जश्न बिना छोटी पन्ना के क्या मनेगा! नेम-ध्यान का पालन इतने ध्यान से करती थी उन दिनों कि कौन मान सकता था छोटी पन्ना ऐसी वैसी थी। ऐसी कि उसका नाम सुनकर घर की औरतों का मूड ख़राब हो जाता था। ऐसी थी जिसे कोई भी अच्छे से याद नहीं करता था। ऐसी थी कि रात के वक़्त उसकी महफ़िलों में दिल खोलकर लौटाने वाले सात ज़िलों के रईस दिन के वक़्त उसे देख कर भी अनदेखा कर देते थे।

ऐसा लगता जैसे उसने दिन का जीवन जिया ही न हो। उसका नाम रात के रात चमकता था और दिन के अँधेरे में गुम हो जाता था। उन दिनों सेठ अनारचन्द ने कहा था—चन्द्रमा है छोटी पन्ना! और चन्द्रमा होने की मुश्किल यह है कि बिना दाग़ के उसका रूप भी नहीं निखरता। बाद के दिनों में छोटी पन्ना का नाम ऐसा हो गया कि उसके दाग़ ही दाग़ दिखाई देने लगे थे। बदनाम पेशे ने उस गुमनाम गायिका को नाम दिया और फिर एक दिन ऐसा आया कि वह फिर से बदनाम हो गयी! नाम, बदनाम फिर गुमनाम!

कई क़िस्से हैं। कुछ कहते कि छोटी पन्ना को लखनऊ के एक बाबू ने रख लिया था। कुछ कहते उसकी हैसियत ऐसी हो गयी थी कि कोई मर्द क्या उसे रख पाता! वह ख़ुद ही उस बाबू की शराफत पर, नफासत पर ऐसी रीझी कि उसने उसको रहने के लिए अपना रानीखेत वाला बँगला दे दिया! कहते हैं कि कई शहरों में उसके बंगले थे। जब जैसा मौसम होता था, जैसा उसका मूड होता था वह उनमें से किसी में रहने चली जाती थी—रानीखेत, वृन्दावन, दिल्ली, कानपुर, लखनऊ, बनारस और फैजाबाद में। वह अलग-अलग मौसम में, अलग-अलग वक़्त के हिसाब से उन शहरों के अपने बँगलों में जाकर रहती थी। वहाँ-वहाँ वह छोटी पन्ना नहीं होती थी। छोटी पन्ना गंगा पार करते ही जैसे मर जाती थी। यह नाम उसे गंगा पार वालों ने दिया था अपनी कुंठा को शान्त करने के लिए। जिनकी हैसियत पन्ना बाई की महफ़िल सजाने की नहीं थी उनकी कुंठाओं ने छोटी पन्ना को जीवन दिया था। वे असल में पन्ना के शैदाई नहीं थे। वे पन्ना का मुजरा देखते और अपनी हार को जीत में बदलते थे। पन्ना जानती थी वहाँ उसका अपना जीवन नहीं था। वह अपना

जीवन बना रही थी। अपनी गंगा के किनारे किनारे बसे शहरों में।

पन्ना का जीवन कई स्तरों पर चल रहा था। उसके जीवन का एक और स्तर भी था जिसका सिरा जुड़ता था समस्तीपुर के नारायण वस्त्र भंडार वाले नारायण जैन से। कहते हैं एक साल के भीतर उसकी भरी-पूरी दुनिया पन्ना ने उजाड़ डाली। घर छूटा, संगी छूटे, और जिसके लिए सब छूटे उसी पन्ना ने उनको कहीं का नहीं रखा। जब घर की सारी जमा पूँजी सेठ के लड़के ने पन्ना के पास पहुँचा दी और कंगाल हो गया तो पन्ना ने एक दिन उसको घर में बिठाकर बड़े प्यार से समझाया—

दिन का काम तो जानते हैं न सूरज की रोशनी से चल जाता है। हमें कुछ करना नहीं पड़ता। लेकिन रात को रोशनी के लिए तेल जलाना पड़ता है। और तेल तो बाबू साहब पैसे से ही आता है न! रात का खेला देखना चाहते हैं बाबू साहब तो तेल लेकर आइये! समझे न!

नारायण जैन उस दिन से दिन-रात के खेल से ही बाहर निकल गये। कहते हैं चतुर्भुज स्थान के मन्दिर के बाहर बैठकर भीख माँगने लगे। बताते हैं कि शाम के समय अगर कोई भी ऐसा आदमी शुक्ल रोड से बायीं तरफ़ मुड़ता जिसने अच्छा पहन-ओढ़ रखा हो तो वह भिखारी दौड़कर इसकी तरफ़ जाता और उससे कहने लगता और कहीं भी चले जाइएगा पन्ना के दरवाज़े मत जाइएगा। वह किसी की नहीं! आपको भी बिलल्ला बना देगी।

सच में पन्ना किसी की नहीं थी। पन्ना किसी की होती भी है—क्या बड़ी हो या छोटी! सबको एक दिन जाना ही पड़ता है! चतुर्भुज स्थान का होना ही इसमें है कि वहाँ कोई पन्ना बसी ही नहीं। अजब बात है न औरतों की आज़ाद दुनिया ऐसी है कि वहाँ कोई औरत बसकर रही ही नहीं। जिसको उसने नाम दिया दाम दिया उसी ने उसको छोड़ दिया कभी न आने के लिए।

वैसे पन्ना ने जब चतुर्भुज स्थान को छोड़ा तो वहाँ ऐसा कुछ रह नहीं गया था जो उसकी शान को बढ़ाने वाला हो। सब गिरता जा रहा था, मेयार, मरजाद सब...बचा ही क्या था। लेकिन एक दिन उसने अलविदा कह दिया। रहती भी तो वहाँ किसके लिए। कौन

था उसका वहाँ? देखें तो उन आठ ज़िलों में कौन था उसका? कोई नहीं सबको मनोरंजन चाहिए!

ऐसा नहीं था कि छोटी पन्ना की उम्र ढल गयी थी, वह और प्रोग्राम देने की हालत में नहीं रह गयी थी। सब था लेकिन क्या कहें...नाम जैसे आता है वैसे चला भी जाता है। जब उसको यह पता चला कि उन दरबारों के दरवाज़े उसके लिए बन्द होते जा रहे थे जिनकी बदौलत उसने नाम बनाया, मुकाम बनाया...कहते हैं समय एक समान नहीं रहता...पन्ना ने समय को पहचान लिया और चली गयी...

कहाँ गयी? इसको लेकर ख़ूब चर्चा हुई। सब कहते कि इतने शहरों में बँगले बना रखे थे। उन्हीं में कहीं रह रही होगी। कहाँ? यह किसी ने जानने की कोशिश नहीं की। कौन जानना चाहता है। कोई नहीं।

बस सुनाने वाले यह कहानी सुनाते हैं कभी-कभी–अदौरी गाँव के ज़मींदार थे रामकिंकर सिंह जिन्होंने कभी कहा था–'जे लागत से दियाई/बाकी बाजत रसनचौकी!'

कौन मानेगा कि क्यों कहा था?

शोहरत-वोहरत इज़्ज़त-विज्जत जिसको चाहे मिल जाये
चादर-वादर दौलत-वौलत जिसको चाहे मिल जाये
सच्चे फनकारों को कदरदाँ हर टेशन पर मिल जायें
बाकी तो सब फाव की दौलत जिसको चाहे मिल जाये

शोहरत-वोहरत
इज़्ज़त-विज्जत जिसको
चाहे मिल जाये
चादर-वादर दौलत-वौलत
जिसको चाहे मिल जाये
सच्चे फनकारों को कदरदाँ
हर टेशन पर मिल जायें
बाकी तो सब फाव की
दौलत जिसको चाहे मिल
जाये

इ़ज़्ज़त उसे मिली जो वतन से निकल गया!

और अब उस्ताद!

रिवाज है उस्ताद को पहले याद करने का। पहले याद न करने के लिए इतना ही कर सकता हूँ कि कान पकड़ कर पहले माफ़ी माँग लेता हूँ। वैसे कलाकार लोग उस्ताद का नाम लेने के पहले कान पकड़ते हैं, हमने कलम पकड़ ली। माफ़ कीजिएगा पुरानी आदत है कलम कहने की, कम्प्यूटर के कीबोर्ड पर उँगलियाँ जमा ली हैं। कलम से लिखे ज़माना हो गया। अच्छा ही हुआ अपनी ख़राब हैण्ड राइटिंग देखकर नाक-भौं सिकोड़ने से मुक्ति मिल गयी। न-न मुझे कुछ कला आती भी इसका मुझे कोई भ्रम नहीं है। अपने कुछ कलावादी मित्रों की संगत में मैंने भी कोशिश की थी कला समझूँ, रूप में अरूप देखूँ, सुर और ताल को बन्द-बन्द समझ सकूँ। लेकिन क्या करूँ अपनी समझ इतनी ही थी कि जब-जब मुँह से कला कहने की कोशिश की वला ही निकली। इसमें कला नहीं क़िस्से हैं, सब उस्ताद के क़िस्से। वे न होते तो न इतनी कहानियाँ बनतीं न इतने किरदारों से परिचय होता। किसे होता है?

कितने आते हैं। मर्द ही मर्द! आज भी औरतों की सबसे मशहूर बस्ती बनी हुई है। मर्द ही मर्द! शाम का सूरज डूबने के बाद सड़कों पर दोनों तरफ़ बने घरों से छन कर आती रोशनी भर के उजाले में पुरुषों के सिर ही सिर दिखते हैं। कहते हैं शाम होते ही मर्द बाहर निकल आते हैं और घर बाज़ार बन जाते हैं। दिन में वे घर होते हैं, पुरुष होते हैं, बच्चे होते हैं, शाम को बस बाज़ार। कुछ ख़रीदार होते हैं, कुछ तफरीहदार! लेकिन अधिकतर उस टाइम सिर्फ़ कस्टमर आते हैं...वही, जिनको पहले बाबू, साहब, सरकार, हुजूर कहते थे। आने पर पान की गिलौरी मिलती, जाने पर फिर आने का वादा। अब तो

सिर्फ़ कस्टमर आते हैं, पैसा दिया खेल शुरू, पैसा हजम खेल ख़तम!

औरतों की इस बस्ती में उस्ताद भी हैं। गौहर ख़ान! पन्ना गयी, छोटी पन्ना गयी, बाला गयी, ब्रजबाला गयी, उस्ताद नहीं गये। कुछ तो है। उस्ताद अलवर से गये, पटियाला से गये, बनारस से गये, मिर्जापुर से गये, लेकिन गंगा पार के चतुर्भुज स्थान आये तो बस यहीं के होकर रह गये। आबेदा हाईस्कूल के सामने। कहते हैं चतुर्भुज स्थान में अदब के बस दो मुकाम हैं—आबेदा हाई स्कूल और उस्ताद गौहर ख़ान। उस्ताद जैसे ज़िन्दा इतिहास!

कौन गया, कौन आया—सब याद है! कुछ याद दिलाने पर याद आता है, कुछ कभी भूले नहीं। उस्ताद का सफ़र संगीत का सफ़र है। घराना पटियाला भले रहा हो लेकिन इनके पुरखों ने संगीत की सेवा के लिए कई राजघराने देखे, कई दरबार में इनाम पाये, कभी अशर्फी, कभी मोहर, कभी गोल्डमोहर! उनके परदादा मोहम्मद गुलशेर दिल्ली में अन्धा मुग़ल के दरबार में थे। दौर वह था जब मुग़लों का गुंजनखाना बिखर रहा था। कनरसिया बादशाह कूच कर चुके थे, जो बचे थे उनके पास राज नहीं बचा था। जब अपना राज ही नहीं बचा तो गुंजनखाना कहाँ से बचाते। ख़याल के बादशाह कहे जाने वाले गुलशेर ने अलवर रियासत की तरफ़ कूच किया। कहते हैं कि मुग़लों का सारा का सारा गुंजनखाना अलवर चला गया। महाराज बख़्तावर सिंह का दौर था अलवर में। इस युवा गायक गुलशेर की गायकी ने उनको इतना आकर्षित किया कि इनको उन्होंने ख़ान की उपाधि दी। मोहम्मद गुलशेर से गुलशेर ख़ान हो गये। वे ठुमरी-दादरा-टप्पा के गवैया थे, लेकिन महराज उनके भजनों के विशेष मुरीद हो गये, खासकर जो भजन उन्होंने कृष्ण भक्ति के गाये। 'छिप-छिप के मुरली बजइया/सुध बिसरइया/हमरी ध्यान धरो...'

उन्हीं के खानदान में चौथी पीढ़ी के गायक हुए अनवर ख़ान। तब तक अलवर का गुंजनखाना बिखर चुका था। बड़ी पुरानी कहावत है कि संगीत और कला को जब-जब बाँधने की कोशिश की जाती है वह बाँध तोड़कर आगे बढ़ जाती है। वे अलवर से निकल पड़े। कहते हैं पटियाला महाराज के दरबार से वजीफा मिलना मुकर्रर हुआ। वैसे बात वजीफे की ही नहीं होती है, संगीत सुनने सुनाने को समझने समझाने की होती है। ख़ान साहब पटियाला चले गये। पटियाला

में कौन नहीं था। सबका नाम आता है। मुग़लों के गुंजनखाना से आये उस्तादों ने उसे भी तो आबाद किया था। 18-19 वीं शताब्दी के उस दौर की कितनी कहानियाँ किताबों में मिलती हैं। एक से एक गायक हुए। सबके नाम हैं न किताबों में। अब्बास अली ख़ान, असद अमानत अली ख़ान, बड़े गुलाम अली ख़ान...न जाने कितने नाम आते हैं। सबका नाम आता है लेकिन अनवर ख़ान का नाम कहीं नहीं आता। जबकि आज़ादी से दसेक साल पहले की बात गौहर ख़ान साहब अपने अब्बा के बारे में बताते, अक्सर बताते—जिस मेहरचन्द ने जम्मू वाले गवैये कुन्दन लाल सहगल को कुन्दन बनाकर कलकत्ता और बम्बई के सिनेमा की दुनिया को हिलाकर रख दिया उसी मेहरचन्द ने अनवर ख़ान को भी गाते हुए देखकर सिनेमा की दुनिया में चलने के लिए कहा था। कहा था, घर-घर आवाज़ गूँजेगी, यहाँ तो सौ-पचास, हज़ार गुणवंत सुनते हैं, सिनेमा में आवाज़ जम गयी तो लाखों-करोड़ों सुनेंगे, बड़े-बड़े घरों में तवे पर उनका गीत बजेगा। घर में पैसे बरसेंगे।

'ऐसी गायकी में क्या मज़ा भाई, कि दाद मिली कि न मिली दिखाई ही न दे। यहाँ तो बड़े-बड़े गुणवंत घंटों एक-एक राग को ध्यान लगाकर सुनते हैं, वहाँ क्या मिलेगा। सिनेमा में चार-पाँच मिनट के एक गीत में भला किसी कलाकार का फन क्या चमकता होगा? अपने लिए तो भाई यह महफ़िल गायकी ही सही है', अनवर ख़ान ने यह जवाब दिया था। उनके लिए गायन ख़ुदा की इबादत का जरिया था, कोई पैसा कमाने का जरिया तो था नहीं। उस्ताद से जब गंडा बँधवाया था तब उनको यही कौल दिया था कि ज़िन्दगी मौसिकी के सहारे इबादत में गुजारेंगे, कभी अपने फन को बेचेंगे नहीं। अपने फन को बेचना अपने ईमान को बेचने जैसा होता है।

इनाम-इकराम मिल जाते थे यह अलग बात थी, लेकिन कभी इस उम्मीद में नहीं गाया कि कुछ मिल जाये। पटियाला घराना उन दिनों अपने उरूज पर था। बस उरूज पर नहीं चढ़ पाया तो अनवर ख़ान की गायकी का फन। छोटी-छोटी महफ़िलों में जाते, जागीरदारों, ज़मींदारों से इमदाद भी पाते। लेकिन कहते हैं उनकी आवाज़ में वह ठसक नहीं आ पायी जिसके लिए पटियाला घराने के गायक जाने जाते थे। एक बार एक बड़े उस्ताद ने उनकी आवाज़ को जनाना

कह कर मज़ाक़ उड़ा दिया। कह दिया तुमसे अच्छा तो वह जम्मू वाला नकियाते हुए भी गाता है। कहते हैं उस गवैये उस्ताद की बात उनके अन्दर तक चुभ गयी।

सब जानते हैं जिस साल फिरंगी मुलुक छोड़ कर गये उसी साल सर्दियों में कुन्दनलाल सहगल ने आख़िरी साँसें लीं। वह अपनी सारी मकबूलियत, सारा जलवा बम्बई में पीछे छोड़कर आ गये थे। संयोग की बात थी कि उस समय अनवर ख़ान साहब जालन्धर में ही थे जब सहगल ने दुनिया को अलविदा कहा। शहर भर के लोग जब रोते-गाते उनको आख़िरी मंज़िल के लिए ले जा रहे थे उस भीड़ में वे भी शामिल हो गये। सब रो रहे थे वे भी रोने लगे। उस भीड़ में चलते हुए, भीड़ में धक्का खाते हुए उनको अपने जीवन के संयोग के ऊपर हैरत होती रही। क्या संयोग है—मन ही मन उन्होंने सोचा। मेहरचन्द ने उनको भी फ़िल्मों की मायानगरी चलने के लिए कहा था। वे नहीं गये। रह गये। यहाँ मुलुक में।

सब संयोग ही तो था। यहाँ रह गये और अच्छन उस्ताद ने उनके गायन की तुलना उसी कुन्दनलाल से कर दी। संयोग जब कुन्दन लाल मायानगरी को छोड़कर अपने देश वापस आ गये। उनका इन्तकाल हुआ तो वह उनकी मंज़िल में शामिल हैं। यह संयोग नहीं है तो क्या है कि वे आज के दिन पटियाला से सौ मील दूर यहाँ जालन्धर आ गये। लोग लोग तमाम लोग सबसे अनजान वे भी चले जा रहे थे उस आख़िरी मंज़िल की यात्रा में और मन ही मन इस संयोग के बारे में भी सोचते जा रहे थे।

यह भी संयोग ही था कि जिस अनवर ख़ान साहब को कुन्दनलाल सहगल के जीवन से कोई लेना-देना नहीं था, उन्होंने उसकी मौत से अपना नाता जोड़ लिया। उस दिन का उनके ऊपर ऐसा असर हुआ कि उन्होंने धीरे-धीरे उस्तादों के सिखाये फन को छोड़ दिया, उस फन को जिसे उन्होंने सालों के रियाज से हासिल किया था। छोड़ दिया। सहगल के गाये फ़िल्मी गीतों को सुन-सुन कर सीखने लगे। उस दिन के बाद से न जाने क्यों कहने लगे—आवाज़ में ठनक का होना और बात है लेकिन दर्द की शिद्दत तो सहगल ने ही पैदा की। सारे गवैये साज के बिना गा नहीं पाते, जबकि एक सहगल था जिसकी आवाज़ के सोज़ में लोग ऐसा खो जाते थे कि किसी को

इस बात का ध्यान ही नहीं रह पाता था कि साज कौन सा बज रहा है, तबला बढ़िया बज रहा है या पेटी की संगत बेहतर है या सारंगी की आवाज़ गवैये की आवाज़ के साथ चल रही है। ऐसी आवाज़ वाला गायक न पैदा हुआ था न पैदा होगा।

उसके बाद से वे और कुछ नहीं गाते थे सिवाय सहगल के गानों के। बाद में तो यह हाल हो गया था कि 'गम दिये मुस्तकिल/कितना नाजुक है दिल/ये न जाना/ हाय हाय रे जालिम ज़माना' गाना वे बिना फरमाइश के भी बार-बार गाने लगे थे। यह भी अजब संयोग था कि उस्तादों के सिखाये हुए फन की वजह से न उनकी नाम बनी न ख़ास पहचान, लेकिन सहगल के गाये गीतों की वजह से पंजाब जम्मू के इलाके में उनकी एक अलग ही पहचान कायम हुई।

उस्ताद गौहर ख़ान साहब बताते कि वो ज़माना कुछ ऐसा था कि सहगल की गायकी को ही सब आदर्श मानने लगे थे। जहाँ-जहाँ भी गायकी-मौसिकी की महफ़िलें सजती थीं वहाँ-वहाँ सहगल की आवाज़ में गाने वाले आते-जाते, बुलाये जाते। यहाँ तक कि बम्बई की मायानगरी में भी एक के बाद एक सहगल की नकल करने वाले आते जा रहे थे। कई गायकों को फ़िल्मों में गाने का मौक़ा भी मिला। कुछ मशहूर हुए कुछ खाक में मिल गये। चाहते तो अब्बा भी बम्बई जा सकते थे। लेकिन नहीं उनको तो फ़िल्मों का कोई शौक़ ही नहीं था। वे तो कहते थे अल्लाह ने उसे ऐसी आवाज़ दी थी जिसकी बदौलत वह महफ़िल गायकी को उरूज पर पहुँचा सकता था, लेकिन उसने किया क्या? शोहरत और शराब के नाम कर दी अपनी इतनी ख़ूबसूरत आवाज़। कुछ दिन तक लोग तवे पर सुनेंगे, फिर तवा टूट-टाट जायेगा। कहाँ बचेगी ऐसी आवाज़? आने वाली नस्लों को कौन बताएगा, ऐसा भी कोई गायक था। गौहर ख़ान ने सुनाते हुए इतना और जोड़ दिया—अब अब्बा कभी स्कूल तो गये नहीं थे, जो सीखा था उस्तादों से संगीत के अक्षरों से सीखा था। सो, उनको कहाँ पता था कि आवाज़ एक बार तवे पर आ जाये तो गायक रहे न रहे, संगतकार रहे या न रहे आवाज़ बची रह जाती है।

उनको तो जैसे यह धुन सवार हो गयी थी कि जैसे भी हो सहगल की आवाज़ को बचाना है। इसके लिए निहायत ज़रूरी है कि आवाज़ को अधिक से अधिक लोगों तक पहुँचाया जाये। सहगल

की यह रूहानी आवाज़ जितने लोग सुनेंगे उतने लोगों की स्मृतियों में बची रह जायेगी। बस गले में पेटी लटका लेते और चल पड़ते गाँव-गाँव, शहर-शहर। ऐसी पहचान बन गये कि लोग उनका असली नाम भूल गये। जो नहीं जानते थे उन्होंने तो याद रखना भी ज़रूरी नहीं समझा। बस एक नाम चल पड़ा उनका—पेटी वाले सहगल!

विषय के नाम पर विषयान्तर, कथा के नाम पर कथान्तर!

क्या करूँ कुछ तो लत पड़ गयी है कुछ यह भी है कि कहानी उस्ताद की है तो कुछ कहानी बूदो-बास की भी हो जाये। अपने इस क़िस्से के उस्ताद गौहर ख़ान को गंडा उनके अब्बा ने ही बाँधा। जब उनकी आवाज़ पर गायकी पर पटियाला घराने की पक्की मुहर लग गयी तो एक दिन कहते हैं उनके अब्बा ने उनको एक फकीर का कौल सुनाया—

यह कह के शाखे-गुल भी शजर से जुदा हुआ
इज़्ज़त उसे मिली जो वतन से निकल गया।

सत्रह साल के थे तब गौहर ख़ान। उनको इस कौल में कोई इशारा समझ आया। अगले ही दिन मुँह अँधेरे निकल पड़े। पटियाला से। बस एक शहर का नाम पता था लखनऊ। उनके अब्बा कहते थे, बहुत गये महफ़िलों में, बड़े-बड़े राजा, ज़मींदार, जागीरदार के दरबारों में गये, मौक़े-कुमौक़े गाने गये लेकिन जैसे सुनवैया लखनऊ में मिले कहीं नहीं। आज़ादी से पहले क्या उसके बाद तक भी यह कहा जाता था कि फनकार कैसा है, उसकी गायकी कैसी है इसकी असली परख लखनऊ में होती है। जिस फनकार को लखनऊ में दाद मिल गयी समझिए उसको कुछ और नहीं चाहिए। बस चल पड़े। कहाँ जाना है? पता नहीं। किसके पास जाना है? पता नहीं। बस लखनऊ!

पहुँच गये। बचपन से इतना सीख चुके थे कि भूख लगे तो किसी मुस्लिम होटल के सामने जाकर बैठ जाइये। दिल्ली जाइये, लखनऊ जाइये शायद ही कोई मशहूर मुस्लिम होटल ऐसा मिलेगा जिसके बाहर रोज़ाना सैकड़ों लोगों को खाना न दिया जाता हो। कम से कम रोटी और उसके ऊपर सालन। इतना तो ज़रूर मिल जाता है। यह बात वे बचपन से सीख चुके थे। आख़िर उनके अब्बा इसी तरह तो शहर-शहर घूमकर सहगल के गीत गाते थे। खाने के

लिए होटल से मिला खाना और सोने के लिए मस्जिद का साया। उस ज़माने में इतना ज़रूर था। इंसान इंसान को भूख से मरने नहीं देता था। सबकी ज़िन्दगी कट जाती थी।

हफ्ते दस दिन इसी तरह गुज़र गये। लेकिन लखनऊ आने का मकसद यह तो नहीं था। उनको अपना हुनर दिखाना था, गुणवंतों की दाद लेनी थी। लेकिन यहाँ तो ज़िन्दगी फकीरी में कट रही थी। एक दिन इसी उधेड़बुन में खोये रेल की पटरियों के साथ-साथ चलने लगे देखने के लिए कि आख़िर ये पटरियाँ लेकर कहाँ जाती हैं। कुछ दूर चलने पर उन्होंने देखा बहुत सारे लोग जमा हैं। मेला जैसा लगा हुआ है। पास गये तो देखा पीर की दरगाह थी और उर्स चल रहा था। वह थी खम्मम पीर की दरगाह। पता चला कि 5 दिनों का सालाना उर्स था। उस मौक़े पर वहाँ बड़े-बड़े गुणवंत भी आये थे अपने-अपने हुनर का खिराजे-अकीदत पेश करने। लखनऊ आने के बाद पहली बार उनको भरपेट खाना वहाँ नसीब हुआ। खाकर वहीं सो गये। रात हुई। संगीत की महफ़िल सजी। सारी रात उन्होंने देखा एक से एक गवैये आते। अपना हुनर पेश करते और दूसरे फनकार के लिए जगह छोड़ देते।

पहली रात तो नहीं लेकिन अगली रात उन्होंने हिम्मत करके वहाँ मौजूद एक बुजुर्ग से पूछा, क्या वह भी वहाँ गा सकते हैं? बुजुर्ग ने तंजिया अन्दाज़ में कहा, यहाँ अवध के बड़े-बड़े फनकार गाते हैं, यह जगह कमसिन फकीरों के गाने के लिए नहीं है। जाओ पहले गाने का हुनर, तहजीब सीख कर आओ। गौहर ख़ान ने जवाब दिया, 'हुजूर मैं पटियाला से आया हूँ। 7 साल की उम्र में गंडा बँधवाया था। 10 साल हो गये गाते-गाते। बहुत नाम सुना था वहाँ कि लखनऊ में सच्चे फनकार की क़द्र होती है। लेकिन लगता है यह बेक़द्रों का शहर है। यहाँ तो फनकारों को हिकारत से देखा जाता है।'

सुनकर बुजुर्गवार थोड़े संजीदा हुए। उन्होंने कहा, 'देखो गाने का मौक़ा वैसे तो मुश्किल है लेकिन ऐसा है कि जब एक फनकार अपना गाना ख़त्म करता है तो दूसरे फनकार के आइटम से पहले बीच में कभी-कभी आधे घंटे का समय भी लग जाता है। तुमको मैं उस दरम्यान गाने का मौक़ा दे सकता हूँ। वैसे एक बात है उस दरम्यान लोग भी सुनने के मूड में नहीं होते हैं। लेकिन तुम अगर

सचमुच पटियाला से आये हो, सचमुच तुम्हारे गाने में कशिश हुई तो सुनने वाले ठहर जायेंगे। यह लखनऊ है मियाँ! यहाँ अच्छे फनकार को ही दाद मिलती है। ज़रूर मिलती है।'

उस बुजुर्गवार का नाम था अच्छन मियाँ। गौहर ख़ान ने उनका शुक्रिया अदा किया और अपनी बारी के इन्तज़ार में बैठकर वहाँ गुणवंतों को सुनने लगा। ठुमरी, दादरा...एक से एक। आधी रात के थोड़ी देर बाद अच्छन मियाँ ने इशारा किया। गौहर ख़ान ने अपने अब्बा, अपने उस्ताद को याद किया और हारमोनियम, तबला और सारंगी की संगत में आलाप शुरू किया–

मन तड़पत है
अरज करत है
सुनहुँ हमारी पीर
साहब जी
हम मुर्शिद तुम पीर
साहब जी...

पहले बन्द के साथ ही जो लोग इधर-उधर उठ कर गये थे वे भी अपनी जगह पर आ बैठे। लोग भूल गये कि आगे बनारस से आये ग़ुलाम बख़्श साहब को गाना था। सब उस लड़के को सुनने में लग गये जिसे आगे चलकर उस्ताद के नाम से मशहूर होना था। जैसे ही गौहर ख़ान ने गाना ख़त्म किया अच्छन मियाँ ने उनके पीठ पर दो धौल जमाते हुए कहा, 'नाम के ही नहीं काम के भी गौहर हो तुम!'

एक साल अच्छन मियाँ के साथ लखनऊ और आसपास के इलाकों में गाते रहे गौहर ख़ान, पटियाला की गायकी, वहाँ की बन्दिशों को लखनऊ के क़द्रदानों तक पहुँचाते रहे। लखनऊ तब ऐसा टेशन (स्टेशन) था जहाँ महज औरतों की गायकी के ही नहीं सच्ची गायकी के क़द्रदान बहुत थे। इलाके के कम से कम 8 नवाबों, 3 सेठों के यहाँ दाद पाने के बाद उनका नाम लखनऊ में होने लगा था। उम्र 18 साल की हो चुकी थी। अच्छन मियाँ के शागिर्दों में एक थे परवेज़ सुल्तान। उनके घर आना-जाना हो गया था उनका। आने-जाने से सिलसिला बन गया। वही सिलसिला जो आने वाले वक़्त में उनके लिए मुसीबत का सबब बनने वाला था।

परवेज़ सुल्तान गायक नहीं थे, हारमोनियम बजाते थे। 20 साल उन्होंने अच्छन मियाँ के साथ रात-रात भर संगत की थी। बाद में उन्होंने पैसे के लिए बजाना शुरू कर दिया था। जो भी पैसा देता उसके साथ बजाने के लिए चल देते थे। घर में कम ही रहते थे। उनकी लड़की थी गुलरुखी। इनायतपुर के ज़मींदार समर बहादुर ने उसको यह नाम दिया था। वह भी बहुत अच्छा गाती थी। परवेज़ साहब ने घर के बाहर गाने का मौक़ा उसको कभी नहीं दिया था लेकिन उसके रियाज में कोई खलल न पड़े इसका ख़ास ध्यान रखते थे। गौहर नाम का लड़का उन्हें सूफ़ियाना मिजाज़ वाला लगता था। हमेशा संगीत की दुनिया में खोया रहने वाला। चार बात पूछने पर एक का जवाब देने वाला। पक्का नमाजी भी था। वह अक्सर उनके घर आता। परवेज़ साहब को यह बात बहुत बाद में समझ में आयी कि वह तो असल में किसी और ही धुन में रहता था।

गुलरूखी गाती थी, कभी-कभी बन्दिशों, तलफ़्फ़ुज़ों के मसले सुलझाने के लिए वह अपने अब्बा की इज़ाजत से गौहर से पूछ लिया करती थी। परदे के ओट से गौहर सर झुकाये उसे बन्दिशों के अभ्यास करवाता, कभी यह समझाता कि किसी शेर में किस लफ़्ज़ पर कितना वज़न देना चाहिए। परवेज़ साहब भी ख़ुश थे कि उनकी लड़की को किसी उस्ताद के पास जाना नहीं पड़ता था, और सधे सुर वाला यह लड़का उनकी लड़की को हँसी-हँसी में सिखा देता था। कभी पर्दे के उधर देखने की कोशिश भी नहीं करता था। परवेज़ साहब के घर कभी उनको खाने को कबाब मिल जाता, कभी नाहरी। वह इसी में ख़ुश रहता था।

पहले तो गुलरूखी कभी-कभी किसी अलफाज़ में उलझती थी, किसी सुर में अटकती थी। लेकिन जबसे गौहर आया था अक्सर अटकने लगी। परवेज़ साहब को समझ में नहीं आया। महीनों यही चलता रहा। एक दिन गौहर ने गुलरूखी को एक बन्दिश सुनाई यह दिखाने के लिए कि किस तरह गायकी से अलफाज़ में मानी पैदा हो जाता है—

बातों से बहलाऊँ कब तक
दिल की बात छुपाऊँ कब तक

गली गली गाऊँ
शोहरत पाऊँ
दिल की बात
न बोलूँ बताऊँ
न समझूँ समझाऊँ कब तक
दिल की बात छुपाऊँ कब तक...

गौहर पर्दे के इस तरफ़ से गाते रहे गुलरूखी ने पर्दे के उधर से समझ लिया। शायद! अगली बार जब वे उसके घर गये तो उसने अपनी अभ्यास की हुई बन्दिश सुनाई। बोल थे—

हर जगह हर तरफ़ उसकी सूरत दिखे
दिल में कैसे सँभालूँ जो मूरत दिखे
देखकर उसको इस दिल का ये हाल है
ना तो आगे दिखा न ही पीछे दिखा
दिल में कैसे सँभालूँ जो मूरत दिखे...

उस दिन जाने पर्दा कैसे लगाया गया था कि दीवार की कील उखड़ गयी और पर्दा एक तरफ़ से गिर गया। गुलरूखी ने हल्का पर्दा कर रखा था। मगर पर्दे के गिरने से उसकी नज़रें थोड़ी ऊँची उठी और गौहर मियाँ से मिल गयीं। ऐसी मिली कि मिली रह गयीं।

सप्ताह भर भी नहीं बीते होंगे कि असर सबके सामने आ गया। एक दिन परवेज़ साहब सुबह ज़रा देर से उठे, तो आधी नींद में रूखी-रूखी बुदबुदाये। अमूमन इतने में गुलरूखी पानी लेकर आ जाया करती थी और जब तक उठते पानी पीते तब तक चाय। उस दिन जब बुदबुदाहट का कोई असर नहीं हुआ तो उन्होंने आवाज़ जरा ऊँची करके बुलाया। जब वह भी बेअसर रहा तो थोड़ा गर्दन उठाकर देखने की कोशिश की कि कितनी गहरी नींद में है गुलरूखी।

वह तो नहीं दिखी। उनको लगा जैसे बाहर के कमरे का दरवाज़ा खुला हुआ है। रोशनी थोड़ी तेज़ आ रही थी। उनकी इज़ाजत के बगैर कभी गुलरूखी बाहर नहीं जाती थी। फिर दरवाज़ा कैसे खुला? कम्बल फेंकते हुए वे उठ खड़े हुए। शायद कुछ खटका हुआ हो। देखा तो गुलरूखी तो घर में नहीं ही थी उसके कपड़ों का बस्ता भी गायब था। बाहर दरवाज़े के पास धप्प से बैठ गये। पहले तो

कुछ देर तक उनको कुछ समझ में नहीं आ रहा था मगर थोड़ी देर में जब दिमाग़ स्थिर होने लगा तो उनको धीरे-धीरे सब कुछ समझ में आने लगा।

पहली बार तो उनको उसी दिन थोड़ा शक हुआ था जब गौहर मियाँ के लिए खाने में 4 की जगह 5 कबाब आये थे और 3 की जगह 4 रोटियाँ। जबकि न गौहर ने बोला था कि वह उस दिन अधिक खायेगा न ही ख़ुद उन्होंने अपनी बेटी से कहा था कि आज गौहर मियाँ ने दो घंटे रियाज करवाया है। लेकिन खाना ज़्यादा आया तो था। उन्होंने पहली बार सोचा पर दूसरी बार नहीं सोचा।

2 घंटे रियाज से उनको ध्यान आया कि पिछले कुछ दिनों से वह रियाज भी कुछ ज़्यादा करवा रहा था। पहले तो आधे एक घंटे तक चलता था। जब वह 2 घंटे तक बढ़ गया तो उन्होंने सोचा एक दिन कि उसे जल्दी जाने के लिए कहें।

रुक गये मन ही मन यह सोचकर कि इससे फायदा तो उनकी बेटी का ही था। पर्दे की ओट बराबर बनी रहती थी। फिर सबसे बड़ी बात थी कि कभी-कभार उनको शक होता भी था तो अपनी बेटी के ऊपर ही होता था। लड़के के ऊपर तो उनका कभी शक गया ही नहीं। हमेशा नज़रें झुकाये रहने वाला लड़का एक दिन ऐसी नज़र उठाएगा कि उनको सबकी नज़रों से उठा देगा। कभी उनको इस बात का ख़याल भी नहीं हुआ। लेकिन कहते हैं न कि जो नहीं सोचा हो वह अक्सर हो जाता है।

गौहर साहब उस दिन फजर की नमाज से घंटा भर पहले ही आ गये थे। गुलरूखी पहले से ही दरवाज़े पर तैयार बैठी थी। दोनों बिना कुछ बोले एक-दूसरे के साथ निकल पड़े। अब कुछ कहना-सुनना नहीं था साथ रहना था, साथ जीना-मरना था।

यही तो उन्होंने लिखा था उस काग़ज़ पर। गौहर मियाँ उस दिन काग़ज़ के एक टुकड़े पर लिख कर अपनी जेब में रखे लाये थे। उन्होंने पर्दे के इस तरफ़ से दूसरी तरफ़ काग़ज़ की गोली सरका दी।

'मैं आपके साथ ज़िन्दगी जीना चाहता हूँ। सारे सुख-दुख बाँटना चाहता हूँ। अगर आपकी हाँ है तो कल सुबह मुँह अँधेरे फजर की नमाज से घंटे भर पहले दरवाज़े पर तैयार रहिएगा। नयी दुनिया के लिए चल पड़ेंगे। अपनी दुनिया। ऐसी दुनिया जिसमें रस्मो-रिवाज न

हों, पर्दे न हों, बन्दिशें न हों। जो हमारी हो, भले मुश्किल हो लेकिन जिसमें हमारे सपने हों, हमारे सच हों। अगर आपने साथ दिया तो एक ऐसी दुनिया बनायेंगे जिसमें ढेर सारी मोहब्बत होगी, धूप होगी, हवा होगी रोशनी होगी...'

'अगर आपकी हाँ है तो काग़ज़ के इस टुकड़े को वापस मेरी तरफ़ फेंक दीजिएगा। मैं समझ जाऊँगा।'

इधर इन्होंने काग़ज़ फेंका और थोड़ी देर में ही काग़ज़ का वह टुकड़ा वापस आ गया था। गौहर मियाँ उठकर आ गये। जो भी थोड़ा बहुत सामान था। इनाम-इकराम में जो पैसे मिले थे उसको उन्होंने मस्जिद के इमाम साहब के पास जमा करवा रखा था। उनसे पैसों की अंटी ली और तैयारी पूरी। रात भर नींद नहीं आयी। जैसे चार बजने का इन्तज़ार करने के लिए ही उन्होंने आँखें बन्द की हों। चार बजने से पहले ही उठ खड़े हुए। समान सँभाला और गुलरूखी के घर की तरफ़ चल पड़े।

वहाँ से दोनों निकले पैदल चलते गये चलते गये। जब शहर की मियाद को पार कर रहे थे दोनों ने लखनऊ को अलविदा कह दिया। गौहर मियाँ ने शायद इसलिए कि उनकी गायकी को यहाँ एक नयी पहचान मिली, गुलरूखी ने आँखें झुकाकर शहर को आख़िरी विदाई दी। उसके बाद दूसरी तरफ़ मुड़ी और उसने अपनी आँखें उठाकर देखने लगी नयी फिज़ा को। उसके बाद कहते हैं उसने कभी नज़रें नीची नहीं की।

'अगर थक गयी हों तो कहीं चाय पी लें' गौहर ने पूछा।

'हाँ', उसने कहा और भरपूर निगाहों से गौहर की तरफ़ देखा।

यह उनकी पहली बातचीत थी। पहले उनको इस तरह बातचीत का मौक़ा ही नहीं मिला था। दोनों जौनपुर होते हुए बनारस पहुँचे। जब गौहर मियाँ लखनऊ में गवैये के रूप में पहचान बना रहे थे तो एक दिन उनको बनारस के छन्नू कव्वाल मिले थे। उन्होंने उनसे प्रभावित होते हुए कहा अपना पता दिया था और कहा था जब जी चाहे बनारस आना। मेरा दर तुम्हारे लिए हमेशा खुला रहेगा। कभी बनारस आना तब पता चलेगा मौसिकी की जितनी क़द्र वहाँ है वैसी कहाँ है।

बस उन्हीं का आसरा था। दोनों पन्द्रह दिन में घूमते फिरते

पहुँचे। छन्नू कव्वाल ने उस मासूम लड़की को देखा और पूछा, निकाह हो गया?

'नहीं।'

बस बिना कुछ पूछे वे इस जवाब को हाँ में बदलने की तैयारी में लग गये। आनन-फानन में दोनों का निकाह करवाया। बस एक उन्होंने किया। गुलरूखी से कहा, आज से तू मेरी बेटी हो गयी—गुल बानो।

कुछ ही दिनों बाद बुढ़वा मंगल था। उन दिनों कहावत थी अंग्रेज़ों का राज चला गया मगर बनारस के ज़मींदारों का राज नहीं गया। बुढ़वा मंगल पर उनका शौक़ दिखाई देता था, उनकी रौनक। गंगा की धारा में रात-रात भर चलती संगीत की महफ़िल।

उफ़्फ़...वह फन का दौर, फनकारों की शान का दौर। यही तो था जिसने बनारस को बनारस बना रखा था। पश्चिम के संगीत के ठिकानों का सूरज डूबता जा रहा था बनारस का चाँद चमकता जा रहा था। बुढ़वा मंगल वह दिन होता था आसपास के कनरसिया बनारस में आ जुटते थे काट-काट के कलाकार अपनी कला का जादू दिखाते।

उस रात गौहर का फन चमका। गाजीपुर के उत्तर साइड के एक ज़मींदार ने सुबह होते-होते गौहर से अपने दरबार में गायक होकर चलने की पेशकश कर दी। निकाह हो ही चुका था। ठौर ढूँढ़ रहे थे। सो भी मिल गया। गौहर मियाँ और गुलरूखी की भटकन को जैसे ठहराव मिल गया। गुलरूखी गुलबानो बन कर घर बनाने में लग गयी गौहर मियाँ गाने में। बीच-बीच में जब भी मौक़ा मिलता गुलबानो बन्दिशें बनाती। गौहर मियाँ गाते। सब साथ-साथ चलने लगा। गीत-संगीत। चूल्हा-चौका। घर को जैसे ठौर मिल गया था।

ज़मींदार का घर गाँव के एक सीमान्त पर था। घर क्या था बड़े से क़िले के अन्दर छोटे-बड़े घर बने थे। उसके लिए काम करने वाले, सेवा टहल करने वाले सभी अन्दर ही रहते थे। वहीं दक्षिण कोने पर एक छोटा सा घर गौहर मियाँ के लिए खाली करवा दिया गया। कहते हैं राजा साहब के जो जितने करीब होता था उसको राजा साहब के घर के उतने ही करीब रहने को घर मिलता था। गौहर मियाँ का घर राजा जी के घर के पास ही था। इतने पास कि

खिड़की खोलते तो राजा जी का दुआर दिखाई देता था। राजा जी एक इशारा करते और वे दुआरे पर हाजिर हो जाते।

वहीं क़िले के भीतर मन्दिर भी था। कहने को तो शिव मन्दिर कहलाता था। लेकिन वहाँ सभी देवी-देवता विराजते थे। जब भी कोई परब-त्योहार आता मन्दिर सज जाता, क़िले के दरवाज़े खुल जाते। गीत-संगीत का दौर चल पड़ता। राजाजी भगत कहलाते थे। कोई ऐब नहीं, लोग कहते थे कभी ऊँच-नीच में नहीं पड़ते थे। सबका भला सोचना, भगवान की पूजा आनन्दपूर्वक करना, सबको उसमें शामिल करना। यही रीत थी उनकी।

इसलिए ग़ज़ल, ठुमरी, दादरा, चैती के अलावा अलग-अलग मौक़े के लिहाज से भजन मंडली भी वहाँ आया करती थी। ख़ान साहब पहले साल ही शिवरात्रि, रामनवमी, जन्माष्टमी बीतते-बीतते भजन में भी रंग ज़माने लगे।

'बधाई हो बधाई/आये कुँवर कन्हाई' जन्माष्टमी पर तो उनका यह भजन आसपास के गाँवों के मन्दिरों में भी गाया जाने लगा था। सिर्फ़ भजन ही नहीं, भक्ति के उस माहौल में उन्होंने क़िले के भीतर का माहौल देखकर मांस मछली खाना भी छोड़ दिया। कभी-कभार क़िले के बाहर निकलते और शहर जाते तो कबाब खाने का महीने भर का कोटा पूरा कर आते।

वे वहाँ रम गये थे, कहिये कि जम गये थे। भोर की पहली किरण फूटने के साथ वे रियाज शुरू करते—

तारों की सितारों की सुबह आयी है
सूरज की गवाही में सुबह आयी है
खेमा उठने को है अँधियारे का
रौशनी ले के सुबह आयी है...

गाँव मधुवन, क़िला नलपत राय के बाशिंदों के लिए तो वह प्रभाती बन गयी थी जैसे। अक्सर शाम गये क़िले में संगीत की महफ़िलें जमतीं। गौहर ख़ान का नाम आसपास के क़िलों में फैलने लगा था। ज़मींदार के परिवार के बच्चे दिन के वक़्त उनसे राग-रागिनियों की दीक्षा लेने आते। उम्र तो अधिक नहीं हुई थी लेकिन उस्ताद कहाने लगे थे।

इधर घर-परिवार में बरकत हो रही थी। दो से तीन हुए तीन से चार। दो लड़के हुए—पहले का नाम उन्होंने अपने दादा हुज़ूर के नाम पर रखा। दूसरे का सरताज। दोनों बच्चों की पैदाइश की ख़ुशी में गौहर मियाँ ने आँवला के पेड़ लगाये अपने छोटे से घर के दरवाज़े पर। बच्चे बड़े होने लगे आँवला फल देने लगे। ज़िन्दगी आगे बढ़ती गयी।

लेकिन ज़िन्दगी भी अजीब है। जब लगने लगता है सब कुछ ठीक हो चला है तो अचानक ज़िन्दगी उस ठहराव को एक नयी दिशा में मोड़ देती है। ज़मींदार को वैसे कोई ऐब नहीं था सिवाय इसके कि वे पेट साफ़ रखने के लिए रात में सन्तुलित मात्रा में भांग का सेवन करते थे। शरद पूर्णिमा की उस रात न जाने कैसे उनको बासी भांग दे दी गयी। अल्प मात्रा में औषधि समान जब भांग का सेवन किया जाता है तो वह लाभदायक होती है—ऐसा आचार्य जी बताते। लेकिन अगर वह बासी हो जाये तो जहर समान हो जाता है।

वही हुआ। ज़मींदार साहब ने शरद पूर्णिमा की रात तो देखी सुबह नहीं देख पाये। जब तक डॉक्टर आते, आयुर्वेदाचार्य आते। वे दुनिया से कूच कर चुके थे। कहते हैं सब कुछ षड्यन्त्र के तहत हुआ था। इतनी बड़ी ज़मींदारी, बच्चा नाबालिग। सब राज हड़पने का कुचक्र था। सुबह होते ही माहौल बदल गया। ज़मींदार साहब के चचेरे भाई ने काम सँभाल लिया। वही भाई, जिनको गौहर मियाँ ने कभी गीत- संगीत सुनते नहीं देखा।

इधर द्वादशा हुआ ज़मींदार साहब का और उधर गौहर मियाँ ने नये ज़मींदार से जाने की अनुमति माँगी। उसने भी कारण नहीं पूछा। और दो बच्चों समेत वह छोटा- सा परिवार एक बार फिर उजड़ गया। इस बार जाने कहाँ? पहले से कुछ भी नहीं सोचा था। इतना सोचा समझा होता तो पंजाब से यहाँ आ गये होते!

अपने पुरखों का संगीत, गीतों की कई जमा कॉपी समेटे वे क़िले से बाहर निकल पड़े। नदियों को पार करते-करते संगीत की कितनी परम्पराओं से गुज़रते हुए बढ़ते जा रहे थे। कुछ भी नहीं था पास बस गीत-संगीत। घर-परिवार सब गीत-संगीत। उनका सफ़र गीत-संगीत का कभी ख़त्म न होने वाला सफ़र था—

दुनिया चार दिनों का फेरा
महफ़िल महफ़िल खेला
शोहरत, इज़्ज़त दौलत पीछे
आगे चले अकेला...

उनको अपने पिता का यह गीत याद आ गया। वे अक्सर गुनगुनाते थे।

लेकिन वे अकेले कहाँ थे। गुलरूखी थी, गयास था, सरताज थे। सबको साथ लिए कोच में बैठे बढ़ते जा रहे थे। अगले पड़ाव के लिए।

शायद बनारस...

शायद...

पता नहीं...

हम परदेशी हम परवासी
अपना न कोई देस
साफ़ा, कुरता, लुंगी, जूता
ले लें हँस हँस बिन कुछ बोले
ना बाना न भेस
मिले जहाँ भी चोकर दाना
छाप तिलक करके जा बैठें
अपना चूल्हा अपना लोटा
अपना न कोई भेस!
गाँव गाँव से मिले शहर जहाँ
साहब बसें जहाँ हो पेठ
जाग मछन्दर बाँध के मन्तर
चलें बसें वा देस!

हम परदेशी हम परवासी
अपना न कोई देस
साफा, कुरता, लुंगी, जूता
ले लें हँस हँस बिन कुछ बोले
ना बाना न भेस
मिले जहाँ भी चोकर दाना
छाप तिलक करके जा बैठें
अपना चूल्हा अपना लोटा
अपना न कोई भेस!
गाँव गाँव से मिले शहर जहाँ
साहब बसें जहाँ हो पेठ
जाग मछन्दर बाँध के मन्तर
चलें बसें वा देस!

दर्द का क़िस्सा यार बहुत है

जो हुआ सब संयोग था—गौहर ख़ान कहेंगे। लखनऊ, बनारस, गाजीपुर, और फिर चतुर्भुज स्थान, मुजफ़्फ़रपुर। किसने सोचा था।

लेकिन सवाल यह है कि जो सोचता है वह इतना आगे निकलता है क्या? पुरखों की मिट्टी, अम्मा-अब्बा की छाँह—सब पीछे छोड़ जब निकले थे तो क्या था पास में। सिर्फ़ संगीत। गाते-गाते हज़ार मील से ऊपर निकल आये।

उनकी यात्रा संगीत की यात्रा है!

उस दिन जब गाजीपुर के गाँव मधुवन, क़िला नलपत के जब वे निकले रास्ता बनारस का ही लिया। और जाते कहाँ? अपने पराये तो सब पीछे छूटते जा रहे थे। उस दिन उन्हें पटियाला बहुत याद आ रहा था। वतन। बीच-बीच में वे गुलरूखी की तरफ़ देख लेते। सब गुमसुम। बच्चे भी ख़ामोश।

शायद सबको कुछ न कुछ याद आ रहा था। सबका कुछ न कुछ छूटा जा रहा था। दोनों बच्चों का पहला वतन।

जब हम कहीं से टूटते हैं, कहीं से छूटते हैं तभी हमें सब कुछ की याद क्यों आती है? यह याद करने का वक़्त नहीं था। वक़्त था अपने-अपने यादों के वतन से निकलकर देस जाने का।

जब पिछली बार बनारस आया था तब राजा साहब जैसे दिलदार आदमी की छाँह मिली। अब देखिए, इस बार बनारस में जाते हैं तो क्या मिलता है? गौहर ख़ान चुपचाप गुलरूखी की तरफ़ देख रहे थे। कहा कुछ नहीं लेकिन कहते तो शायद यही—बनारस की खाक ही सही। सुनते हैं हिन्दू अपना सब कुछ छोड़छाड़ वहाँ खाक में मिलने आते हैं। काशी जिसे अपनी खाक में लपेट ले वह मुक्त हो जाता है, गंगा की हज़ारों साल की परम्परा की गूँजों-अनुगूँजों, कलकल-छलछल का हिस्सा बन अमर हो जाता है।

इस बार पास में पैसे थे। बनारस पहुँचे तो सीधा मुसाफ़िरखाने। सोचा एकाध दिन आराम करके छन्नू कव्वाल से मिलने जायेंगे। इन पाँच सालों में कोई ख़बर नहीं ली थी उन्होंने उनकी। थोड़ी शर्म आ रही थी। क्या सोचेंगे, जब काम पड़ता है तभी याद आती है चचाजान की। उन्होंने निकाह पढ़वाया था और अपने औलादों की ख़बर भी उनको नहीं दी। अब सीधे उनके पास मुँह उठाकर पहुँच जाने में शर्म आ रही थी।

जब सब कुछ छूट जाता है और सफ़र उसी मुकाम पर आ जाता है जहाँ से शुरू किया हो तो पुराने लोगों से मिलने जुलने में शर्म तो आती ही है। शायद।

लेकिन आगे...

ज़िन्दगी मुसाफ़िरखाने में तो नहीं काटी जा सकती है न।

शाम होते-होते छन्नू चाचा के घर पहुँच गये। बदहाली आलम में जब आप किसी ऐसे बुजुर्ग से मिलने पहुँच जायें जिनसे आपको हमेशा मोहब्बत मिली हो तो बड़ा सुकून महसूस होता है।

फिर संयोग घटित हुआ।

जब वे पहुँचे तो छन्नू मियाँ से मिलने जुम्मन आया हुआ था। उनका भांजा।

'यह तो अपना ख़ून है तब पाँच साल बाद शक्ल दिखाने आया है तो तुमसे क्या शिकायत करूँ मियाँ?' बड़े मियाँ की आवाज़ में शिकायत थी तो लाड़ भी था।

दोनों के आने की ख़ुशी में बड़े मियाँ ने चौक से गर्मागर्म जलेबी मँगवाई और चाशनी में सनी जलेबी के तारों की तरह उनकी बातों के तार जुड़ने लगे। धीरे-धीरे गौहर मियाँ ने पूरी कहानी सुनाई कि कैसे वहाँ इतने बरस रमे रहे और कैसे इतने बरस बाद उजड़ गये।

कहानी सुनकर कव्वाल साहब ने थोड़ी देर की चुप्पी के बाद कहा–'अच्छा किया। इस नये राज में तुम्हारी जमने वाली नहीं थी। जहाँ गीत-संगीत को सुनने वाले तो हों लेकिन उसको सराहने वाले न हों तो सिर्फ़ वजीफे के लोभ में वहाँ बसे रहना संगीत की तौहीन है। तुम सच्चे फनकार हो। तुमने साबित कर दिया। लेकिन मुश्किल क्या है जानते हो? अब गंगा के इस पार सच्चे क़द्रदान ख़त्म होते जा रहे हैं। फनकारों के बुरे दिन आने वाले हैं...'

कहकर वे आसमान की तरफ़ देखने लगे मानो ऊपर वाले से शिकायत कर रहे हों।

'मुजफ़्फ़रपुर चलोगे भाई?' जुम्मन ने अचानक पूछा।

पहले तो वे गौहर मियाँ समझे ही नहीं। यह ठीक है कि जुम्मन छन्नू कव्वाल का भांजा है लेकिन वह उनके लिए तो अनजान ही था न। एक अनजान के मुँह से किसी अनजान जगह का नाम सुनकर उनको सचमुच कुछ समझ में नहीं आया।

लेकिन वह सोचने-समझने का वक़्त नहीं था। ऐसा कोई ठिकाना मिल जाये जहाँ सर पर छत मिल जाये, बीवी-बच्चों को खाना मिले, उनकी परवरिश हो जाये। सुनने वाले हों। सबसे बढ़कर सही जगह दाद देने वाले हों। संगीत से जीवन इस कदर बँध चुका था कि उससे अलग जीवन सोच भी नहीं सकते थे। बचपन से कुछ और सोचा भी नहीं। मन ही मन यह सोचते थे पहले कि जहाँ-जहाँ अच्छा सुनने वाले मिल जायें वहाँ जायें जाकर गायें, दाद पायें। लेकिन घर-परिवार बस जाने के बाद जिम्मेदारी आ गयी थी।

उस्ताद ने इशारा किया—'जाओ, अल्लाह बरकत देगा। बनारस से आज तक जो भी गया लौट कर नहीं आया।'

'लेकिन तुम तो आते जाते रहना', उस्ताद ने हँसते हुए आगे कहा।

बस एक उम्मीद थी।

अगले दिन चल पड़े...

जीवन की एक नयी यात्रा थी! अनजान राह। साथ कोई था तो जुम्मन जिसने पहली मुलाक़ात में ही अपना बना लिया।

यही होता है। जिससे बरसों की जान-पहचान हो वह अपना नहीं बन पाता और कोई मिलता है, मिलते ही अपना लगने लगता है।

साल तो याद नहीं बस इतना याद रह गया है कि उस साल उन्होंने फ़िल्म आम्रपाली देखी थी, जिसमें एक सीन है जिसमें आम्रपाली हर सवाल के जवाब में कहती है आम्रपाली। बनारस में गोदौलिया में सुशील सिनेमा हॉल में उन्होंने बच्चों के साथ देखी थी।

क्या पता था जिस इलाके की कहानी फ़िल्म में दिखाई गयी थी इस बार तकदीर उनको वहीं लिए जा रही थी।

कहते हैं कि जहाँ तकदीर ले जाती है वहाँ संयोग से ले जाती

है। मुजफ़्फ़रपुर में भी कुछ ऐसा संयोग हुआ कि उनके जाते ही कुछ दिनों के भीतर ही उनका जलवा वहाँ जम गया। जब बनारस से चले थे तो बस इतना भरोसा था कि वहाँ चौक वाली बेनजीर बानो के घर के मेहमानखाने में महीने दो महीने की पनाह मिल जायेगी। दूसरा भरोसा अपने हुनर पर था, अपने अब्बा हुज़ूर की उस गायकी की विरासत पर जिसके साथ एक दिन वे चुपचाप पटियाले से निकल पड़े थे। जिसकी खुशबू लखनऊ, बनारस में फैला आये थे। अब मुजफ़्फ़रपुर...

पहले से कोई जान-पहचान नहीं थी बेनजीर बानो से उनकी। रुखसार की भी नहीं थी। वह लखनऊ की ज़रूर थी। लेकिन वह वहाँ जानती ही किसे थी? शायद उसके अब्बा के बारे में जानती हो बेनजीर। क्या पता? फिलहाल तो जुम्मन का ही वादा था।

मुजफ़्फ़रपुर पहुँचते ही जुम्मन गौहर और उनके परिवार को अपने घर लेकर गया। खाना-पीना हुआ। दोपहर बीतते-बीतते जुम्मन गौहर और गुलरूखी को लेकर बानो की हवेली गये। चतुर्भुज स्थान मन्दिर के पीछे से गिनकर 200 क़दम चलने के बाद बायें देखने पर बानो की हवेली दिखाई देती थी। और कोई कहे या न कहे गौहर ख़ान आज तक यही कहते हैं कि वैसी हवेली तो उन्होंने गाजीपुर के गाँव मधुवन के क़िला नरपत राय में भी नहीं देखी थी। रकबा बड़ा था जिस शान से यह दमक रही थी वह वहाँ तफरीह करने आने वालों को पहले से ही वहाँ के शानो-शौक़त की एक झलक दे देती थी।

उद्धार, सुधार की सुगबुगाहटें शुरू तो हो गयी थीं। लेकिन गीत-संगीत का वह बाज़ार पहले से अधिक चमक रहा था। शाम ढलते ही वहाँ रोज़ दीवाली सा माहौल रहता था। सड़कों पर पानी का छिड़काव करके उनके ऊपर जगह-जगह केवड़े का छिडकाव किया जाता ताकि गाड़ी से आने वाले जब खिड़की खोलें तो बस मूड सेट हो जाये। रिक्शे पर चढ़कर आने वाले तो सुरूर में आ जाते। दोनों तरफ़ के घरों सी आती टेबल, हारमोनियम की आवाज़ के साथ गूँजता आलाप सुनने वाले को किसी और ही दुनिया में ले जाता था।

बनारस का माहौल गौहर ख़ान ने देखा नहीं था ठीक से लेकिन चतुर्भुज स्थान का माहौल देखा तो बस यही तबीयत हुई कि यहीं रहने का ठौर मिल जाये और सुनने-सुनाने का ठिकाना। बस ज़िन्दगी

में और कोई ख़्वाहिश नहीं!

लखनऊ सुनते ही बानो ने गुलरूखी की ठुड्डी पकड़ कर उठाते हुए पूछा—'सचमुच चौक से आयी हो?'

'हाँ, तुम चौक से ही आयी हो', ध्यान से चेहरा देखकर उन्होंने कहा और उसे गले से लगा लिया। 'ऐसा तेज़ बस चौक की लड़की में ही हो सकता है।'

उसी समय उन्होंने जुम्मन को आदेश दिया कि जाये इनका सामान और बच्चों को लेकर आ जाये। कहाँ तो जुम्मन ने कहा था कि घर के पिछवाड़े रहने का कुछ इन्तजाम हो जाये शायद। यहाँ तो बानो ने घर की जिम्मेदारी गुलरूखी को सौंप दी।

'और हाँ! कल दो बजे मोटर आयेगी। तुम भी चलो बेलसंड साइड की पुरानी ज़मींदारी है। 10 साल बाद बेटे को औलाद हुई है। छट्ठी के दिन बरबरना भोज रखा है। बरबरना भोज उन्होंने पहली बार ही सुना था। तब ज़मींदार लोग ख़ास ख़ुशी के मौक़े पर या अपने बड़े-बुजुर्गों की आत्मा की तृप्ति के लिए सभी आसपास में बसने वाले सभी जाति के लोगों को भोज में आमन्त्रित करते थे। सभी नहीं। लेकिन करते थे। घोड़परवा गाँव के ज़मींदार कामाख्या नारायण ने किया।

'बरबरना भोज नहीं समझे, इसलिए रखते थे ताकि सबसे मेल-मिलाप बना रहे। ज़मींदार लोग बड़े जुल्मी होते थे, लेकिन साथ उठने-बैठने, खाने-पीने के मौक़े बनाये रखते थे। एक क़िस्सा इसी बात पर सुन लो—राजा पाकड़ के ज़मींदार थे मुख़्तार। जनाना राजा कहलाते थे। उनका रोज़ का नियम था सब्ज़ी काटने का। क़िले में रहने वालों के लिए दिन में जब खाना बनता था तो वे औरतों के बीच बैठकर ख़ुद सब्ज़ी काटते थे। औरतों से ख़ूब हेल-मेल हो गया। जानते हो जब राजा मरे तो उनके क्रियाकर्म के लिए गाँव के सैकड़ों नौजवान उत्तरीय पहनकर आ गये, न जाने कितनी औरतों ने माँग के सिन्दूर पोंछ लिए। मेलजोल का यह मतलब भी होता था', उन्होंने आँखें मारते हुए कहा।

भोज के बाद न्योते में आये मेहमानों-रिश्तेदारों के लिए ख़ास आयोजन रखा गया था संगीत का। कामाख्या बाबू के बारे में जगतप्रसिद्ध था, उनके दरबार में नामी-गिरामी गायकों-गायिकाओं

को ही गाने का मौक़ा मिलता था। कोई ऐसा वैसा वहाँ गाना तो दूर अकेले में गुनगुना भी नहीं सकता था। अगर कोई गुनगुनाने में भी बेसुरा हो तो उसे बाहर का रास्ता दिखा दिया जाता था—बाइज़्ज़त!

बानो ने कहा, 'वैसे तो राजा साहब के दरबार का रिवाज है बिना बुलाये किसी को आइटम पेश नहीं करने दिया जाता। लेकिन तुम चलो, मैं इसरार करूँगी। राजा साहब की बेटी है बेला। घर में उसी का हुक्म चलता है। मैं उससे गुहार लगाऊँगी। कई बार जब आर्टिस्ट लोग चेंज करते हैं न, माने जब एक आर्टिस्ट के बाद दूसरा आर्टिस्ट का नम्बर आता है तो बीच में बहुत टाइम लग जाता है। कई बार सुनने वाले पूरे मूड में होते हैं।

'पिछले साल की बात है जानकी नवमी पर प्रोग्राम किये थे। तीन आर्टिस्ट बुलाये थे। एक बनारस से भी आये थे जलाल मियाँ। आधी रात को जब अनवरी ने अपना प्रोग्राम ख़त्म किया तो महफ़िल पूरे शबाब पर थी। आँगन मेहमानों से भरा था और सब सुनने के मूड में थे। जलाल मियाँ को टाइम लग रहा था। बाकी सारे आर्टिस्ट चतुर्भुज स्थान के थे, किसी को नहीं पता था कि बनारस के कलाकार प्रोग्राम देने से पहले तैयारी करने में थोड़ा नखरा भी मिला देते हैं।'

'टाइम लग रहा था। अनवरी ने मौक़ा देखकर बेला से कहा—अगर आप कहें तो इस बीच मेहमानों का मूड बनाये रखने के लिए नगमा रानी को बोल दें। अपने साथ ही आयी है। अच्छा लगा तो मेहमानों का मूड भी बना रहेगा। इतने में जलाल मियाँ भी आ जायेंगे। बेला ने उसे तौलकर देखा और मुड़कर जाते हुए कहा, ठीक है, लेकिन बस एक।

बेला महके आधी रात
तन मन दहके आधी रात
याद सताए जियरा जराए
करवट बीती आधी रात...

उसने एक गीत सुनाया और सुनने वालों पर जैसे सुरूर सा छा गया। जलाल मियाँ जो खासतौर पर आये थे घोरापकड़ के दरबार में, सो भी बड़े मान मनौवल के बाद। बेचारे राह देखते रहे। उनका सारा नखरा जाता रहा। इससे बड़ी तौहीन क्या हो सकती है किसी गवैये

की कि उसको न्योता देकर बुलायें भी और गाने का मौक़ा भी न मिले। जब तक बेचारे जलाल मियाँ का नम्बर आया तब तक तो नगमा रानी सुरबहार बनकर महफ़िल पर बरस रही थी।

'समझे यहाँ चतुर्भुज स्थान में सैकड़ों गायक-गायिकाएँ आते हैं, किस्मत आजमाने। बमुश्किल दो-चार की किस्मत चमक पाती है। देखो मियाँ यहाँ जितनी चमक दिखाई देती है न उतना ही अँधेरा इसके पीछे छिपा हुआ है। बाज़ार है बाज़ार...कई बार ठीक से न सजाओ तो अच्छे माल की भी कीमत नहीं मिलती। नकली माल चल जाता है। देखो मियाँ, अब हज़ारों मील का सफ़र करके यहाँ आये हो तो यहाँ जमने के तौर तरीके भी तो सीख लो।

'देखो, तिरहुत-मिथिला के दूर तक फैले इन इलाकों में कम से कम डेढ़ सौ ज़मींदारियाँ ऐसी हैं जिनकी हैसियत है गीत-संगीत की महफ़िल सजाने की, जो रमन-चमन पर खर्चा कर सकती हैं। लेकिन उनमें से महज पाँच या धरहरा एस्टेट को जोड़ लो तो छह एस्टेट ऐसे हैं जहाँ एक बार महफ़िल में गाने का मौक़ा मिल जाये तो समझ लो किस्मत खुल गयी। घोड़ापकड़ ऐसा उनमें से एक है। वहाँ गाना ही बड़ी बात होती है। अगर वहाँ दाद मिल जाये तो जंगल के आग की तरह गवैये का नाम ज़िले भर में मशहूर हो जाता है। कोई सिनेमा का गीत तो है नहीं कि लोग देखते हैं, रेडियो पर सुनते हैं, तवे पर बजाते हैं।'

'लेकिन आपने तो मेरा गाना सुना ही नहीं है। आप बिना सुने ही मुझे वहाँ ले जा रही हैं जहाँ गाने की हसरत यहाँ हर गाने वाले की होती है। मैं समझा नहीं आपके इस विश्वास की वजह?'

'तुम्हारी शंका वाजिब है। अब देखो मियाँ, हम भी चौक लखनऊ से आये हैं। एक से एक गवैयों-बजवैयों को सुन चुके हैं, उनके साथ संगत कर चुके हैं। जिस गायक को लखनऊ की मिट्टी का प्यार मिला हो, जिसे गाजीपुर के गाँव मधुवन, क़िला नलपत का तुमने नाम ले लिया। उसके बाद मैं तुम्हारी परीक्षा लूँ ठीक नहीं लगता। गाजीपुर के उन ज़मींदारों के यहाँ कम से कम तीन पीढ़ियों से सुनने सुनवाने के मामले में बड़ी इज़्ज़त है। तुम वहाँ पाँच साल रह कर आये हो। मेरे लिए यह काफ़ी है। तुम्हारे साथ हमारे चौक की बेटी है गुलरूखी। यह मेरा फर्ज बनता है कि तुम्हें यहाँ के तौर

तरीके सिखाऊँ। क्या है न कि यहाँ वैसे तो बहुत क़द्रदान हैं मगर कोई अपना नहीं है। जाने क्यों तुम लोगों से मिलते ही लग गया कि अपने आ गये हैं।'

तीन गायिकाएँ बुलाई गयी थीं। साथ में नज्जू ख़ान भी थे। हज़ारों लोग जुटे थे। आमतौर पर ज़मींदारों के घर पर रात में नाते-रिश्तेदारों के लिए महफ़िल सजाई जाती थी। उनकी पसन्द-नापसन्द का भी ध्यान रखा जाता था। लेकिन यहाँ छह गाँव की ज़मींदारी देखने वाले राजा कामाख्या बाबू के घर में इतनी बड़ी ख़ुशी आयी थी। वे सबके साथ उसको बाँट रहे थे। उनके लिए उन्होंने उन गायकों का प्रोग्राम रखा था जिनके बारे में गाँव-देहातों में उन लोगों ने सुना भर था। उनके क़िस्से, उनकी ठसक, उनके नखरे, उनकी गायकी।

सभी गायकों से तय हुआ था—पहली रात वहाँ भोज में आये आम लोगों के लिए गाना अगली रात घर-परिवार, मेहमानों के लिए। बेनजीर बानो और नज्जू ख़ान की ख़ास माँग थी नाते-रिश्तेदारों में।

एक बात और है ध्यान देने की। महफ़िलों में गाने वाले ये गायक जब आम जनता के लिए गाते तो इनके नखरे, इनका रंग देखने वाला होता था। नज्जू ख़ान की पहली माँग होती थी कि वे मंच पर बैठकर नहीं बल्कि ज़मीन पर बैठकर गायेंगे और सुनने वाले भी ज़मीन पर ही बैठेंगे। उनको लाख समझाया जाता—बड़े गायक हैं थोड़ा ऊँचाई से गाइए, असर पड़ेगा। और ये सुनने वालों ने आपका क्या बिगाड़ा है? बेचारे, उनमें से हज़ारों तो ऐसे हैं जिनको रोज़ बैठने के लिए कुर्सी नसीब भी नहीं होती। उनको तो अपने राजा के घर कुर्सी पर बैठकर संगीत का लुत्फ लेने दीजिए। लेकिन नहीं...

एक पन्ना बाई थी। उनकी पहली शर्त यह थी कि जब तक वह गायेंगी महफ़िल में किसी तरह की आवाज़ नहीं आनी चाहिए। जब तक उनकी बन्दिश ख़त्म न हो जाये कोई बीच में नहीं उठेगा! घड़ी देखकर एक घंटे गायेंगी। मंजूर है तो ठीक नहीं तो जय राम जी की! वह ज़माना ऐसा था कि उनको जय राम जी करने का मतलब था अपने यहाँ होने वाले गायन वादन के प्रोग्राम को पहले से ही कुछ असफल टाइप बना लेना। गिनकर 5-6 बन्दिशें गाना। सो भी अपनी पसन्द की। बोलने की मनाही थी इसलिए इस बात का कोई सवाल ही नहीं उठता था कि कोई कुछ फ़रमाइश कर दे।

आनन्दी देवी थी। उनकी शर्त होती थी कि सुबह प्रोग्राम ख़त्म होने से पहले एक घंटा उनके लिए होना चाहिए। अगर प्रोग्राम पाँच बजे ख़त्म होना तय किया गया हो तो सुबह चार से पाँच। वह शाम में ही कुछ खा-पी कर अपने मेजबान के यहाँ सो जाती थी। सुबह प्रोग्राम देने से ठीक आधे घंटे पहले उठती। लौंग डाल कर बनाया गया चाय पीती। और गाने के लिए तैयार। लेकिन एक बार का क़िस्सा है। वह नेपाल के जनकपुर ज़िले के लोहना गाँव में गयी थी प्रोग्राम देने। नेपाल में वैसे तो राजशाही की तरफ़ से नाच-गाने के प्रोग्राम करवाने की साफ़ मनाही थी मगर जो रसूख वाले होते थे उनकी तरफ़ से शासन प्रशासन वाले आँखें मूँद लिया करते थे। चतुर्भुज स्थान से भी नेपाल जाना ख़ास माना जाता था। एक तो फीस मुँहमाँगी मिलती दूसरे सुनने वालों से उतनी इज़्ज़त उन्हें कहीं नहीं मिलती थी। क़दम-क़दम पर इतनी खिदमत कि पूछो मत...

तो हुआ यह कि मखना गाँव के मुखिया नाथ बाबू के घर में बेटी की शादी थी। शादी तो उन्होंने पुपरी, इण्डिया के इंजीनियर लड़के से तय की थी। लड़के वाले बड़े अच्छे थे बस उनकी एक माँग थी बरातियों के लिए कि उनके लिए चतुर्भुज स्थान से मशहूर गायिका को बुलाया जाये। आयी आनन्दी देवी।

ज़मींदार साहब के बड़े दामाद का दरभंगा में मेडिकल कॉलेज के पास दवाई का होलसेल का काम था। कहते हैं कि उस सस्ती के ज़माने में भी रोज़ की कमाई कम से कम लाख रुपये की थी। वैसे वे थे बहुत मजाहिया। हर परिवारिक आयोजन में रक्कू बाबू का अपना ही आइटम होता था। सालियों के साथ बैठकर घंटों योजनायें बनाते, फिर उनको सही समय पर अंजाम देकर शादी-ब्याह, रामार्चा पूजा या किसी के जनेऊ या किसी ऐसे ही आयोजन में कई-कई गाँवों से आकर जुटे नाते-रिश्तेदारों, गोतिया-दयादों का भरपूर मनोरंजन करते थे। क़िले के अन्दर बने गोपी कृष्ण मन्दिर में हर साल जन्माष्टमी का भव्य आयोजन होता था। उस दिन तो हर साल मेहमान जी के किसी नये खेला का इन्तज़ार सभी को रहता था। हर बार शाम को कुछ ऐसा खेला होता कि आधी रात को होने वाली पूजा से पहले सभी उसी में उलझ कर रह जाते।

सारा क़िस्सा बतियाने का मकसद यह बताने का था कि जिस

दिन आनन्दी देवी का प्रोग्राम था उस दिन मजाकिया रक्कू बाबू ने ख़ूब छकाया। करीब घंटे भर नॉनस्टॉप गाने के बाद आनन्दी देवी ने चाय पीने की इच्छा जताई, काली मिर्च और लौंग डाल कर। रक्कू बाबू ने सालियों के साथ मिलकर चाय बनाने का काम किया। चाँदी के ख़ास कप प्लेट में उनकी छोटी साली सोना चाय लेकर गयी। ऐसे मासूम बनकर जैसे बड़ी भोली भाली हो। यही तो चाल थी। आनन्दी ने चाय पी और कुछ ही देर में उस विशेष चाय ने अपना खेल दिखाना शुरू कर दिया।

एक बार उठी, दो बार। जब तीसरी बार उठी तो वहाँ मौजूद सभी नाते-रिश्तेदारों ने रक्कू बाबू की तरफ़ देखना शुरू कर दिया। उनका नया खेल सफल रहा। असल में उन्होंने चाय में बड़ी सफाई से जमाल गोटा मिला दिया था।

नाथ बाबू नाराज़ हुए लेकिन मामला दामाद का था चुप मार गये। आनन्दी भी कुछ न बोली। सुबह होते ही गाड़ी में सवार होकर फुर्र हो गयी।

उसके बाद से आनन्दी ने नियम बना लिया। जहाँ गाने जाती थी अपना खाना लेकर जाती थी। चाय अपनी ख़ास खवासिन सुनयना के हाथ से ही बनवा कर पीती थी। वह साये की तरह उसके साथ बनी रहती। न किसी और का दिया कुछ खाती थी न पीती थी। चाहे कितना भी बड़ा घराना हो। कहती थी बाबू साहब लोगों का कोई भरोसा नहीं होता है। कब क्या कर दें।

कामाख्या बाबू के दरबार में सभी गवैयों का पूरा ध्यान रखा जाता था। वे कहते थे किसी कलाकार का मूड ख़राब नहीं होना चाहिए। मूड ख़राब तो समझिये प्रोग्राम चौपट। अच्छा कलाकार, सच्चा कलाकार दिल से गाता है, उसी से फ़र्क़ पैदा होता है न। उनके यहाँ जो कलाकार जाता था उनके प्यार सम्मान से अभिभूत हो जाता। अपने आप को उनके घरैया जैसा समझने लगता था। कहते हैं उस टाइम के जितने अच्छे कलाकार थे सबसे उनके रिश्ते निजी थे।

बेनजीर भी उनमें से एक थी। कहती थी कहीं पैसा मिलता है कहीं इज़्ज़त—लेकिन राजा साहब के यहाँ तो दोनों इतना मिलता है कि कभी कुछ बोलना नहीं पड़ता। खैर, रतजगा हुआ। बेनजीर इस जुगत में लगी रही कि किस तरह से थोड़ी देर के लिए ही सही एक

बार मंच पर गौहर को चढ़ा दूँ। गुणवंतों की नज़र उस पर जाये। जमे न जमे एक बार नज़र में तो चढ़ जायेगा।

मौक़ा मिल गया। बेनजीर बाई के बाद नज्जू ख़ान को गाना था। लेकिन वे थोड़ा टाइम ले रहे थे। दरबार में रसमाधुरी बड़ी अच्छी परोसी जाती थी। जीभ को लालच आ गया और दो-तीन खा गये। गले में थोड़ी खराश आ गयी थी। गले की सिंकाई में लगे थे। बेनजीर को मौक़ा मिल गया। उसने जाकर राजा साहब से कहा, 'न हो तो महफ़िल को जमाये रखने के लिए इस नये लड़के को एक चांस दे दें।'

राजा साहब ने गौहर को ऊपर से नीचे तक देखा।

'अभी आया ही है। लखनऊ में था। फिर गाजीपुर में रहा। यहाँ आया ही है। अभी यहाँ आसपास के इलाकों में इसने कहीं प्रोग्राम नहीं दिया है।' कह कर बेनजीर चुपा गयी।

'पन्द्रह मिनट' कहते हुए राजा साहब चले गये।

'जाओ बचवा, हमरी नाक बचा लिहो। ऐसा मौक़ा जीवन मा फिर ना आयी।'

गौहर ने सर हिलाया। वह जानता था कि यह कितना बड़ा मौक़ा था।

उन्होंने गुलरूखी की लिखी एक ग़ज़ल से शुरुआत की–

'मोहब्बत में यही अंजाम वो हर बार देता है
कि दिल लेता है बदले में ज़हर का जाम देता है
ज़माने भर से मिलता है बहकता है चहकता है
मिलो तनहा तो वो खामोशियाँ इनाम देता है
बहुत ख़ुशनामियाँ उसने बटोरी हैं ज़माने से
हमारे वास्ते बदनामियाँ हर गाम देता है...'

'एक और'–सबसे पहले कामाख्या बाबू की आवाज़ गूँजी।

'राहे सफ़र दुश्वार बहुत है
प्यार नहीं दिलदार बहुत है...
महफ़िल महफ़िल देख लिया है
दर्द का क़िस्सा यार बहुत है...'

ग़ज़लों की ताजगी ने सबका ध्यान खींचा उसके बाद तो एक और एक और चलता गया। ख़ान साहब ने ख़बर भिजवाई कि गला बिल्कुल ठीक हो गया है। बस अब मंच तैयार करवाया जाये। इसका मतलब होता था कि साजिन्दे आयें और अपने साज को सुर में लाने का काम शुरू कर दें।

लेकिन नहीं। दो घंटे लगातार गाने के बाद गौहर मियाँ एक गिलास पानी माँगने के लिए ठहरे तो जैसे सब कि तन्द्रा भंग हुई। कितनी अच्छी बन्दिशें, उस पर यह सधी हुई आवाज़। सब एक-दूसरे को देखकर फुसफुसाने लगे। वहाँ बड़े बुजुर्गों के सामने तेज़ आवाज़ में बोलने की बिल्कुल मनाही थी।

रानी साहिबा राजमणि देवी ने आगे बढ़कर 501 रुपये का इनाम भिजवाया।

कहावत थी रानी साहिबा जिसको आगे बढ़कर इनाम दे दें उसकी किस्मत संवर जाती थी। चतुर्भुज स्थान में उसका ठौर बन जाता था। उस रात के बाद गौहर मियाँ वही नहीं रहे जो थे। उनकी भटकन को जैसे विराम मिल गया।

कुनबे के जितने लोग इकट्ठा हुए थे किसी को उस रात यह याद नहीं रहा कि क्या-क्या हुआ था—नज्जू ख़ान, आनन्दी सब का रंग उस रात फीका पड़ गया। जबकि उनको सुनने के लिए ही सारे जुटे थे।

कहते हैं उस एक रात ने गौहर ख़ान को उस्ताद गौहर ख़ान बना दिया। मुजफ़्फ़रपुर में वह नया दौर था। गीत-संगीत गलियों, कोठों, महफ़िलों से उठकर घरों में पहुँच रहा था। बड़े घराने शहराती होते जा रहे थे। उनके नये-नये शहरी डेरों में लड़कियों को स्कूल-कॉलेज में पढ़वाने के अलावा घरों में गीत-संगीत की शिक्षा भी दिलवाई जाती थी। कहते थे कि लड़की में जितने गुण होंगे उतने बड़े घर में उसकी शादी होगी।

बेला के बचनू बाबू ने उस ज़माने में पटना से वकालत की पढ़ाई की थी। शहर में डेरा बना लिया था। समय बिताने के लिए दिन में कोर्ट भी चले जाते थे। कामाख्या बाबू के यहाँ घोरापकड़ में जो महफ़िल जमी थी उसमें न्योता उनको भी था लेकिन वे जा नहीं पाये थे। उनकी पत्नी अपनी दोनों बेटियों सुधा और सलोनी के

साथ वहाँ गयी थी। वह शर्मीला सा ढलती उम्र का नौजवान उनको अच्छा लगा। उनको यह पता चल चुका था कि गौहर ख़ान नामक वह नौजवान शहर में नया-नया आया था और उसे नियमित आय के लिए काम धाम की ज़रूरत थी।

उस रात की महफ़िल के बाद उनका नाम ज़रूर हो गया था लेकिन हर ज़मींदारी के गायक-गायिकाएँ बँधे-बँधाये होते थे। इतना ज़रूर था कि कोई गायिका आती थी, जलवा दिखाती थी तो उसके लिए जगह बन जाती थी। लेकिन गायक के लिए? ठीक है भाई कनरसिया लोगों का बोलबाला था उस ज़माने में लेकिन इतना भी नहीं कि आँख बन्द करके महज कान के सहारे लुत्फ उठायें।

गायकों को अक्सर छोटे राजाओं और नये शहराती दौर में डेरा वाले बाबुओं के घर में लड़कियों को गीत सिखाने के लिए रख लिया जाता था। वह भी पूरी तरह से जाँच परख के।

जाँच परख की पहली परीक्षा में बचनू बाबू की पत्नी ने उनको पास कर दिया। बस क्या था एक दिन बेनजीर बाई के घर के बाहर बचनू बाबू की गाड़ी आकर लगी। सब देख रहे थे कि यह किस बाबू साहब की गाड़ी है जो आज तक चतुर्भुज स्थान में नहीं आयी। आज क्यों? किसी को समझ में नहीं आया।

अगले दिन सुबह 11 बजे गौहर ख़ान रिक्शा पर बैठकर क्लब रोड के साइड जाते देखे गये।

सबसे पहले सुधा और सलोनी ने उनको उस्ताद बुलाया।

गौहर चले थे ख़ान बनने—कहीं इनाम मिला और कहीं कीमत भी नहीं! यह कैसा शहर है जिसने आते ही एक गुमनाम को रातोरात उस्ताद बना दिया।

उस रात उन्हें अपने अब्बा की बहुत याद आयी। जिनकी गुमनामी ने उन्हें दर-दर फिराया। बस एक ही जुनून था—कहीं पहुँचूँ, कहीं तो जाऊँ जहाँ उनकी न सही उनके फन की इज़्ज़त हो।

वे उस्ताद हो चुके थे। उनको अपना मुकाम भले अभी नहीं मिला था। मगर ठौर मिल चुका था।

उस रात एक नमाज उन्होंने अपने अब्बा के नाम भी पढ़ी।

जो राहत की बात करे वो समझो सबसे झूठा है
दुनिया ने मत पूछो हमको कब कब कैसे लूटा है
बीच में दरिया की गहराई सामने पर्वत ऊँचा है
आगे बढ़ने में मत पूछो पीछे क्या क्या छूटा है
चढ़ती साँसें बेचैनी औ नींद गयी सब रातों की
एक मोहब्बत ने मत पूछो क्या क्या अपना लूटा है

जो राहत की बात करे वो
समझो सबसे झूठा है
दुनिया ने मत पूछो हमको कब
कब कैसे लूटा है
बीच में दरिया की गहराई
सामने पर्वत ऊँचा है
आगे बढ़ने में मत पूछो पीछे
क्या क्या छूटा है
चढ़ती साँसें बेचैनी औ नींद गयी
सब रातों की
एक मोहब्बत ने मत पूछो क्या
क्या अपना लूटा है

पढ़ कर आगे जाना है अपना दाग़ मिटाना है

'मूर्ति उनकी ही बनती है, किताबों में उनकी ही कहानियाँ छपती हैं, इनाम-इकराम उन्हें ही मिलते हैं, चर्चे उनके ही होते हैं, सरकारी बही-खाते में उनके ही नाम दर्ज होते हैं। हमारा न कोई इतिहास होता है, न कोई भविष्य। देश-समाज में हमारा कोई रोल नहीं होता जैसे। हम मुल्क के ऐसे गुमशुदा नागरिक बन कर रह गये हैं जिनको ढूँढ़ने कोई भी नहीं आता। आपको एक शेर सुनाऊँ—

साहिल के तमाशाई साहिल पे खड़े होकर
तस्कीन तो करते हैं इमदाद नहीं देते

अल्लाह शायर को लम्बी उम्र अता करे!

'आजकल गली-गली सुधार-उद्धार की दुकानें खुल गयी हैं। अब तो अब हमें सुधारने आते हैं कोई हमारी इज़्ज़त ही नहीं करता। अब तो गंजनखाना बन गया है—तब गुंजनखाना था अब गंजनखाना है!'

गौहर मियाँ बड़े मूड में थे और भरे हुए थे।

'क्या हुआ', मैंने पूछा।

'होना क्या है। हम याद करने के लिए थोड़े बने हैं। बस भुलाते जाने के लिए। अब शुक्ल चौक जाइये। पूरब देखिए, पश्चिम देखिए नया-पुराना किसी से पूछ लीजिए कोई अगर सरला देवी के बारे में बताने वाला मिल जाये तो मैं गली में निकलना छोड़ दूँगा। शर्तिया कहता हूँ', कहते-कहते हाँफने लगे थे। पान की पीक हवा में ऐसे उड़ रहे थे जैसे टूटे नल से फुचकारी फूटता है।

चतुर्भुज स्थान की कहानी को दुर्भाग्य से हम सामाजिक सन्दर्भ में ही देखते रहे। समझते रहे। बहुत हुआ तो आर्थिक। इसका राजनीतिक सन्दर्भ भी हो सकता है किसी ने सोचा भी नहीं।

'राजनीतिक सन्दर्भ?'

एक थी सरला। उसकी कहानी सुने बिना जाने बिना यहाँ की कोई भी कहानी पूरी नहीं होने वाली। उसने यहाँ का जीवन जिया नहीं उसे बदलने के लिए जीती रही।

कहते हैं इमरजेंसी के दिनों में लोगों में इतना खौफ बैठ गया था कि आम लोग भी घर-परिवारों में असुरक्षित महसूस किया करते थे। उसी एक डेढ़ साल के छोटे से झटके में इतना बड़ा परिवर्तन आ जायेगा यह किसी ने सोचा तक नहीं था। उस दौरान घर-घर जाकर महफ़िल सजाने की परम्परा ख़त्म हुई। महफ़िल में बैठकर संगीत सुनने सुनाने का वह दौर विदा हो गया जिसने मुजफ़्फ़रपुर को फनकारी में मुकाम दिया था। बड़े-बड़े रईस, बड़ी-बड़ी जगहों से भी यहाँ आते थे, सो भी भरी अंटी के साथ। मिथिला के अनुग्रह बाबू का यह जुमला सुनाने वाले कई थे। जुमले से पहले यह कहावत मिथिला में चलती थी–'माछ मखान अ पान मिथिला के इहे पहचान'। अनुग्रह बाबू ने इसमें जोड़ दिया–'अकीला के गान यानी माछ, मखान अ पान संगे अकीला के गान।'

असल में यह इतना सहज सरल भी नहीं है। अँधेरी दुनिया के रास्तों में पेचो-खम बहुत होते हैं। असल में इमरजेंसी से पहले के सुधारवादी दौर के असर से यह भी बच नहीं पाया। सरला के क़िस्सों को कह-सुन लेना इसलिए ज़रूरी है क्योंकि बाद में जिस तरह से इसे बुरी बातों के प्रतीक के रूप में जाना गया, लड़कों के बिगड़ जाने के सबब के तौर पर–इधर क़दम बहके नहीं कि उधर लड़के बर्बाद!

समाज सुधार-पतिता उद्धार का एक ऐसा दौर यहाँ शुरू हुआ जिसने सब कुछ बदल दिया। अच्छा हुआ या बुरा–हुआ। जिनको उनके पुरखों ने पीढ़ी दर पीढ़ी ज़िन्दा रवायत की तरह सँभाले रखा नयी नस्लों को उसमें बुराई दिखने लगी। सिनेमा के अँधेरे हॉल के पीछे फन की रोशनी जाती रही। गाना सुनना तो तहजीब के ताने बाने में होता है। एक बार टूट गया तो समझिये हमेशा के लिए बिखर गया–तबलों की थापों की जगह घुँघरुओं के छनकने का दौर आया।

लेकिन ऐसा न हो कि हम यह भूल जायें कि ऊपर सरला की

बात हुई थी। लेकिन सबसे पहले सरला देवी। लिख देता हूँ वरना दौर भूलने का है। जितना सुना जितना समझा जितना याद रहा। चतुर्भुज स्थान का सुनहरा दौर रुपहले दौर में बदलने लगा था। लेकिन रौनक वही थी। गर्मियों में शाम ढलती तो सड़कों पर पानी का छिड़काव होने लगता, हर तरह रंग-बिरंगे फूल वाले बैठ जाते, पान वाले तब गुमटी लगाकर मिश्रा पान भण्डार या चौरसिया पान भण्डार का बोर्ड लगाकर नहीं बैठते थे। पान की खिल्लियाँ बनाये घूमते रहते थे—ज़र्दा-तम्बाकू अलग से। खस, केवड़ा छिड़कने वाले हाथ में बोतल लिए चलते रहते थे। एक इशारे में आपको भीनी-भीनी खुशबू से तर कर देने के लिए। सेठों के, बाबुओं के पैसे जैसे चतुर्भुज स्थान पर बरस रहे थे। तब सरकारी तनख्वाहें इतनी कम थीं कि यहाँ तफरीह करने आने वालों में यह कहावत मशहूर थी कि ऑफिस में काम करने वाले बाबू-किरानियों से ज्यादा पैसा तो यहाँ भीख माँगने वाले भी कमा लेते हैं।

सरला बड़ी हो रही थी। उसकी माँ उमा देवी की ख़ास गायिका थी। हर जगह प्रोग्राम में उसके साथ-साथ रहने वाली। उसका सबसे बड़ा सपना यही था कि उसकी बेटी एक दिन पन्ना, बाला की तरह गायिका बने, न कि उसकी तरह मंडलियों में गाने वाली बने। नाम कमाये दाम कमाये। सरला तब वहीं एक स्कूल में जाने लगी। जब तक होश सँभला तब तक पाँचवीं में पहुँच चुकी थी। उन्हीं दिनों की बात है एकतारा बजाने वाला एक कनफटा योगी गली में आया। सुपली में चावल लेकर जब सरला की माँ उसे देने के लिए निकली तो पीछे-पीछे सरला भी आयी। जोगी ने अपनी झोली में चावल डालते हुए आशीर्वाद दिया—'जा तेरी बेटी बड़ी इज़्ज़त वाली बने। इसे तालीम दें।'

माँ ने कहा पाँचवीं में पढ़ती है।

'देख बेटी, हम कहाँ पैदा होते हैं यह हमारे वश में नहीं होता मगर उसे बदलना तो हमारे अपने जोर में होता है। चाहे कुछ हो तुम तालीम से मुँह नहीं मोड़ना।'

उस ज़माने में पाँचवीं-छठी तक आते-आते लड़कियाँ गाने बजाने में लग जाती थीं। सरला ने कहा मैं पढ़ूँगी। अम्मा ने लाख समझाया,

बेटी साधुओं का क्या! जिसके घर से कुछ मिलते हैं उसके घर कुछ न कुछ आशीर्वाद दे देते हैं। यहाँ पढ़ने वालियों को क्या मिलने वाला है। पढ़ेगी-लिखेगी तो क़दम-क़दम पर मुश्किलें खड़ी करेंगे लोग। लड़कपन के बाद किसको पढ़ते देखा है यहाँ।

सब बेअसर रहा। वहीं तिनकोठिया वाले हाई स्कूल में गयी। वहाँ रोज़-रोज़ ऐसा माहौल लगता कि जी करता बस अब नहीं। अम्मा ने जो कहा सब सही था। लेकिन मन में ज़िद थी कि इस हालात को बदल देना है। यह क्या बात हुई कि हमारे यहाँ गली-मोहल्लों में गाना सुनने आने वाले तो शरीफ बने रह जाते हैं। हम उनका मनोरंजन करते हैं तो भी हमारी समाज में कोई पूछ नहीं। हमें शहर से, समाज से अलग-थलग रखा जाता है। क्यों?

स्कूल में भी उसे सब अलग-थलग रखते। स्कूल में पढ़ते-पढ़ते कुछ लड़कियाँ उससे बातचीत कर भी लेतीं मगर वहाँ की चहारदीवारी से बाहर निकलते ही ऐसे आँखें फेर लेतीं जैसे जानती ही न हों। लेकिन कहते हैं न जब इंसान अपनी धुन में रहता है तो वह मान-अपमान सबसे ऊपर उठ जाता है। उसे अपनी धुन के सिवाय कुछ सुझाई ही नहीं देता है। उसके दिमाग़ में तो बस वही बात गूँजती रहती थी—हम कहाँ पैदा होते हैं यह हमारे वश में नहीं होता मगर उसे बदलना तो हमारे अपने जोर में होता है।

क्लास-क्लास पढ़ती जा रही थी। जब मैट्रिक की परीक्षा उसने फर्स्ट डिविजन से पास किया तब कॉलेज के प्रिंसिपल ने सरला की माँ को बुलाकर कहा इसे कॉलेज में पढ़ाओ। कहो तो मैं नाम लिखवा देता हूँ। मुझे तो लगता है यह पढ़-लिखकर कुछ करेगी। माँ के पास कोई चारा भी तो नहीं था। टेबल, हारमोनियम, घुँघरुओं की आवाज़ जाने कहाँ-कहाँ से लोगों को खींचे ले आती थी जबकि दिन-रात इनके बीच रहकर उसका मन इनमें नहीं रमा।

एम.ए. की पढ़ाई की, टीचर ट्रेनिंग की पढ़ाई की। सब किया लेकिन उसके परिवार की पृष्ठभूमि उसका पीछा नहीं छोड़ रही थी। इतना पढ़ तो लिया अब करेगी क्या? यहाँ तो किसी के काम की है नहीं। है भी तो, अगर इतना पढ़कर भी तुमको यहीं रहना था तो पढ़ाई का क्या फायदा। तुम तो अपना जीवन बदलना चाहती हो

न—एक दिन उसकी माँ ने यह सवाल किया।

वह ज़माना था जब इतना पढ़ा-लिखा होना सभ्य समाज के लोगों के लिए भी बड़ी बात होती थी। फिर वह तो एक तवायफ की बेटी थी। लेकिन यही वह वजह बन गयी कि उसे कोई काम नहीं मिल पा रहा था। स्कूल में बड़े बच्चों को पढ़ाने की तालीम थी उसके पास मगर यहाँ तो छोटे बच्चों को पढ़ाने का काम भी नहीं मिल पा रहा था।

संकल्प पक्का था। रास्ते भी बनते गये। सामने आये चौधरी जी। बिहार प्रशासनिक सेवा में अफ़सर थे। उस समय खगड़िया के एसडीओ थे। हुआ यह कि दुलरुआ भतीजी का बियाह था। डीएम साहब ने छुट्टी मंजूर नहीं की। बस गुस्से में रिजाइन मार कर चले आये। शादी बियाह हो गया, न्योता-पहानी सब हो गया। अब बात रही कि किया क्या जाये। कोनो दिक्कत वाली बात नहीं थी। ज़मीन-जत्था पूरमपूर, बाग बगीचा से भरपूर। लेकिन इतना बड़ा अफ़सर थे अब खाली बैठकर बाग बगीचा का रखवाली, खेत में तरकारी बोने का काम तो नहीं कर सकते थे न। उन्होंने संकल्प किया कि शहर में जो गाछी वाला प्लाट है उसमें स्कूल खोलेंगे। पहले सातवाँ तक के बच्चों के लिए, बाद में देखेंगे। अपने जीवन का अनुभव, ज्ञान बच्चों में बाँटकर उनको कुछ बनाना चाहते थे। तथागत ओरिएंटल स्कूल नाम रखा।

कुछ अलग तरह से शिक्षा देना चाहते थे। जब उनके स्कूल के बारे में सरला को पता चला तो वह गयी। बताया कि एम.ए. पास है। टीचर ट्रेनिंग भी है। कोई स्कोप है? हाँ, साथ में यह बताना भी नहीं भूली कि वह कौन है?

'आप कौन हैं यह महत्त्वपूर्ण नहीं है। आप क्या हैं मेरे लिए यह महत्त्वपूर्ण है। स्वागत है', इतना ही कहा चौधरी जी ने।

सरला सबसे पहले उस दिन देवी मन्दिर गयी। देवी-देवता पर से विश्वास उठ गया था लेकिन उस दिन उसे लगा देवी-देवता होते हैं, कहीं और नहीं, हमारे ही आसपास हमारे ही रूप में होते हैं। एक दिन आपको सहारा देने आ जाते हैं। उस दिन देवी को 5 रुपये का पेड़ा चढ़ाकर आँखें मूँदते हुए उसने धन्यवाद दिया चौधरी जी

को भेज देने के लिए।

उसके लिए सचमुच में चौधरी जी देवता साबित हुए। असल में चौधरी जी का तथागत ओरिएंटल स्कूल कम समय में ही लोकप्रिय हो चला था। शहर में ऐसे स्कूलों की कमी थी जहाँ सम्भ्रान्त घरों के बच्चे पढ़ने के साथ-साथ कुछ संस्कार भी सीख सकें। चौधरी जी की ईमानदारी, कर्तव्यपरायणता से सभी वाक़िफ़ थे। शहर में क्या आसपास के ज़िलों में भी। सब यही कहते, 'इतना बड़ा नौकरी इतना छोट बात पर छोड़ दिया।'

इसका असर यह था कि शहर के बढ़िया-बढ़िया परिवारों के लड़के-लड़की लोग वहाँ पढ़ने आने लगे। स्कूल जमने लगा था। लेकिन सरला का आना था कि शान्त शहर में तूफान आ गया था। जिस टोले, जिस मोहल्ले की तरफ़ आना-जाना ख़राब चाल का माना जाता था उसकी लड़की चौधरी जी के स्कूल में पढ़ायेगी। क्या पढ़े-लिखे लोगों की शहर में कमी हो गयी है। चौधरी जी लगता है भसिया गये हैं। बस...

लोगों ने अपने-अपने बच्चों को स्कूल भेजने से मना कर दिया। तब अख़बार-मीडिया तो था नहीं। इतने कम दिनों में तथागत ओरिएंटल स्कूल का इस तरह सिक्का जमा लेना बहुतों को खल रहा था। मौक़ा मिलते ही सब शुरू। कहते हैं शहर में पहली बार पोस्टरबाज़ी हुई।

'सीत्ताराम! सीत्ताराम!' एक-दूसरे को देखकर लोग मुस्कुरा के कहते और सामने वाला समझ जाता। 'पूरे उत्तर बिहार में अपनी शिक्षा के लिए जो शहर जाना जाता हो वहाँ क्या दिन आ गया है कि एक गानेवाली-नाचनेवाली हमारे बच्चों को पढ़ायेगी—सीत्ताराम! सीत्ताराम!'

कहते हैं हालत यह हो गयी थी कि हमेशा की तरह एक दिन जब चौधरी जी सूट-बूट डालकर मिठनपुरा क्लब पहुँचे तो लोग या तो वहाँ से उठ कर जाने लगे या इधर-उधर होने लगे। घर-परिवार, मीत-हित सब कहने लगे गलती कर गये।

सवाल था कि गलती को मिटाया जाये या यह बताया जाये इसमें गलती क्या है?

चौधरी जी धुन के ज़िद के पक्के थे। इतनी छोटी-मोटी बात से डर जायें, हार मान लें—यह तो उनकी फितरत में ही नहीं था। अगले एक हफ्ते उन्होंने एक-एक विद्यार्थी के घर-घर जाकर बात की। अभिभावकों की एक समिति बनायी गयी इस बात की जाँच के लिए कि पता किया जाये सरला पहले करती क्या थी?

क्या पता चलना था जो पता चलता। उल्टा असर हुआ। चौधरी जी का इक़बाल पहले से बढ़ गया। पढ़े-लिखे समाज में लोग यही कहते कि महापुरुष हैं। देखिए इतना बड़ा साहबी छोड़कर समाज सुधार में लग गये। कुछ तो ख़ून में होता ही है न। इन्हीं के चच्चा थे न मदन चौधरी—42 में कलक्टरी पर क़ब्जा करने गये थे सबके साथ। जेल नहीं जा पाये इसलिए स्वतन्त्रता सेनानी में नाम आने से रह गया। कोई बात नहीं! सब जानते हैं। स्कूल में जो अपने बच्चों का नाम नहीं लिखा पाये थे वे भी अपने बच्चों के लिए तथागत ओरिएंटल स्कूल में पूछताछ करने आने लगे। सरला को हटाना भी नहीं पड़ा।

सरला तो किसी और ही मिट्टी की बनी थी। और ही साँचे में। बचपन से लेकर आज तक जो जीवन उसने जिया था, जो अपमान उसने पिया था वह क्या इससे मिट गया था। बल्कि कई बार तो यही लगता उसे कि इससे तो एक दाग़ ही उसके माथे पर लग गया था—चौधरी जी ने उसका सुधार किया, उद्धार किया। जैसे उसने कुछ किया ही नहीं।

वह कुछ करना चाहती थी। कुछ ऐसा जिसके लिए उसे याद किया जाये। नहीं तो जीवन के दरिया में ठहरता क्या है। सब कुछ बहा जाता है। कुछ ऐसा कर जाऊँ कि इस बहते दरिया में ठहर जाऊँ।

अब इसका कोई उल्लेख तो कहीं नहीं मिलता। कोई नहीं कहता सिवाय गौहर ख़ान साहब के। उनके सामने सब कुछ साफ़ है जैसे सिनेमा की तस्वीर चल रही हो।

1970 के जून महीने में बाबू जयप्रकाश नारायण आये थे यहाँ मुशहरी ब्लॉक में। वहाँ के गरीब किसानों को उन्होंने अपने पैरों पर खड़ा होने के लिए कहा था। सब आत्मनिर्भर बनें तो फिर संघर्ष अपने आप ख़त्म हो जायेगा। उसके अगले ही महीने उसने तथागत

ओरिएंटल स्कूल को गुडबाई किया और चन्दवारा में एक किराये के घर में लड़कियों का स्कूल शुरू किया। सिर्फ़ उन लड़कियों के लिए जिनके पते में दर्ज होता था चतुर्भुज स्थान और उस पते की वजह से जिनको स्कूलों में दाखिला नहीं मिलता था। तालीम की दुनिया से जिनका नाता बचपन में ही छूट जाता है उनके लिए।

जीवन ने उसको इतना तपाया था कि उन दिनों तक आते-आते वह जैसे जीवन सूत्रों में बात करने लगी थी। बहुत साफ़-साफ़ कहती थी—दूसरों के सहारे कब तक चलते रहेंगे। ज़मीन-ज़मींदारी के दिन जाने वाले हैं। अपनी मेहनत से अपना भाग्य लिखने वालों के दिन आने वाले हैं। अपने अतीत को पीछे छोड़ भविष्य की तरफ़ क़दम बढ़ाओ।

पढ़ कर आगे जाना है
अपना दाग़ मिटाना है
रोक नहीं पाये अब कोई
आया नया ज़माना है!

उन दिनों दीवारों पर, चौराहों पर, चौक पर, डेली गुड्स शॉप पर लिखा दिख जाता था। सरला के स्कूल से इल्म का उजाला फैला कि नहीं, गानेवालियों-नाचनेवालियों का समाज बदला हो या न बदला हो जेपी आन्दोलन के बाद इमरजेंसी के दौरान ख़ूब चला। इमरजेंसी का ज़माना ऐसा था कि काम करने में भी डर लगता था, न करने में भी। उस समय शादी-ब्याह में सादगी का जोर था। नाच-गान बिल्कुल बन्द। समझे न। काम-धन्धे पर 34 के भूकम्प के बाद पहली बार असर पड़ा था। जो माहौल समझने वाले थे वे मुजफ़्फ़रपुर छोड़-छोड़ कर जाने लगे। जिनके पास कहीं जाने का चारा नहीं था वे सरला दी के स्कूल में आने लगे।

लग तो रहा था कि सब बदल रहा था। लेकिन सब कुछ इतनी जल्दी बदल जाता है क्या? इमरजेंसी हटी दूसरी आज़ादी का हो हल्ला शुरू हुआ। लगा जैसे बड़ी आबादी को जेल से आज़ादी मिली हो। स्कुलिया कौलेजिया लड़के लफाशुटिंग करते घूमने लगे। चन्दवारा के एकान्त में स्कूल के बाहर आने जाने वाली लड़कियों को पहले

देखादेखी, फिर रिक्शा साइकिल से पीछा करना शुरू हुआ। वे बदलना चाह रही थीं, समाज उनको बदलने नहीं दे रहा था।

तानाकशी चलती, मुँहबोली होती। कोई कहता अब बाईजी लोग पढ़कर देश बदलेंगी। भाई क्या ज़माना आ गया है। पुलिस में शिकायत करने जाती तो पुलिस वाले भगा देते। सरला चाहती थी चतुर्भुज स्थान की लड़कियाँ पढ़े-लिखे समाज का हिस्सा बनें। उनकी भी अच्छे लड़कों से शादी हो, उनका भी घर बसे, परिवार बने। झूठमूठ का नहीं सचमुच का। लेकिन समाज नहीं चाहता था।

एक दिन तो हद हो गया स्कूल की दो लड़कियाँ जब अपने घर लौट रही थीं तो साइकिल सवार दो लड़कों ने बीच सड़क पर उनके ऊपर फूल फेंक दिया और चलते बने। चलना मुश्किल हो गया। सरला पुलिस थाना सब कर के हार गयी। जब कुछ नहीं हुआ तो उसने ख़ुद मुक़ाबला करने का फ़ैसला किया। स्कूल के बाहर खड़े लड़कों को एक दिन ख़ूब फटकार लगायीं। कहा घर में देखने के लिए माँ-बहन नहीं हैं जो यहाँ आते हो।

एक लड़के का ख़ून गरम हो गया। पिताजी नये-नये ठेकेदार थे। पैसे की गर्मी अलग रहती थी। उसने मन ही मन फ़ैसला किया। जाने कहाँ से नलकटुआ लेकर आया। शाम में सरला देवी के घर गया। दरवाज़ा खटखटाया। जैसे ही खुला दाग़ दी गोली। गोली सीधे सीने में लगी। सब ख़त्म।

एक बड़े आन्दोलन का सहसा अन्त हो गया। अपने समाज में उजाला फैलाने निकली थी ख़ुद ही अँधेरे की भेंट रही।

उसके लिए कहीं कोई चिंगारी नहीं भड़की, कोई धरना जुलूस नहीं। बात आयी गयी हो गयी। शहर में तब जो सभ्य मोहल्लों में रहते थे अधिकार उनके लिए ही थे। 77 में आयी दूसरी आज़ादी भी हमको आज़ाद नहीं करवा पायी।

कहीं कोई ज़िक्र नहीं आता, कहीं एक पत्थर भी नहीं बचा उसके नाम का। गायिका होती तो गीत बच जाते। नाचने वाली होती तो घुँघरू। उसने तो परम्परा तोड़ी थी। ख़ुद की कोई परम्परा ही नहीं बची।

दो बक्से मिले थे उसके कमरे से। कुछ कपड़े थे, गहने, पैसे।

थाना में जमा यही निशानी बच गयी उसकी।
कहते हैं आख़िरी दिन तक सिखाती रही–

अक्षर अक्षर से ज्ञान बढ़े
हम पढ़ें कि कुछ सम्मान बढ़े
बदनाम अँधेरा कट जाये
गुमनाम सवेरा छँट जाये
हम बढ़ें कि दुनिया हट जाये
किस्मत में लिखा अभिशाप हटे
हम पढ़ें कि कुछ सम्मान बढ़े...

कैसे कैसे लोग जहां से कैसे कैसे चले गये
कुछ बर्बाद मोहब्बत वाले चाक गिरेबाँ चले गये
पत्थर पत्थर एक कहानी पर्वत पर्वत हैरानी
अपना क़िस्सा किसको सुनायें सुनने वाले चले गये।

कैसे कैसे लोग जहां से
कैसे कैसे चले गये
कुछ बर्बाद मोहब्बत वाले
चाक गिरेबाँ चले गये
पत्थर पत्थर एक
कहानी पर्वत पर्वत हैरानी
अपना किस्सा किसको
सुनायें सुनने वाले चले
गये।

दर मिला मुझको दर-ब-दर होकर

'देखो जॉर्ज, चरण का खेल,
खा गया चीनी पी गया तेल!'

उखड़ते पलस्तर के बीच यह नारा बचा रह गया था।

यही बेनजीर बाई की हवेली है—किसी ने उँगली दिखाकर बताया था।

हवेली? उखड़ते पलस्तर, ढहती दीवारों, जंग खाए दरवाज़ों के पार देखते हुए मैं सोच रहा था—हवेली कहाँ है?

बहुत पुरानी बात है। गौहर ख़ान से तब मुलाक़ात नहीं हुई थी। न उन क़िस्सों की शुरुआत हुई थी।

वैसे अब देखें तो क़िस्से के सिवाय बचा ही क्या है। कहते हैं जिस साल हवेली ढहाई गयी थी मलबे का इतना बड़ा ढेर लग गया था कि लगता था जैसे कोई महल टूटा हो।

इंसानों के क़िस्सों में बदलने और एक ज़माने में चतुर्भुज स्थान की शान समझी जाने वाली हवेलियों का मलबे में बदलते जाने का दौर शुरू हो चुका था।

समय पर इतिहास की धूल बढ़ती जा रही थी और सड़कों पर खँडहरों, मलबों की धूल।

बची हुई थी गौहर ख़ान की स्मृतियों की कौंध...

अपनी मौसी के साथ आयी थी। चौक पीछे छोड़ आयी थी। चौक, लखनऊ।

कहते हैं वह गाने से ज़्यादा अपनी नफासत के लिए, अपनी अदाओं के लिए जानी जाती थी। ऐसा नहीं था कि गाना नहीं था बस वही आयी थी। वही थी।

सब तो थी—पन्ना, बाला...जो कहते हैं बेगम अख़्तर जैसा

गाती थी। जैसे-जैसे लखनऊ वाली बेगम अख़्तर के चर्चे बढ़ते गये, तवे आते गये, रेडियो-ग्रामोफ़ोन पर उसकी आवाज़ गूँजती गयी। मुजफ़्फ़रपुर के महंथ-ज़मींदार, सेठ-साहूकार सब पहचान लेते यह तो अपनी यास्मीन की तरह गाती है। कोई नहीं कहता कि यास्मीन अख़्तरी बाई की तरह गाती है। साहू पोखर के पास वाले सेठ ने तो कहते हैं उसके बाद किसी और को सुनना ही छोड़ दिया।

'इसके सामने तो रेडियो-ग्रामोफ़ोन सब फेल है। ऐसी ठनकती आवाज़ सुनी है कहीं'—अपने मेहमानों से कहते और जहाँ किसी के चेहरे पर अविश्वास दिखता कि कहते—'न हो आज बोलवा लेते हैं सुन ही लिया जाये।'

सुनना-सुनाना—यही दौर था। ज़माना था।

तो बात बेनजीर बाई की हो रही थी। सुनाने से पहले ही बता दूँ उस्ताद गौहर ख़ान पर पूरा ईमान रखते हुए भी मैं उनके सुनाये इस अफसाने पर ईमान नहीं रख सकता। उनके इस अफसाने में थोड़ी सी मिलावट उस मोहब्बत की भी है जो इस अनजान शहर में उन्हें पहले पहल मिली। इसमें थोड़ी सी मिलावट वफ़ा की भी है।

यह कहानी वफ़ा की है...

समझ में नहीं आ रहा कहाँ से शुरू करूँ। चौक से...लेकिन चौक से इस कहानी का क्या लेना-देना।

कहते हैं बेनजीर बाई जब आयी बिहार संविद सरकार झेल रहा था। ज़मीन जायदाद वालों, ज़मींदारों का रुतबा उतार पर तो नहीं था मगर शहरी सेठों का नया दौर शुरू हुआ था। ज़मींदारों के बेटे साहब बन बन कर शहर में बसते जा रहे थे, उनके लिए शहरों के बाज़ार सजते जा रहे थे। कल्याणी से मोतीझील, सुतापट्टी तक दुकानें ही दुकानें, नयी-नयी फ़िल्मों को दिखाने वाले सिनेमा हॉल। सबसे बढ़कर कुल्फी हाउस।

यह उन्हीं दिनों की बात है जब शहर में कुल्फी खाने का चलन बढ़ता जा रहा था। नये-नये बाबुओं का टेस्ट बदलता जा रहा था। बेनजीर आयी।

कब आयी यह तो अनुमान भर है। हाँ इतना पक्का है कि सिनेमा हॉल वाले सेठ के यहाँ महफ़िल जमी थी। नये-नये कलक्टर

आये थे शहर में। उनके स्वागत में, शहर की संस्कृति से परिचित करवाने के लिए, शहर के गण्यमान्य लोगों से मिलवाने के लिए एक छोटी सी महफ़िल जमी थी। पहली बार उस महफ़िल में उसने गाया—

घर मिला मुझको बामो-दर खोकर
दर मिला मुझको दर-ब-दर होकर

उस रात के बाद यह शेर कलक्टर साहब भी गुनगुनाने लगे थे। दाद देने पर वह जिस अदा से शुक्रिया करती गयी उस अदा के सभी दीवाने हो गये। क्या ज़ुबान, क्या नफासत। यह नयी बात थी शहर के बाबुओं के लिए, रईसों के लिए। कहते हैं पन्ना बाई गरिमा लेकर आयी तो बेनजीर अदा।

उस रात की सुबह क्या हुई घर-घर बेनजीर के जलवे पहुँच गये। उसकी दिलकश गायकी के कम अदाओं के ज़्यादा। दाद देने पर उसका यह कहना—'जर्रानवाज़ी है आपकी' या 'सब ऊपर वाले का करम है।' कहते हैं शाही लीची के बागानों से घिरे शहर में उन दिनों औरतों ने पहनने के तौर तरीके पन्ना से सीखे तो मर्दों ने बोलने के अन्दाज़ बेनजीर से सीखे।

क़िस्सा ही है तो एक क़िस्सा लगे हाथ और सुना दूँ। यह पहले ही बयान हो चुका है कि शहर के डेरों में बसने वाले ज़मींदार परिवार के बाबू साहबों के आधुनिक घरों में एक परम्परा अपने खानदान की चलती रही। गायकी की महफ़िलों की। उन महफ़िलों की जिनमें पन्ना, बाला, यास्मीन गा-गा कर मशहूर हुईं। कहते हैं अपने पतियों पर बेनजीर के चलते और चढ़ते जादू से मेमसाहबें इतनी घबड़ा गयीं कि घरों में आये दिन होने वाली गीत-संगीत की महफ़िलों को बन्द करवाने को लेकर उनका दबाव बढ़ने लगा।

पुराने शहरी आज भी याद करते हैं, पन्ना ने नये-नये शहराती बाबुओं, मेमसाहबों को महफ़िल में बैठकर गीत सुनने के अन्दाज़ सिखाये तो बनेजीर के साथ महफ़िलों की उस तकरीबन सौ साल की परम्परा का अन्त हो गया। एक और फ़र्क़ था—पहले की गायिकाएँ साड़ी पहनती थीं। एक से एक भड़कदार। बेनजीर ने सलवार-कुर्ता पहनकर प्रोग्राम देना शुरू किया। कहते हैं उसके लिए लखनऊ से ख़ास सलवार-कुरते सिलकर आते थे। आप कल्पना नहीं कर सकते

कि उस समय शहर सभ्य समाज के लिए यह कितनी बड़ी घटना थी—उस दिन गौहर ख़ान ने बीज निकाल कर तरबूज चुभलाते हुए कहा—

मलमल के कुर्ते में लग गया मस्का
बाबू लोगन को लग गया चस्का
बूढ़-पुरनिया के जियरा जरावे
सुन रहे क़िस्सा मार रहे फस्का...

उन्हीं दिनों शुक्ल चौक से साहू पोखर के रास्ते आगे बढ़ने पर पुरानी बाज़ार में लोहिया वस्त्र भण्डार के आगे ठेला लगाकर अनरसा बेचने वाले छेदी पहलवान ने अनरसा खाने आने वालों को मुफ़्त में यह बन्द सुनाना शुरू किया था।

कहते हैं उन दिनों बनारस बैंक चौक पर एक बड़ी चाय की दूकान थी। ऊपर टाट डालकर नीचे 4-5 टेबल, 15-20 कुर्सियाँ। कहते हैं नये-नये आधुनिकायें इस शहर के बाबू साहब लोग, जिनमें कवि-लेखक टाइप भी होते थे, शाम को वहाँ आ जुटते, चाय पीते, निमकी खाते, आह ज़माना वाह ज़माना करते। बिल्कुल कॉफी हाउस टाइप माहौल रहता था। वह तो इमरजेंसी आ गयी। सब ख़त्म। नहीं तो...

यह क़िस्सा पहली बार वहीं से शुरू हुआ।

'बडकू बाबू का रिक्शा आजकल शाम में वहीं लगने लगा है', पहली बार लंगट सिंह कॉलेज के विद्यार्थी ए.के. सिन्हा ने सूत्र वाक्य छोड़ दिया। उसके बाद तो कहानी आगे बढ़ाने की होड़ लग गयी।

इससे पहले कि कहानी सुनाऊँ थोड़ी जानकारी बडकू बाबू के बारे में। बहुत ज़रूरी है जान लेना। आगे बेनजीर की कहानी कब उनकी कहानी बन जायेगी पता ही नहीं चलेगा।

बडकू बाबू उर्फ़ बड़ नारायण सिंह को पहले उनके गाँव के रैयत, हरवाहे, चरवाहों ने बुलाना शुरू किया था। बाद में बच्चों की पढ़ाई के लिए शहर में पंखा टोली में डेरा बनवाया तो बच्चों की देखभाल के लिए ख़ुद भी सपरिवार वहीं रहने लगे। गाँव में खेती का इन्तजाम अपना सब सेट था—महीने-दो महीने में जाते 4-5 दिन हिसाब किताब करते। चले आते। कहते हैं उस ज़माने के इलाहाबाद

विश्वविद्यालय से पढ़े हुए थे। वो ज़माना और था। पहले की तरह गाँव के बाबू लोगों के बेटे लोग शौक़ से पढ़ने जाते थे। पढ़-लिखकर अपने गाँव ज़मींदारी में लौट आते थे।

असल में उस समय तिरहुत के ज़मींदारों के परिवारों में शिक्षा को लेकर दो तरह की सोच थी। एक सोच यह कहती थी हर पीढ़ी को अपने ज़माने के चलन के मुताबिक होना चाहिए, चलना चाहिए। वे अपने बच्चों को काशी भेजते, इलाहाबाद भेजते, लखनऊ भेजते। बच्चे तीन-चार साल पढ़कर लौट आते। ज़मीन-जायदाद का काम सँभालते। मुजफ़्फ़रपुर के आसपास के बाबू साहबों में यही चलन था।

दूसरे टाइप के ज़मींदार नेपाल साइड के थे। उनका मानना था अंग्रेज़ लोगों ने देश में स्कूल-कॉलेज खोलकर पढ़ाई-लिखाई शुरू करवाई कि बच्चे उनमें पढ़ें और बाहर निकलकर उनके मुदर्रिस बनें। उनके लिए पढ़ना ही मुदर्रिसी का पर्याय था। सो उनके बच्चे उतना भर पढ़ लेते थे कि हस्ताक्षर करना आ जाये, काग़ज़ पत्तर समझना आ जाये। जिससे आगे चलकर ज़मीन-जायदाद के कागज अच्छी तरह से समझ सके, कोर्ट कचहरी में उठ बैठ सके। बस हो गयी पढ़ाई।

बरियापुर के ज़मींदार नाथ बाबू की उस बात का उदाहरण सब बरसों दोहराते–'पढ़ना ही है तो अपने गाँव की धरती को पढ़े, अपने समाज को जिसमें उसके पुरखों का नाम देवता की तरह रो लिया जाता है। अंग्रेज़ी पढ़ लेगा तो हमारे किस काम का। अपना देस समाज भूल जायेगा। फिर तो मुदर्रिस बनने के ही लायक बचेगा।'

उनके बारे में यह भी मशहूर था कि जब उनके सब डिविजन का एक लड़का जब यूपी एग्रीकल्चर यूनिवर्सिटी में पढ़ने गया और जब डिग्री लेकर लौटा तो उसे नाथ बाबू ने 4 गाँवों में फैले अपने 800 बीघे ज़मीन में नये ढंग से खेती करवाने के लिए अपने यहाँ नौकरी पर रख लिया। तनख्वाह वही जो सरकार में खेतीबाड़ी विभाग के अफ़सर को मिलती थी। साथ में एक रॉयल एनफील्ड मोटरसाइकिल भी।

बाद में यही कहानी सुनाकर उनके इलाके के ज़मींदार उनका मज़ाक़ उड़ाया करते थे। उनके एकलौते पोते बड़ नारायण को तत्कालीन ज़िला कलक्टर की सिखाई बुझाई पर पढ़ने के लिए इलाहाबाद विश्वविद्यालय भेज दिया।

अपने खानदान के पहले ग्रेजुएट बनकर जब बड़ नारायण गाँव आये तो उनके दादा जी की आशंका सही साबित हुई। वे घर से निकलते और घूमते हुए छोट जात वालों के यहाँ चले जाते, सबसे दुआ सलाम करने लगते। गाँव वालों में बड़का बाबू की पूछ तो बढ़ने लगी लेकिन अपने टोले में खुसुर पुसुर होने लगी। ज़मींदारी का काम उनके पिता देखने लगे थे मगर दादा जी का रुतबा बरकरार था। यह तय पाया गया कि न हो मुजफ़्फ़रपुर में डेरा बना दिया जाये वहीं रहेंगे बड़ बाबू।

यह कोई नयी बात नहीं थी शहर के लिए। वहाँ इतने सारे बाबू साहब डेरा बनाकर रहते थे कि वहाँ सबको लोग पहचानते भी नहीं थे। कहते हैं उन्हीं दिनों 'पहचानते नहीं हैं क्या?' कहने का रिवाज बड़े पैमाने पर चल गया। बड़ बाबू हमेशा कुछ न कुछ नया करते रहते थे। जिसके कारण जल्दी शहर के बाबुओं में उनकी चर्चा होने लगी। हुआ यह कि उन्होंने पहले एक लेख शहर गीता प्रेस गोरखपुर की पत्रिका 'कल्याण' में लिखा था जिसमें उन्होंने धर्म ग्रन्थों के पाठों की विश्वसनीयता को लेकर कुछ सवाल उठाये थे। अब यह अलग बात है कि 'कल्याण' पढ़ना, घर में कल्याण रखना तब तक आउट ऑफ़ फैशन हो गया था इसलिए उनका वह लेख आसपास के बौद्धिक समाज में नहीं पढ़ा गया। आज की तरह अगर उन दिनों फोटो स्टेट की सुविधा होती तो ज़रूर उन्होंने पढ़ने के लिए कम से कम जानने वालों तक ज़रूर भिजवाया होता।

उन्हें सबसे अधिक शिकायत थी हनुमान चालीसा के पाठ से। उसमें पंक्तियाँ आती हैं—

'नाशै रोग हरे सब पीड़ा/जपत निरन्तर हनुमत बीरा
संकट से हनुमान छुड़ावै/मन क्रम वचन ध्यान जो लावै'

इसमें दूसरी पंक्ति में आये क्रम शब्द पर उनकी आपत्ति थी। उनका कहना था कि इसमें दूसरी पंक्ति में जो क्रम शब्द आया था वह गलत था। इस बात की बहुत सम्भावना थी कि हनुमान चालीसा के पहले प्रूफ़ रीडर ने गलती से कर्म को क्रम कर दिया हो। वहाँ क्रम शब्द तो निरर्थक था। उन्होंने गीता प्रेस को कई बार पत्र लिखकर यह आग्रह किया कि वहाँ क्रम शब्द को बदलकर कर्म कर दिया

जाये। लेकिन कोई जवाब नहीं आया।

बस उन्होंने रसलपुर प्रेस की स्थापना की। उनका साफ़ कहना था कि धार्मिक पुस्तकों का गलत पाठ करने से पूजा करने वाले को उसका पूरा फल नहीं मिलता है। उनके इलाके के लोग ईश अनुकम्पा का पूरा लाभ उठाएँ इसलिए उन्हें लगा कि यह उनका सामाजिक दायित्व है। उन्होंने क्रम को कर्म करके हनुमान चालीसा छपवाये और शहर के सभी मन्दिरों के बाहर दुकानों में उनको रखवाया। यह बात अलग है कि कुछ दिनों बाद उनका यह अभियान असफल रहा। क्योंकि जितनी बड़ी गलती यह उन्हें लगती थी अफ़सोस दूसरों को नहीं।

लेकिन इससे हुआ यह कि बड़ बाबू का नाम शहर के रईसों में जाना माना हो गया। उनके बारे में यह भी मशहूर हो गया कि अपने वंश को एक दिन डुबा कर रख देगा। इसके पीछे कारण था उनकी तरह-तरह की सनक। वे उन दिनों कल्याणी वस्त्रालय से सूट का कपड़ा खरीदते थे। जो कपड़ा उन्हें पसन्द आ जाता था उसकी पूरी थान खरीद लेते ताकि कोई और न खरीद पाये उनके जैसा कपड़ा।

एक कहावत यह है कि शहर के नामी रईस रमेश प्रसाद सिंह शहर के ज़्यादातर बाबू साहबों को अपने घर न्योता-पिहानी में बुलाते थे लेकिन उन्होंने एक बार अपने भतीजे के जनेऊ में उनको नहीं बुलाया। इस बात से वे इतने नाराज़ हुए कि 1971 के लोकसभा चुनाव में उन्होंने अपने ख़र्चे पर उनके ख़िलाफ़ प्रचार किया और जब वे चुनाव हारे तो पूरे शहर में बैंड बजवाकर उनकी हार का डंका बजवा दिया—'हार गया हार गया/रमेशवा हार गया...' '1 लाख से कौन हारा? रमेशवा रमेशवा...' शहर की सड़कों पर बैंड बजाने वाले घूमते रहे और पीछे-पीछे नारे लगाने वाले।

बहरहाल, अपनी गतिविधियों से टीवी विहीन उस दौर में शहर भर को वे गप्प-फुस्कियों के बहाने उपलब्ध करवाते रहते थे। लेकिन जिस क़िस्से ने उनको शहर की यादों में अमर बना दिया वह बेनजीर से जुड़ा हुआ था।

अब यह तो हो ही नहीं सकता था कि जिसकी इतनी चर्चा हो उस पर उनकी नज़र न पड़े। सिनेमा हॉल वाले सेठ की उस यादगार महफ़िल में तो वे नहीं गये थे मगर वे बेनजीर तक पहुँच

गये। बेनजीर का नाम नया-नया था। गीत-संगीत के सारे पुराने शैदाई उसकी जलवानुमाई में लग गये।

कहते हैं मुजफ़्फ़रपुर में महफ़िल गायकी घरों में सजनी इसलिए भी कम होती गयी कि क्योंकि बेनजीर ने थोड़ी चुलबुली किस्म की शायरी गानी शुरू की, जो मर्दों को तो गुदगुदा देती थी–

मैं लिख लिख हारी तकिया में
पिया आओगे कौन से बगिया में
गोरी काहे को लिखोगी तकिया में
मैं आऊँगा मोहन बगिया में
मैं तो लिख लिख हारी बोतल में
पिया आओगे कौन से होटल में
गोरी काहे को लिखोगी बोतल में
मैं आऊँगा रिमझिम होटल में...

या

मन से मन तो मिल जाता है
तन का मिलना रह जाता है
जी तरसे है मन बरसे है
कहना सुनना रह जाता है
एक पल मिलना एक बिछड़ना
घुट घुट जीना रह जाता है...

उसके गीतों के गुदगुदेपन ने शहर क्या आसपास के इलाकों में अपने रैयतों के मालिक लोग मुजफ़्फ़रपुर आते तो बेनजीर बाई की महफ़िल में जाने के बारे में कम से कम सोचते ज़रूर थे। उन दिनों की एक कहावत काफ़ी है उसकी लोकप्रियता की बानगी के लिए–भारत जलपान की मिठाई, कल्याणी की घुमाई और बेनजीर बाई के यहाँ सुनवाई–किसी मनचले ने कहा था। 'मुजफ़्फ़रपुर में यही तीन चीज़ हैं। बाकी है ही क्या। मौसम में आने पर शाही लीची।'

वैसे तो इस कहावत में सुनवाई शब्द का प्रयोग सुनने के अर्थ में ही हुआ था मगर सचमुच वहाँ शाम में इतने लोग आते थे कि सबकी सुनवाई भी नहीं हो पाती थी। इसलिए आसपास के ज़िलों,

कस्बों, गाँवों से जो लोग मुजफ़्फ़रपुर आते थे उनको कई दिन रुकना पड़ जाता था। बेचारे यहाँ के शानदार सिनेमा हॉल्स में सिनेमा देख-देखकर दिन काटते थे।

कोठेवालों के उस इलाके में कोठेवालियाँ तो कई हुईं पहली हवेली वाली बेनजीर ही हुई। कहते हैं उसकी हवेली के ऊपर चारों कोनों पर झरोखे बने हुए थे जहाँ से पूरे शहरा का नज़ारा दिखाई देता था। जो भी उनके दरवाज़े आता खाली हाथ नहीं जाता था। 70-71 के आसपास तो वह जीते जी किंवदंती बन चुकी थी।

कहते हैं न कि शोहरत पैसा तो कोई भी बना लेता है मगर उसे सँभाल पाना किसी किसी के बूते की बात होती है। शायद बेनजीर के साथ यही हुआ। कहते हैं उसे पैसों की हवस हो गयी थी। वह हमेशा ऐसी किसी जुगत में लगी रहती थी जिससे उसकी मकबूलियत बढ़े, उसके पास और अधिक पैसा आये।

वह शालीनता का दौर था। शहर में, आसपास के गाँव-देहातों में बदलाव बड़ी तेज़ी से हो रहा था मगर गीत-संगीत की महफ़िल अभी भी वैसे ही सजा करती थी जैसे 100 सालों से सज रही थी। कहते हैं बेनजीर ने उसे हमेशा के लिए बदल दिया। उसने पहली बार वह काम किया कि बाबुओं ज़मींदारों की महफ़िल से निकालकर गीत-संगीत को आम आदमी के बीच पहुँचा दिया।

सलवार तो नहीं जो सट सट के मज़ा लूटो
आना है तो आ जाओ यूँ दूर से मत देखो
वो आग लगी है कि
जलता है बदन सारा
मिलना है तो आ जाओ
यूँ आँख से मत लूटो
आना है तो आ जाओ यूँ दूर से मत देखो
सलवार तो नहीं जो सट सट के मज़ा लूटो...

या एक और बानगी लीजिए–

रेशम की अंगिया जुलम कियो साजन
कस मस जियरा जुलम कियो साजन
अध अध रतिया में दियरा बुझाए

कहते हैं जब लखनऊ का महीन मलमल का कुरता पहनकर जब वह इन गीतों को गाती तो महफ़िल में आग लग जाती थी। एक बार की बात है पश्चिम साइड के एक ज़मींदार बाबू अपने साथ दो लटक लेकर आये थे महफ़िल में। गीत सुनते-सुनते जोश में आये और उठकर बेनजीर को पकड़ने के लिए आगे बढ़े। आव देखा न ताव उनके एक लटक ने हवा में गोली दाग़ दी। पहली बार बाई जी की महफ़िल में गोली चल गयी थी। बड़ा हंगामा हुआ। पुलिस कचहरी सब हुआ। बाकी हुआ कुछ नहीं...

लेकिन उसके बाद यह ज़रूर हुआ कि बाबू साहबों की महफ़िल से बेनजीर का नाम कट गया। तब शादी-ब्याह में साधारण गृहस्थों के यहाँ गाने नाच का चलन नहीं शुरू हुआ था। बेनजीर के पास कोई चारा नहीं बचा था। ऐसे में बड़ नारायण सिंह आगे आये। उन कड़े दिनों में बेनजीर की महफ़िल सजाने के लिए वे आगे आये।

उसके बाद तो साहब जिस इलाके में बेवफाई की कहानियाँ सुनी सुनाई जाती थीं वहाँ वफ़ा की एक ऐसी कहानी बनी जिसे याद करने वाले बहुत मिल जाते हैं आज भी।

बेनजीर ने कुछ दिनों के बाद ही महफ़िलों में लोगों के लिए गाना बिल्कुल छोड़ दिया। हालाँकि लोग कहते हैं कि उसने गाना नहीं छोड़ा बल्कि इमरजेंसी लग गयी थी। इमरजेंसी और किन चीज़ों को नुक़सान पहुँचा मुजफ़्फ़रपुर में पता नहीं मगर महफ़िल गायकी ज़रूर अतीत का हिस्सा बन गयी। बेनजीर की भी।

कहते हैं अपने हुस्न के जलवों से बड़े-बड़े ज़मींदारों को लूट लेने वाली बेनजीर ने पर्दा करना शुरू कर दिया। बस बडकू बाबू के लिए गाती थी। बरसों उसकी हवेली के बाहर एक रिक्शा खड़ा रहता था। रात ढलते ही वह रिक्शा वहाँ आ जाता सुबह के धुँधलके में चला जाता। बड़ नारायण सिंह उसमें बैठकर आते जाते थे। कुछ बरसों तक यह चला।

लेकिन समय का पहिया तेज़ी से घूम रहा था। उसी साल की बात है जिस साल इलेक्शन में यह नारा लगा था—'वीर महोबिया कड़ाम कड़ाम/बम फूटेगा बड़ाम बड़ाम', जिस साल बूथ छापकर

भाग रहे ठेकेदार यशकर पर दिन दहाड़े गोली चली थी और वह आड़ा-तिरछा मोटरसाइकिल चलाकर वहाँ से जान बचाकर भागा था उसी साल की बात है।

एक दिन सुबह जब बडका बाबू रिक्शे से अपने घर लौट रहे थे कि उनके ऊपर गोली चली और रिक्शा वाला जब तक कुछ समझ पाता गोली चलाने वाले भाग खड़े हुए। उस सुबह जैसे-जैसे लोग उठते गये यही सुनते गये—बड़का बाबू को दो ही फायर में किसी ने चित कर दिया।

कई तरह की कहानियाँ चलीं। कोई कहता कि गाँव में ज़मीन का झगड़ा चल रहा था। गोतिया पटीदारों ने मौक़ा देखकर मरवा दिया। कोई कहता वे अपनी सारी सम्पत्ति बेनजीर पर लुटाते जा रहे थे इसलिए शायद घर वालों ने ही...कोई कहता कुछ नहीं लुटेरे थे। मारे गये...

कुछ दिन में सब भूल भाल गये...

बेनजीर?

उसके बाद उसको किसी ने नहीं देखा। कभी-कभी रात बिरात गाने की आवाज़ आती थी उसकी हवेली से—

जीवन सब सिखला देता है
दिन में रात दिखा देता है
महफ़िल महफ़िल जिसको पाया
तनहा वही बना देता है
जिसकी हँसी ख़ुशी देती है
एक दिन वही रुला देता है
जीवन सब सिखला देता है
दिन में रात दिखा देता है...

हवेली वीरान होती गयी और वह रस्ता सुनसान जिस पर चलने वाले मन में कितनी हसरतें लिए वहाँ जाते थे।

कुछ किस्से रह गये कुछ कहानियाँ। और बाज़ार चलता रहा।

सटने में जो मज़ा है छूने में वो कहाँ है
जलने में जो मज़ा है मिलने में वो कहाँ है
जब देखने चले हम कुदरत का हर नज़ारा
परबत में जो मज़ा है झरने में वो कहाँ है

सटने में जो मज़ा है
छूने में वो कहाँ है
जलने में जो मज़ा है
मिलने में वो कहाँ है
जब देखने चले हम
कुदरत का हर नज़ारा
परबत में जो मज़ा है
झरने में वो कहाँ है

ब्लू कलर का पैंट पहनकर हैंड कमर में लाती हो

'गोरकी पतरकी रे/मारे गुलेलवा जियरा उड़ी उड़ी जाये'—शहर के गली-मोहल्लों से रिक्शे के पीछे टँगा लाउडस्पीकर दिन भर गाता रहता।

'देखना न भूलिए। अमर टॉकीज में। रोज़ाना चार शो।' गाँव से शहर में आकर बसे परदेसियों और गाँव देहातों में शहर जाकर बसने की तमन्ना रखने वाले सब पूरे परिवार के साथ आ-आ कर फ़िल्म को देख रहे थे। 25 सप्ताह चली! सिल्वर जुबिली कहलाई!

जाने किसने बात-बात में कह दिया था कांग्रेस की सरकार वापस आयी इधर गाँव देहात की ख़ुशहाली गीतों-फ़िल्मों में लौट आयी। दो बैलों की जोड़ी को पीछे छोड़ कांग्रेस ने पहली बार 'हाथ' आगे बढ़ाया था।

अब ई मत समझ लीजिएगा कि हम चतुर्भुज स्थान की कहानी छोड़कर बलम परदेसिया फ़िल्म की कहानी ले बैठे। ऐसा नहीं है। गूलर वाले बाबा बहुत पहले ही कह गये हैं, इस भूतल पर मौजूद हर चीज़ हर दूसरी चीज़ से जाकर जुड़ जाती है। वे प्रसाद में गूलर खाने के लिए देते थे, कभी-कभी बड़हर भी। कहलाये गूलर बाबा। तो समझ गये न इस फ़िल्म का, इसके गीतों का कहीं न कहीं हमारी मूल कहानी से भी सम्बन्ध है।

बात यह है कि इस कहानी के नायक कन्हैया के बाबू शहनाई वादक हैं, और वे चाहते हैं कि उनका बेटा पढ़े-लिखे, शहनाई न बजाये। अस्सी आते-आते देश में दूसरी आज़ादी का भ्रम ही नहीं टूटा था। परम्परा का बहुत कुछ टूटने-छूटने लगा था। जिन गायिकाओं को आने वाले दौर का अन्दाज़ा हो गया था उन्होंने पहले से ही यहाँ

से विदाई लेनी शुरू कर दी थी, सबसे आख़िर में ब्रजबाला देवी ने छोड़ा। एकदम नये टाइप का दौर आ गया था। गौहर मियाँ अपने ढहते मकान में टिके रहे। गुलज़ार रास्ते, सजी-सँवरी गलियाँ।

अब न गायन रहा न गायन वादन के साथ थिरकन जिसे मुजरा कहा जाता था और सभ्य परिवार जिससे दूर ही रहते आये थे। अब तो 'नाच' का ज़माना आ गया था–

बलमा हमार ह बुलेट जइसन राजा
ऐसे बजे जैसे जुल्मी के बाजा
बलमा हमार...

सभ्यता की हर करवट पर संस्कृति नये धज में सामने आती है। इस बार सज कर आयी।

कहते हैं चन्दा के नाच के बाद लोग यह भूलने लगे कि चन्दा से पहले चतुर्भुज स्थान में क्या था। कहते, इसके आने से पहले यहाँ था ही क्या, खाँसी की तरह गाती गायिकाएँ, चुपचाप बैठकर लोग उनको ऐसे सुनते थे जैसे गमी में आये हों। मज़ा नहीं था।

पहली बार सीतामढ़ी में चैत के मेले में पाकड़ गाँव के चरित्तर बाबू की नज़र पड़ी। हाथी बेचने आये थे। कहते थे ज़मीन-जत्था सँभालें कि हाथी। हाथी का सही दाम नहीं मिला मगर उनकी नज़र जम गयी 'टिपटॉप नौटंकी' की उस बिजली पर जिसे चन्दा कहते थे। शाम को सारे बैल बेचने वाले, हाथी वाले, आसपास से मेला देखने आये लोग सभी टिपटॉप का टिकट कटाते, नहीं कटाते तो उसके आसपास चकरी जैसे मँडराते रहते। नया-नया काट का गाना चलता था वहीं–

ब्लू कलर का पैंट पहकर हैंड कमर में लाती हो
चेस्ट हिलाकर नैन नचाकर क्यों मुझको तरसाती हो
मैं बचपन से ब्रह्मचारी हूँ रोज़ लगाता सौ बैठक
चलते चलते सट कर मुझसे क्यों मुझको उकसाती हो
मैं हूँ खाता दूध मलाई तेरी अँखियाँ हैं मछली
नचा नचा कर उनको बोलो क्यों मुझको तड़पाती हो
ब्लू कलर का पैंट पहन कर...

कहते हैं उस मेले के चार साल बाद जब खड़का पुराना गाँव के बलदेव बाबू ब्लॉक प्रमुख का चुनाव रामपुर कचहरी के नामी भूमिहार सकलदेव सिंह से जीते थे तो यादव नवयुवक संघ के नौजवानों के लिए ख़ासतौर पर चन्दा का नाच करवाये थे। जैसे ही ई गाना शुरू हुआ और जब तक ख़तम हुआ उसके बीच इतना गोली चला कि शामियाना का चादर छेद-छेद हो गया। चारों ओर के बारह गाँव में जिनको यह नहीं पता चला था कि क्या हो रहा था उनको लगा खड़का पुराना गाँव में प्रमुख साहब के यहाँ डाका पड़ा है। गोली तड़तड़ा रहा है। कोई लाठी लेकर, कोई फरसा लेकर, कोई टेंगारी लेकर, कोई खाली कमांडर का लम्बा फोकस वाला टॉर्च लेकर दौड़ने लगे थे। डाकू को पकड़ने के लिए।

बड़ी कहानी बन गयी थी। लोग हँसते थे। हँसते सुनाते बात इतनी फैल गयी कि कहते हैं इलाके का फ़ैशन हो गया था। कहीं किसी के शादी में, बरात में, हँसी-खुशी के किसी माहौल में शामियाना लगता तो टेंट वाला पहले ही पूछ लेता था, नाच तो नहीं बुलाये हैं न। जवाब हाँ होता तो टेंट का दाम सिक्योरिटी में रखवा लेता था टेंट वाला। कहते हैं फ़ैशन ही आ गया था गाँव-देहात में पहले बाबू-ज़मींदारों के घर में गाना-बजाना चलता था, बड़ी से बड़ी गायिका आती थी, गाकर चली भी जाती थी, कोई हो हल्ला नहीं होता था।

अब नया-नया नेता लोग, ब्लॉक-ज़िला समिति-संघ के अध्यक्ष लोग, ठेकेदार लोग, बाज़ार के इंजीनियर लोग जब गाँव में कोई फंक्शन करते थे तो उसमें गाँव वालों का ख़ास ध्यान रखने के लिए नाच ज़रूर होता था। चन्दा से जो बिजली निकली थी वह तिरहुत-मिथिला के ज़िलों में, गाँवों में फैलकर नया ही रंग दिखाने लगी थी।

80 के चुनावों में दूसरी आज़ादी का सपना टूटा। लेकिन बिहार में ख़ुशहाली का एक नया दौर शुरू हुआ। योजनाएँ, परियोजनाएँ लागू होने लगीं, उनके ऊपर काम होने लगे, सड़कें बनने लगीं, पुल बनने लगे। शहरों में ठेकेदारों और सिविल इंजीनियर के रूप में दो समृद्ध वर्गों की चमक दिखाई देने लगी थी। कहते हैं उनकी आलीशान कोठियों की ऊँची-ऊँची दीवारों के पीछे रात को पानी की तरह शराब बहता था, नाच-गान का हो हल्ला रहता था। इंजीनियर, ठेकेदार, अफ़सर, नेता का नया वर्ग बन गया था। अब पुराने ज़मींदारों, उनके

डेरों की ठाठ कम होती जा रही थी।

मिसकौट के पास लीची के बागान काटकर जब कॉलोनियाँ बनीं तो उनके ठेके सिन्धी ठेकेदारों को गये, उन्होंने सिर्फ़ शहर की सड़कें, घर ही नहीं बनाये, उनमें अपनी चमकदार कोठियाँ भी चमकाईं। उस टीवी-पूर्व दौर में वे कोठियाँ उनके मौज-मनोरंजन के काम आती थीं। कहते हैं शहर में चन्दा को पहले पहल यशराज ने पहचाना। सिनेमा हॉल वाले सेठ जब पहली बार विधायक बने तो सबसे बड़ी पार्टी यशराज ठेकेदार ने ही दी थी। सिनेमा हॉल वाले सेठ वैसे तो गाँधी जी की टोपी लगाते थे और हर तरह के ऐब से दूर रहते थे लेकिन चुनाव में इतने लोगों ने मेहनत की थी कुछ उनकी थकान उतारने का इन्तजाम भी तो होना था न। रात में चार बाईजी का नाच रखा था यशराज ने।

लेकिन दीवाना सबको चन्दा ने बना दिया—

बलमा हमार फिएट कार लेके आया है
घर से निकल के वो दिल में समाया है
पैरों में बाटा है क़द का वो नाटा
टाटा सा उसका फौलादी इरादा
बीच बजरिया में अँखिया लड़ाया है
बलमा हमार फिएट कार लेके आया है...

कहने-सुनने की बात पर ही जब सब कुछ ठहरा तो उन दिनों शहर मुजफ़्फ़रपुर के क्लबों, सोसाइटियों में 28 या रम्मी के पत्ते फेंटते हुए बाबू साहेब लोगों में बड़ी चर्चा थी। कुछ दिन बाद ही आँख, नाक, कान, गला रोग विशेषज्ञ डॉ. सुरेश चन्द्र ने एक सेकेंड हैंड फिएट कार कलकत्ता (उन दिनों यही कहते थे) से मँगवाई थी। कहने वाले तो यहाँ तक कहते हैं कि उन दिनों शहर मुजफ़्फ़रपुर के अंटीदारों में फिएट में चलने का शौक़ लग गया था। एम्बेसेडर मार्क 2 एक दिखती थी तो फिएट 3। कहाँ एम्बेसेडर जैसी गाँव-देहातों को धाँगने वाली गाड़ी एम्बेसेडर कहाँ सड़क के थोड़ा ऊबड़-खाबड़ होते ही थमक-थमक कर चलने वाली फिएट। लेकिन भारी-भरकम एम्बेसेडर की जगह छोटी-छरहरी फिएट लोगों को ज़्यादा भाने लगी थी।

चतुर्भुज स्थान का माहौल बदलने लगा था। बहुत तेज़ी से बदलने

लगा था। लाइसेंस का सिस्टम तो पहले से था तब लाइसेंस सिस्टम का पालन होने लगा था। सो भी थोड़ा आँख-कान खोलकर। लाइसेंस टाइम मतलब 6 से 9। इसके बस जो हो सो इल्लीगल। नियम का कड़ाई से पालन हो इसके लिए समय-समय पर देर रात छापे भी पड़ने लगे। कई बार अख़बारों में शहर मुजफ़्फ़रपुर के पन्नों पर ख़बरें छपती कि देर रात चतुर्भुज स्थान में पुलिस ने छापा मारा और शहर के कई नामी ठेकेदार, जाने-माने डॉक्टर वहाँ से पकड़े गये। अक्सर पकड़े जा रहे थे। यही वह ज़माना था जब गीत-संगीत की महफ़िल ज़मानेवालियाँ, रवायत निभानेवालियाँ एक-एक करके वहाँ से खिसक रही थीं। ज़मींदारों की ज़मींदारियाँ कमरे में टँगने वाले ज़मींदारी बाँड में बदलती जा रही थी।

घर-घर सजने वाली महफ़िलें अब कहने भर को सजती थीं। कुछ पुराने ज़मींदार परिवारों में महफ़िलें सजती भी थीं तो बस रवायत के नाम पर।

कहते हैं चन्दा ने नयी रवायत शुरू कर दी। सोनपुर मेला हो या भुतही गाँव का महावीरी झंडा लोगों का जुटान उसके नाच के लिए भी होता। सेठों, ज़मींदारों के यहाँ ख़ुशी के मौक़े पर जाकर गानेवालियों के नाम गुम होते जा रहे थे। नाम था तो बस चन्दा... मौक़ा कोई भी हो सबसे पहले चन्दा...

कहते हैं वह इतना तेज़ नाचती जिस तेज़ी से आकाश में तड़का तड़कता। न रुकती थी, न थकती थी। सुनाने वाले क़िस्सा सुनाते, शहर सीतामढ़ी में लोहापट्टी के दुकानदारों ने ‘महामाया दुर्गापूजा समिति’ का गठन किया तो लोहाबाज़ार नवयुवक संघ के युवाओं ने यह फ़ैसला किया कि हमारे पूजा में कुछ ख़ास आइटम होना चाहिए।

शहर में तब सबसे बढ़िया मारवाड़ी नवयुवक संघ के दुर्गा पूजा समिति की शान थी। एक साल पहले ही उन्होंने दिल्ली से डोरेमी ऑर्केस्ट्रा को बुलाकर अष्टमी को आधी रात तक प्रोग्राम करवाया था। कहते हैं कि उस साल के हित फ़िल्म क़र्ज के सुपरहिट गाने ‘ओम शान्ति ओम...ओ गाओ ओम शान्ति ओम!’ के गाने के लिए जानकी स्थान वाले नीरज भैया ने जब पाँचवीं बार फ़रमाइश की तो ऑर्केस्ट्रा के स्टार गायक विपिन ने गाने से साफ़ मना कर दिया। टी-सीरिज़ से विपिन के सात कैसेट आ चुके थे। एक साथ

किशोर-रफी और महेन्द्र कपूर की आवाज़ में गाता था। उसने साफ़ कह दिया कि पहले ही चार बार गाकर वह अपना नियम तोड़ चुका है। यहाँ सीतामढ़ी के दर्शकों के लिए ख़ासतौर पर उसने चार बार इस गाने को गा दिया। इससे ज़्यादा तो वह नागपुर में भी नहीं गाता जहाँ उसके नाम पर फैन क्लब चलता है।

अष्टमी की उस रात माँ दुर्गा ने बहुत बड़े काण्ड को टाल दिया। याद करने वाले याद करते। नीरज भैया की फ़रमाइश हो और उसको मना कर दे कोई...ऐसा नहीं हुआ था...नदी पार शिवहर के सात गाँव के पुराने ज़मींदार समुन्दर सिंह के नाम का अब भी सिक्का चलता था। जानकी मन्दिर में हर साल उनके पूजा का इन्तज़ार करते थे लोग। उस दिन वहाँ से कोई भूखा नहीं जा सकता था। माँ सीता का प्रसाद अधिक से अधिक लोगों तक पहुँचना चाहिए। उनके पोता को मारवाड़ी युवक संघ के प्रोग्राम में कोई मना कर दे...जुलुम बात!

ख़ूब तनातनी रही रात भर। इधर से जानकी स्थान के नवयुवक अपनी आन के लिए किसी को भी फाड़ देने के लिए जुटे थे उधर मारवाड़ी युवक संघ के पीछे सोनापट्टी, लोहापट्टी, कोट बाज़ार के नवयुवक जुटे थे। कह रहे थे शहर के इज़्ज़त की बात है। इतना बड़ा ऑर्केस्ट्रा पहली बार यहाँ आया है। कुछ हुआ तो सबका इज़्ज़त जायेगा। ख़ूब कहासुनी हुई। अन्त में बाँध पार रहने वाले मोहन सिंह तूफानी ने आकर समझौता करवाया और फिर ऑर्केस्ट्रा की गायिका सोनिया ने उसी साल का एक और सुपरहिट गाना गाया—'आप जैसा कोई मेरी ज़िन्दगी में आये तो बात बन जाये...' सब झगड़ा ख़तम...नीचे सारे नवयुवक मिलकर गा रहे थे—'तो बाप बन जाये!'

प्रोग्राम ख़ूब हिट हो गया। जो देखने नहीं आ पाये थे वे मन मसोस कर रह गये। सोचते आलस आलस में नहीं आने से बहुत कुछ छूट गया—इतना बड़ा ऑर्केस्ट्रा का गाना...ऊपर से फैटा-फैटी भी छूट गया। कई महीने तक उस ऑर्केस्ट्रा विपिन के गानों की चर्चा रही। कैसे हुबहू मोहम्मद रफी, किशोर कुमार सबके लिए गा देता था। लोहामंडी वाले चन्दा जुटाने में कोई कमी नहीं किये थे। वहाँ के दुकानदारों ने अपने मोहल्ले के नाम पर दिल खोलकर पैसा लगाया था। मूर्ति की बुकिंग भी साल भर पहले ही हो गयी थी। पटना के कलाकार को आधा पैसा एडवांस में दे दिया गया था। लेकिन कुछ

ऐसा हो जाये कि इस साल उनके पूजा समिति का नाम हो जाये।

उन दिनों तो यह कहावत सी हो गयी थी कि जब नहीं कुछ सूझे तो एक ही नाम सूझता है—चन्दा। सच-झूठ तो वही जानते हैं जिन्होंने देखा था लेकिन कहते हैं कि उस साल अष्टमी की पूजा के बाद शाम सात बजे जो चन्दा ने प्रोग्राम शुरू किया तो अगले दिन नवमी को शाम में माँ की पूजा के समय तक लगातार नाचती रह गयी थी। तीन-तीन ऑर्केस्ट्रा वाले आये थे। वे बारी-बारी से एक से एक गीत बजाते, उनके गवैये गाते लेकिन असली बात यह थी कि चन्दा नहीं रुकी। अब यह संयोग ही था कि उस साल लोहामंडी की 'महामाया पूजा समिति' का पहला साल था और पिछले ही साल मारवाड़ी नवयुवक संघ के पूजा का इलाके में इतना हल्ला हो गया था कि ज़्यादा से ज़्यादा लोग वहीं जुटे। इसलिए ज़्यादा लोग चन्दा के इस कारनामे को देख नहीं पाये थे।

फिर भी 1144 लोगों के हस्ताक्षर से गिनीज बुक ऑफ़ वर्ल्ड रेकॉर्ड्स वालों की चिट्ठी भेजी गयी थी जिसमें लिखा था कि लगातार 24 घंटे तक बिना रुके बिना थके नृत्य करने के लिए चन्दा का नाम शामिल कर लिया जाना चाहिए। कहते हैं कि जवाब में गिनीज बुक वालों ने कोई सबूत माँगा तो पूजा समिति वाले दे नहीं पाये। 'साहू हार्डवेयर स्टोर' के मालिक गौतम प्रसाद का तो यह कहना था कि पुरस्कार मिल जाता अगर चन्दा के उस प्रोग्राम की वीडियो रेकॉर्डिंग मौजूद रही होती। लेकिन तब ऐसा वीडियो रेकॉर्डर शहर में किसी के पास नहीं था जिसमें इतनी लम्बी रेकॉर्डिंग बिना रुके हो पाती। इसलिए हम कोई सबूत नहीं दे पाये और वह घटना गिनीज बुक में दर्ज होने से रह गयी। सबूत के तौर पर वे गिनीज बुक का एक लिफ़ाफ़ा दिखाते थे। लेकिन उसके अन्दर की चिट्ठी नहीं दिखा पाते थे। कहते थे कि बच्चा लोग चिट्ठी फाड़ दिया। उनकी आँख पड़ गयी तो लपककर उन्होंने लिफ़ाफ़ा उठा लिया। सो वह बच गया।

क्या हुआ क्या नहीं पता नहीं लेकिन इतना तो पक्का हुआ कि उसके कुछ दिनों के बाद यह कहानी ज़ुबानी-ज़ुबानी चल पड़ी कि चन्दा का नाम गिनीज बुक में आने वाला था लेकिन जब गिनीज बुक वालों को यह पता चला कि वह एक नाचने वाली लड़की है तो उन्होंने अन्त समय में उसका नाम काट दिया। चन्दा का नाम और

फैल गया। कहते हैं उस दौर में जो भी कुछ ऐसा हुआ जो थोड़ा हटकर रहा हो उसके लिए चन्दा का नाम ही आया। चतुर्भुज स्थान ही नहीं। हर कहीं। नाच मतलब चन्दा बाई हो गया था।

कहते हैं इलाके के नामी बस मालिक सुधाकर आज़ाद के बेटे की शादी में जो हुआ वह भी चन्दा के जलवे की वजह से ही हुआ था। 'खालसा टेंट हाउस' ने शाही बलरामपुर गाँव में पाँच बीघा इलाका घेर कर उसमें शामियाना लगाया था। उसमें चन्दा बाई का सट्टा बँधाने ख़ुद आज़ाद जी आये थे। उन्होंने कहा जो माँगोगी मिलेगा मगर हमारा एक ही बेटा है आइटम ऐसा होना चाहिए कि ज़िला हिल जाये। उसने ज़िला हिला दिया...

कहते हैं उस महफ़िल में जब उसने मंच पर पहली बार 'मुन्नी बदनाम हुई नसीबन तेरे लिए...' गाना शुरू किया तो भूमिहारों के ख़ून में पुराना ज़मींदारी वाला ख़ून लहक उठा जैसे। जोश में आकर उन्होंने ऊपर शामियाने पर गोलियाँ चलाकर अपनी ख़ुशी का इजहार करना शुरू कर दिया। कहते हैं उस रात शामियाने के ऊपर से आती बिजली की रौशनी में ऐसा लगने लगा जैसे किसी ने पूरे शामियाने को जुगनुओं से भर दिया हो। गोलियों से शामियाने में छोटे-छोटे इतने छेद हो गये थे कि वह शामियाना उतारने के काबिल भी नहीं रह गया था। बाद में खालसा टेंट हाउस वालों को सुधाकर आज़ाद ने 50 हज़ार रुपये अलग से सिर्फ़ टेंट की कीमत के रूप में चुकाये थे।

उस महफ़िल के बाद इलाके में ऐसा हल्ला हो गया चन्दा का कि कहते हैं बड़ा शामियाने के ऊपर की चादर को गोलियों से छेदने का फ़ैशन ही चल पड़ा जैसे। कहते हैं जिसके यहाँ आयोजन में नाच होता तो यह देखकर इस बात का अन्दाज़ा लगाया जाता था कि वह फंक्शन कितना सफल रहा कि कितना बड़ा शामियाना लगा था और ऊपर शामियाने में कितने छेद हुए। टेंट हाउस वाले टेंट देने से पहले पूछ लेते थे कि चन्दा का नाच तो नहीं होने वाला है?

दो बातें हुईं। एक तो यह कि चन्दा के नाच को लेकर कई बार डाक लगायी जाती थी। मान लीजिए एक ही दिन दो ऐसे परिवारों में फंक्शन है जो यह चाहते हों कि उस दिन नाच चन्दा का ही हो तो डाक लगायी जाती थी। जिसकी बोली ज़्यादा होती चन्दा का प्रोग्राम उसी के यहाँ होता। दूसरी बात यह हुई कि शरीफ लोग अब

पूरी तरह से चतुर्भुज स्थान से दूरी बनाकर रखने लगे। चन्दा हो या कोई और। नाच करवाना भी अब कूवत की बात हो गयी थी। गोली चलाना तो फ़ैशन हो गया था, अक्सर लोगों की पुरानी रंजिशें ऐसे मौक़ों पर उभर कर आती थीं। अब हँसी-खुशी के माहौल में इतना टेंशन कोई लेना नहीं चाहता था। फिर लोगों ने डाक लगा लगा कर, मुँहमाँगी कीमत देकर रेट इतना हाई कर दिया था कि सबके बूते का रह भी नहीं गया था हाई क्लास नाच करवाना...

रेट हाई हो गया लेकिन काम कम हो गया। कइयों ने हार मान ली। जो धन्धा मिला वही कर लिया। जो रेट मिला उसी में चले गये। लेकिन चन्दा साफ़ कहती थी—100 साल में भूकम्प आया, बड़े-बड़े चढ़ाव आये, उतार आया मगर चतुर्भुज स्थान आज भी है। रूप-रंग, फ़ैशन, ठाठ तो पूरे दुनिया का बदल गया है। अब थोड़ा-बहुत यहाँ का बदल गया तो का हो गया।

सब कहते थे कि चन्दा जैसा नाच, नये-नये ढंग के गाने बनाने का हुनर किसी में नहीं है। चन्दा भी इस बात को जानती थी और अपने इस हुनर को अधिक से अधिक लोगों तक पहुँचाने के तरीके निकालने में लगी रहती थी। कहते हैं कि मुजफ़्फ़रपुर के एक दवाई सेठ ने जब मुम्बई (तब बम्बई) में अपना काम शुरू किया तो उसके उद्घाटन में उसने मुम्बई शहर के अपने क्लाइंट्स के लिए ख़ास आइटम रखा चन्दा का नाच और खाने में ख़ास शाही लीची भी—

दिल्ली न भावे कलकत्ता न भावे
बम्बइया फ़ैशन तो जिया भरमावे...
पैसा है पानी है
फ़िल्मी कहानी है
सपनों की दुनिया इ सच में दिखाये है
बम्बइया फ़ैशन तो जिया भरमावे...

इस गीत से शाम शुरू हुई और आधी रात आते-आते महफ़िल सुरूर में आ गया था उधर चन्दा अपने फन के गुरूर में—

छुअ न बाबू दरद हो ता
मँगनी के महँग मरद हो ता
केकरा से माँगी इनामी में चुम्मा

सगरो बदनीया सरद हो ता...
छुअ न बाबू दरद हो ता...

कहते हैं उस रात मुम्बई में चन्दा के ऊपर इतने नोट बरसे कि गिनने में ही बाकी रात निकल गयी थी। सुबह होते-होते दवाई सेठ के लड़के गुंजन ने उससे कहा कि असल में वह मुम्बई दवाई का काम करने थोड़े आया है। वह तो आया है यहाँ कुछ नये टाइप का बिजनेस करने। क्या है न कि अपना शहर छोटा है, सब एक-दूसरे को जानते हैं, पहचानते हैं, तो वहाँ कोई काम करने में इज़्ज़त-प्रतिष्ठा का भी ध्यान रखना पड़ता है। लेकिन यहाँ क्या? ई त बम्बई है...हज़ारों लोग यहाँ रोज़ आते हैं हज़ारों चले जाते हैं।

'लेकिन काम क्या करने आये हैं बाबू साहब?' चन्दा के कान खड़े हो गये।

'बियर बार!' गुंजन बोला।

'ई बम्बई में नया फ़ैशन है। हमारे यहाँ जो न जाने कब से चला आ रहा है अब वही बड़ा-बड़ा शहर के लोगों के लिए फ़ैशन हो गया है। समझी! लोग आते हैं, नाच देखते हैं, गाना सुनते हैं। साथ में एकाध बोतल बियर भी पी लेते हैं। बस! आज नोट बरसा है। देखी केतना बरसा है? वहाँ रोज़ रात बरसेगा।'

एक पुरबिया नेता ने सब इन्तजाम पहले ही कर रखा था। दवाई सेठ के बेटा गुंजन को आगे कर उसने बियर बार के धन्धे में हाथ डाला था। उसने चन्दा से साफ़-साफ़ कहा कि वह भी उसके बियर बार के खेल में शामिल हो जायेगी तो रानी बनकर रहेगी।

'अभी क्या मैं रानी नहीं हूँ?' चन्दा ने झटाक से जवाब दिया।

यही तो वह बात थी जिसने चन्दा को चन्दा बाई बनाया, फिर चन्दा कुमारी, और फिर चन्दा रानी...

उसने साफ़ कह दिया कि मुजफ़्फ़रपुर छोड़कर कहीं और पेशा करना उसे मंजूर नहीं। जो कुछ है वहीं से तो है, फिर वहाँ बाबा गरीबनाथ का साथ है। सर पर उनका हाथ है। वह छूट जायेगा तो पैसा-दौलत सब किसके लिए कमाएगी? चतुर्भुज स्थान को छोड़कर नहीं जायेगी।

वह वहाँ तो नहीं गयी। लेकिन उसका नाम बम्बई के बियर बार

चलाने वालों के लिए सबसे ख़ास हो गया। कहते हैं उसने लौटकर यह बात बताई अपने पुराने मुरीद चुम्मन पांडे को। चुम्मन पांडे उस साल एम.एल.ए. का चुनाव लड़ने की योजना बना रहे थे। उनके चुनाव क्षेत्र में सबसे ज़्यादा वोटर उनकी जाति के थे। और इस बार तो उनका पक्का विश्वास था कि उनको अपनी जाति बहुल 11 में से कम से कम दस गाँवों के जाति पंचायतों का पूरा समर्थन था। एक गाँव का बाकी था तो उसके बारे में भी उसको पूरी उम्मीद थी कि चुनाव आते-आते जाति वाले भात के नाम पर उसके साथ हो जायेंगे। वह उनके जात का दबंग नेता था। कहीं भी हक के लिए खड़ा हो जाने वाला, लड़ जाने वाला। रंगबाज धीरे-धीरे राजनीति में उतरने की तैयारी कर रहे थे। वह अपनी रंगबाज़ी के लिए ही जाना जाता था। कहता था जीता तो वह हुआ ही है! बस एक बार चुनाव हो जाये।

उसके दिमाग़ में आइडिया आया कि क्यों न वह गुंजन सेठ से बात करे कि यहाँ से वह सिखा-सिखा कर लड़कियों को वहाँ डांस के लिए भेज सकती है। सिनेमा के गानों पर कमर लचकाने वाली लड़कियाँ हर हफ्ते-दस दिन में जाने कहाँ-कहाँ से आ जाती थी—नेपाल, राजस्थान, पश्चिमी उत्तर प्रदेश...पूरब के संगीत में अपना एक अलग मुकाम रखने वाले चतुर्भुज स्थान के पास अब दुनिया को देने के लिए लड़कियाँ ही रह गयी थीं। संगीत की परम्परा लुप्त होती जा रही थी, जिस्म का बाज़ार फैलता जा रहा था।

कुछ लड़कियों को वह थोड़े बहुत ऐसे स्टेप्स सिखाती जिससे बड़े शहर के बाबुओं को रिझाया जाये और बस फ़िल्मी गीतों पर गाने के लिए वे परफेक्ट हो जाती थीं। कहते हैं साल भर में ही मुम्बई के कम से कम दो दर्जन बारों में उसकी सिखाई लड़कियाँ जलवा लूटती और माल कूटती थीं।

ज़्यादा चल नहीं पाया। उधर चुम्मन पाण्डे चुनाव हार गया। मात्र 1100 से। जाति का पूरा साथ था। 100 वोलंटियर बूथ छापने की पूरी तैयारी कर लिए थे। प्लानिंग था कि दोपहर होते-होते 15-16 गाँवों का बूथ छापकर जीत पक्का करके लौट जाना है। सब ठीक था कि सुबह-सुबह चलने से पहले घुलटेन सिंह की नज़र चुम्मन बाबू के घर में रखे मुगल मोनार्क की पेटी पर चली गयी। दो बोतल

खिसकाये। बाहर गाड़ी के पीछे छिपकर जल्दी-जल्दी चढ़ा रहे थे, जो झाँकने आता उसको लोभ दिखाकर उसने सबको सुबह-सुबह मुगल मोनार्क चखा दी। चैत की धूप चढ़ते ही सबको चढ़ गयी। बस क्या था पहले ही गाँव में घुलटेन सिंह को पकड़ लिया गया। बाकी सब तो ठीक रहा। बाकी चार पार्टी ने अपना काम बख़ूबी किया लेकिन मेन एरिया घुलटेन सिंह का था जिसमें वे फेल हो गये और मामला तेल हो गया। भाग्य में जीत नहीं लिखा था नहीं जीत पाये। ऊपर से कुछ दिन के बाद बैरगिया मोड़ पर झपहाँ जाने के लिए सुबह का पंचबजिया बस पकड़ने के लिए खड़े थे कि मुँह पर लाल गमछा लपेटे राजदूत पर सवार न जाने कौन काल बनकर आया और नलकटुआ से दो फायर किया। वहीं गिर गये। लेकिन बस आयी और बस वाला उनको लादकर अस्पताल ले गया। बच गये चुम्मन पाण्डे। लेकिन अब पहलेवाला बात नहीं रह गया था। बिना बात के बाहर कम ही निकलते थे। अब चुनाव के हार का ज़ख़्म था कि गोली का पता नहीं।

इधर चतुर्भुज स्थान में छापा ज़्यादा पड़ने लगा था। नया डीएम टस से मस नहीं हो रहा था। कहता था लाइसेंस 9 बजे तक का है तो 9 बजे नाच-गाना बन्द। कोई फ़ायदा नहीं था समझाने का। जब 9 बजे ही घर पहुँचना हो तो सिनेमा ही देख लो। जो बाज़ार 9 बजे के बाद धीरे-धीरे गुलज़ार होता था जब शहर की दुकानें बन्द होने लगती थीं, डॉक्टरों की क्लिनिक बन्द होती थी और जब गाँव-देहातों से चले ज़मींदार बाबू लोगों की गाड़ियाँ आकर शुक्ल चौक से दायें-बायें मुड़ जाया करती थी।

कहाँ अब 6 से 9 का टाइम फिक्स था।

चतुर्भुज स्थान में काम करना मुश्किल होता जा रहा था। लेकिन चन्दा जो चाह लेती थी वह मुश्किल नहीं रह जाती थी। शादी-ब्याह में, किसी के प्राइवेट फंक्शन में आना-जाना लगभग बन्द हो गया था। लोग कहते कि अब बियाह-जनेऊ में घर-परिवार के सामने इस तरह का नाच-गाना कोई पसन्द नहीं करता था। ग़ज़ल, ठुमरी वाला चतुर्भुज स्थान अब गुम हो चुका था। अब टी-सीरिज़ के कैसेट में जब लोग बेगम अख़्तर से लेकर पंकज उधास तक को गाते हुए सुनते थे तो कहते 'पहले ऐसा ही गाना-बजाना चलता था हमारे

यहाँ। अब ऊ ज़माने बदल गया।'

चन्दा ने अब नाचने-गाने के कोचिंग का काम शुरू कर दिया था। कहते हैं यह काम दिखाने के लिए था। शाम के बाद उसकी महफ़िल अलग-अलग जगहों पर छिप-छिपकर जमती थी जहाँ हलके अँधेरे में अक्सर शहर के चमकदार चेहरे जुटा करते थे। गाड़ी-घर सब जुट गया था। घर पर उसने अपना नेमप्लेट भी लगा लिया था—चन्दा रानी। स्थानीय अख़बारों में उसके बारे में लेख छपते, उसका इंटरव्यू बिहार डाक में आया था जिसमें उसने यह कहा था कि नाचने गाने के प्रति अब नजरिया बदलने की ज़रूरत है। इस पेशे को सीखकर लड़कियाँ आत्मनिर्भरता की राह पर चल रही हैं। उसके इंस्टिट्यूट का सामाजिक उद्देश्य है वह यह है कि उसके यहाँ से सीखकर लड़कियाँ अपने बल पर खड़ी हो रही हैं।

चतुर्भुज स्थान बदनाम बस्ती बन चुकी थी बस एक चन्दा चमक रही थी। शहर भर में, ज़िले भर में, आसपास पूरे तिरहुत में अब भी उसका नाम था। लोग अपनी नेकनामी की चर्चा करते तो उसकी बदनामी को याद कर लेते थे।

चन्दा अब बदल चुकी थी। वह बदल रही थी। उसने चन्दा कैसेट कम्पनी खोल लिया और अपने गाये गानों का एक कैसेट निकाला—'चमक चांदनी रात में'। इसका एक गीत तो उन दिनों आसपास कभी-कभी बजता सुनाई भी दे जाता था—

'बलमा हमार एक नम्बर के जुलमी
रतिया बेरतिया खेलावेला घुरमी
खेत-खलिहनवा में तनिको ना माने
अंचरा पकड़ के देखावे बेशर्मी...'

8 साल तक चन्दा के नाम का इजोर चतुर्भुज स्थान में फैला रहा। लेकिन माहौल बिगड़ता जा रहा था। कहते कि अब वहाँ अपराधी शहर में अपराध करके छिप जाते थे। पुलिस तबाह पेशे वाले तबाह...कब क्या हो जाये किसी को भरोसा नहीं रहता था।

उस दिन जो हुआ उसके बारे में किसने सोचा होगा। जब सब यही समझने लगे थे कि चन्दा ने अब नाच-गाना छोड़ दिया था। अब वह नाच-गाना सिखा रही थी, गाने के कैसेट निकाल रही थी।

चर्चा थी कि आने वाले नवरात्र के लिए उसने ख़ासतौर पर कैसेट निकालने का प्लान बनाया था। कह रही थी कि इस बार शारदा सिंह को फेल कर देना है। मुँहामुँही चर्चा चल ही रही थी कि एक दिन सुबह-सुबह ख़बर फैल गयी।

ख़बर यह थी कि 'होटल विहान' में उसकी लाश पंखे से लटकी मिली थी। उसने फाँसी लगा ली थी। जितने मुँह उतनी बातें...

कोई कह रहा था कि चुम्मन पाण्डे के पास उसका बहुत पैसा जमा था, जब वह वापस माँगने लगी तो उसी ने मार कर होटल में पंखा से लटका दिया था। लेकिन पुलिस सबूत और तथ्यों पर चलती है। पुलिस का कहना था कि वह कमरा सिलीगुड़ी से आये व्यापारी मृणाल के नाम पर बुक था। अलबत्ता घटना के बाद वह मिल नहीं रहा था। उसकी तलाश में पुलिस टीम सिलीगुड़ी गयी थी।

कोई कहता कि वहीं चोरी छिपे उसका प्रोग्राम चल रहा था—शहर के कई रसूखदार बैठे थे। उसने कुछ कह सुन दिया बस इतनी सी बात पर उठकर ऊदल सिंह ने उसको पंखा से सबके सामने लटका दिया था। लेकिन होटल के आसपास किसी ने भी गाने बजाने की आवाज़ नहीं सुनी थी। इसलिए यह थ्योरी भी जम नहीं रही थी।

एक आख़िरी कहानी यह भी चली थी कि उसी दिन चुम्मन से उसकी शादी होने वाली थी। उसने अपने कुछ ख़ास सहयोगियों को यह बात बताई भी थी। वहीं होटल में पंडित जी आये थे। जब चुम्मन नहीं आया तो उसने निराशा में यह क़दम उठाया होगा। लेकिन इस कहानी का भी कोई हामी नहीं मिला। चुम्मन का कहना था कि वह तो एक हफ़्ते से दिल्ली में अपने भतीजे के पास था। भतीजा वहाँ बीमार पड़ गया था। वह उसी को देखने गया था। वह तो घटना के दो दिन बाद वैशाली एक्सप्रेस से लौटा था।

क़िस्से-कहानियों का क्या? कुछ दिन बाद सब ठंडी पड़ने लगी।

कहीं से कोई आवाज़ नहीं आयी। पुलिस सभ्य समाज की सुरक्षा में लगी रही। ऐसे लोगों के मरने न मरने की जाँच में क्या हुआ न तो किसी ने पूछा न पुलिस ने किसी को बताया।

कभी अपने लटकों-झटकों से ज़िला हिला देने वाली चन्दा अपना घर छोड़कर, अपनी गाड़ी छोड़कर आख़िर होटल में जाकर क्यों मर गयी? यह रहस्य ही रह गया।

कौन मानेगा कि उसकी मौत के साथ गीत-संगीत की 100 से भी अधिक साल पुरानी बस्ती की परम्परा को बदल कर रख देने वाली चन्दा के साथ चतुर्भुज स्थान की एक बड़ी रवायत का अन्त हो गया।

'कुहुक कुहुक जब कुहुके कोयलिया
भीतर टभके प्रीत पुरनिया
कैसी आग लगाये
जिया में...
पिया बिना रहलो न जाये...
सौतन के घर चमके चँदनिया
अपना जिया जैसे रात अँधेरिया
ता ऊपर ये कूक सुनाये
कोयलिया!
पिया बिन रहलो न जाये...'

जान अलग पहचान अलग है
धरम करम ईमान अलग है
सोचो तो क्या है नामुमकिन
होने का इमकान अलग है

जान अलग पहचान
अलग है
धरम करम ईमान
अलग है
सोचो तो क्या है
नामुमकिन
होने का इमकान
अलग है

दुनिया दुनिया जीवन जीवन

मैं तो भूल ही गया था। पिछले कुछ दिनों से मेरे साथ बार-बार ऐसा कुछ नहीं हुआ होता तो मुझे उसका ध्यान भी नहीं आया होता। इंटरनेट की सोशल साइट फेसबुक पर पिछले दिनों मैं बहुत सक्रिय रहा। पुराने दोस्तों से उस आभासी दुनिया में मुलाक़ात हुई, अनेक नये दोस्त भी बने। सब कुछ हँसी-ख़ुशी चल रहा था कि एक तस्वीरविहीन महिला की दोस्ती का प्रस्ताव आया। पहली बार मैंने नाम देखा तो जाहिर है अनजान लगा और मैंने उसे टालू खाते में डाल दिया।

आख़िर मेरे जैसे महानगरीय स्वकेंद्रित आधुनिक मध्यवर्गीय की मित्रता सूची में सुमन कुमारी जैसी किसी महिला का क्या काम! लेकिन मैंने देखा उसका प्रस्ताव बार-बार आने लगा।

नहीं ऐसा नहीं है कि मुझे उसका ध्यान नहीं आया। आया, लेकिन उस दिशा में मैंने ज़्यादा नहीं सोचा। तवायफों के मोहल्ले में मिली एक महिला इंटरनेट की सोशल साइट पर। आप ही बताइए एक यथार्थवादी लेखक इस दिशा में कितनी देर सोच सकता है!

लेकिन आदमी एक ऐसा प्राणी हैं जिसकी सोच सबसे ज़्यादा बदलती है। एक दिन मेरी भी बदल गयी। एक दिन जब फेसबुक पर उसका मित्रता प्रस्ताव आया तो सुमन कुमारी नाम के आगे कोष्ठक में लिखा था रागिनी संगीत विद्यालय। उसकी कहानी याद आने लगी। जितनी उसने सुनाई थी, जितनी मैंने उसके सुनाये से बनायी थी। सब। लगा समय आ गया है उसकी कहानी लिख देनी चाहिए। मैंने वैसे उसका मित्रता प्रस्ताव स्वीकार नहीं किया। ऐसे लोगों से कोई सार्वजनिक सम्बन्ध बनाता है क्या! व्यक्तिगत सहानुभूति अलग बात है।

बार-बार लगता रहा हो न हो वही है। इच्छा हुई कि उससे

मित्रता करूँ। उसका नम्बर लूँ। उससे ढेर सारी बातें करूँ। लेकिन फिर ठिठक जाता। एक घंटे की मुलाक़ात क्या इसके लिए काफ़ी होती है...अपने घर-परिवार का ध्यान आ जाता...फिर मैं उसे किस नाम से बुलाता। उजाले में कोई अँधेरी दुनिया को याद करता है क्या? फेसबुक पर तस्वीरविहीन मित्रता की बात और है...

जीवन में कभी-कभी ऐसा हो जाता है जिसके बारे में हमने कभी सोचा भी नहीं होता है। जो हम सोचते हैं अक्सर कहाँ हो पाता है। जो जीवन जीना चाहते हैं नहीं जी पाते, दूसरा ही जीवन जीते चले जाते हैं। कितने ख़ुशनसीब होते हैं वे जिनको अपना सोचा जीवन मिलता है, अपनी सोची मंज़िल मिलती है—मुझे उसी की बात याद आ गयी।

नहीं, मैं उसे जानता तक नहीं था, कम से कम उस दिन से पहले। चतुर्भुज मन्दिर के ठीक बगल में जो गली है न। करीब 500 मीटर बाद वह जहाँ से दायें मुड़ती है ऐन उसी मोड़ पर जो एक धूल-धूल मकान है एक शाम मैं उसकी सीढ़ियाँ चढ़ गया था...उससे मुलाक़ात हो गयी थी।

पहली और शायद आख़िरी बार...

मैंने पहले ही कहा था न मैं उसे पहले से नहीं जानता था...

आगे बढ़ने से पहले मैं एक बात साफ़ कर देना चाहता हूँ। न यह कोई कहानी है न मैं कथाकार। देशी-विदेशी संस्थाओं से फेलोशिप लेकर शोध करनेवाला एक शोधकर्ता हूँ मैं। वैसे, अच्छे पैसे तो विदेशी संस्थाओं से ही मिलते हैं। देखिए, अच्छा शोध बिना अच्छी फेलोशिप के सम्भव ही नहीं है, मेरा तो साफ़ मानना है। उस साल मुझे जर्मनी की एक हथियार बनानेवाली कम्पनी के संस्थापक के नाम पर स्थापित संस्कृति फेलोशिप मिली थी जो मुझसे पहले देश के कुछ बड़े-बड़े विद्वानों को मिल चुकी थी। फेलोशिप की बदौलत अपने आपको उनकी पंक्ति में खड़ा देख मैं गौरवान्वित महसूस कर रहा था।

परियोजना थी मुजफ़्फ़रपुर के चतुर्भुज स्थान में रहनेवाली पुरानी दरबारी गायिकाओं के बारे में एक पुस्तिका तैयार करना, जिसे बाद में दुनिया भर की पारंपरिक गायिकाओं पर छपनेवाली एक बहुत बड़ी किताब का हिस्सा होने का मौक़ा मिल सकता था। मैं पिछले वाक्य

के 'सकता' को 'है' में बदलना चाहता था। जब आपको इतना बड़ा अवसर मिलनेवाला हो तो आप क्या करेंगे? वही, मैंने उनके जीवन, उससे जुड़े क़िस्सों की तलाश करने में कोई कसर नहीं छोड़ी...क्या मेरे लिए यह भी एक क़िस्सा है?

शायद हाँ...शायद नहीं।

हर चीज़ की अपनी रवायत होती है। वहाँ रहने वालों की न सही उस इलाके की अपनी रवायत है। कोई कहता सौ साल, कोई तो प्राचीन वैशाली की आम्रपाली से उसकी रवायत को जोड़ता। आप चतुर सुजानों से क्या छिपा है। जब बात जुबानी हो तो उसका देशकाल कहाँ तक पहुँच सकता है इसकी तो बस कल्पना की जा सकती है। जितनी मुँह उतनी बातें।

वह इस सबसे ज़रा हटकर थी। उस रवायत से भी...और...सच बताऊँ तो मैं तो दरवाज़े पर उसके नाम की पट्टी देखकर समझ गया था। नामपट्ट वहाँ हर घर की पहचान थी। जिस घर के बाहर नामपट्ट नहीं वहाँ कोई ग्राहक नहीं जाता था। वहाँ आम लोगों के घर और पेशेवरों के घरों में यही एक अन्तर था। आज भी होता होगा।

बात नामपट्ट की हो रही थी। मैंने देखा, हर घर के बाहर बाई, खानम, देवी, गिस जैसे उपनामों वाले नामों के पट्ट लगे थे, उस दरवाज़े के बाहर लिखा था सुमन कुमारी। सच बताऊँ इस उपनाम से ही मुझे ऐसी सादगी दिखाई दी कि मैं बिना आगे-पीछे देखे उसकी सीढ़ियाँ चढ़ गया।

'दुनिया बाज़ार बनती जा रही है। जिसके पास जो हुनर है उसे बाज़ार में बेचने के लिए बेचैन दिखाई देता है। आजकल तो अच्छे-अच्छे घर की औरतें कहती फिरती हैं, आपके पास कोई हुनर है तो उसे आज़माने में क्या हर्ज है। क्या पता बाज़ार में अच्छी कीमत मिल जाये। जिसके पास जो है वही बेचने में लगा है। जब मैं जनकपुर में थी तो जानकी मन्दिर में भजन गाती थी। अयोध्या वाले पुजारी जी कहते, ख़ूब गला पाया है। इसकी आवाज़ तो दूर तक पहुँचनी चाहिए। जब मैं 'सिया सुकुमारी चली बन-बन प्यारी...' वाला गीत गाती तो वे छेड़ते हुए कहते, देखना यही आवाज़ एक दिन तुम्हें शोहरत भी दिलवाएगी और पैसा भी। एक बार किसी पारखी की नज़र पड़ने भर की देर है...तब मैंने कहाँ सोचा था'...मुझे

याद आया वह बहुत जल्दी-जल्दी बोल रही थी। जैसे सब कुछ उसने किताब से रट रखा हो और मुझे सुना रही हो।

सीढ़ियाँ चढ़कर पहुँचा तो पाया दरवाज़ा खुला था...वहाँ के घरों की यह ख़ास पहचान देखी...जिनके बाहर पेशेवरों के नाम लिखे थे उनके दरवाज़े आने वालों के स्वागत में खुले होते।

'बन्द तो उनके दरवाज़े होते हैं जिनके घरों में कुछ छिपाने के लिए होता है। हम तो जो हैं उसी का बोर्ड टाँगे बैठे हैं...गाना गाने के लिए...दरवाज़ा बन्द कर लेंगे तो सुनने वाले कैसे आयेंगे'...एक प्रौढ़ सी दिखाई देने वाली महिला दरवाज़े के दूसरी ओर से कह रही थी। उसके चेहरे पर कुमारी वाली मासूमियत नहीं कातरता झलक रही थी।

शाम अभी गहरी नहीं हुई थी लेकिन कमरे में अँधेरा गहरा गया था। दूर करने के लिए 60 वाट का एक बल्ब टिमटिमा रहा था। समझ नहीं आ रहा था क्या कहना चाहिए। ऐसी जगहों पर क्या कहते हैं। फ़िल्मों में देखा था क्या नफासत से बुलाती थीं गायिकाएँ–आइये सरकार–जनाब आ जाइये...

'अन्दर आ जाइये', उसकी आवाज़ की कातरता इस बार कुछ मीठी लगी।

कमरे में दो कुर्सियाँ दिखाई दे रही थीं। उसने बैठने का इशारा किया। बैठकर मैं इधर-उधर देख रहा था कि उसकी वही महीन आवाज़ फिर से गूँजी–

'क्या सुनेंगे?' वह सीधे अपने काम पर आ गयी। मैं तो अभी बैठा ही था। कुछ समझ नहीं आया।

'ग़ज़ल...ठुमरी...' हड़बड़ाकर मेरे मुँह से निकला।

'बाबू यहाँ तो फ़िल्मी ही चलता है। सुननेवाले उसी की फ़रमाइश करते हैं। ग़ज़ल का रियाज नहीं रहा...' एकदम नया सुनाऊँगी।

'फिर भी कोई ग़ज़ल तो सुना सकती हैं...'

'पुरानी फ़िल्मी ग़ज़ल कोई सुना दूँगी', लगता है उसने मेरी आवाज़ की व्यग्रता को भाँप लिया था। उसे लगा होगा कहीं मैं उठकर चला न जाऊँ।

'ठडा पीयेंगे...'

'हाँ...'

'क्या...फैंटा या पेप्सी?'

'मैं कोक पिऊँगा...'

'आपकी हर फ़रमाइश अलग क्यों होती है' कहकर उसने नीचे आवाज़ लगायी, 'एक कोक और एक फैंटा...'

जब भी कोई आता होगा तब इसी तरह आवाज़ लगाती होगी, मैंने मन ही मन अन्दाज़ लगाया।

'बाबू, एक गीत के 50 रुपये लूँगी, तबला, हारमोनियम, सारंगी बजानेवाले के लिए अलग से 100-100 रुपये देने होंगे', लगता है ठंडे का ऑर्डर देकर वह निश्चिन्त हो गयी थी कि अब मैं वहाँ से कहीं जानेवाला नहीं हूँ।

'ग़ज़ल...' मैंने धीरे से कहा...

'कहा तो ग़ज़ल सुनाऊँगी। देखिए बाबू साहब! आपके जैसे लोग रोज़-रोज़ तो आते नहीं हैं। जैसे लोग आते हैं उनके हिसाब से ही तैयारी करनी पड़ती है। आजकल भोजपुरी सुनने वाले आते हैं...सो भी गाने के साथ नाच की फ़रमाइश करते हैं...ऐसे-ऐसे गाने कि...अब छोड़ भी तो नहीं सकती ना। मैं तो वैसे 'झाँप-उघाड़' वाले गीत नहीं गाती। लेकिन टाइग के साथ कुछ तो एडजस्ट करना ही पड़ता है...हाँ जल्दी बताइए तो मैं बाहर साजिन्दों को बोल देती हूँ,' उसने तुरन्त बात को बदला...

'मैं गाना सुनने नहीं आया हूँ। दरअसल, मैं आपसे बातें करना चाहता हूँ।'

'तो पहले क्यों नहीं बताया आपने...आपने बाहर बोर्ड नहीं पढ़ा 9 बजे तक यहाँ सिर्फ़ गाना-बजाना होता है...बात करके मेरा टाइम भी काहे ख़राब करना चाहते हैं। अब आये हैं तो आपको गाना तो सुनकर जाना ही पड़ेगा। आख़िर साजिन्दों की रोज़ी-रोटी भी इसी से चलती है। सबकी आस लगी रहती है। ऐसे बात करेंगे तो कितने घर में चूल्हा नहीं जलेगा...आपको कुछ पता भी है...' एक साँस में बोलकर जब वह रुकी तो उसकी साँस तेज़ी से ऊपर-नीचे हो रही थी।

'आप मुझसे गाने का पैसा ले लीजिए', उसकी दशा देखकर मैंने तुरन्त जवाब दिया। 'लेकिन मैं आपके बारे में कुछ जानना चाहता हूँ। आपकी ज़िन्दगी के बारे में...'

'बाहर मेरा नाम देख लिया, मेरा पेशा जान लिया...यह भी जान लिया कि 5 साल से गा रही हूँ, अब और क्या जानना चाहते हैं आप? आप बताइए, देखकर तो कोई साहब लगते हैं! साहबी से अलग कोई ज़िन्दगी है आपकी? क्या अपने पेशे से अलग इंसान की कोई ज़िन्दगी रह जाती है? जैसा पेशा वैसा जीवन। है कि नहीं?' कहकर मुझे सवालिया निगाहों से घूरने लगी।

'कम से कम दस गानों के पैसे लगेंगे...और हाँ साजिन्दों के पैसे अलग से देने पड़ेंगे...वह भी पूरे...' कुछ रुककर उसी ने जवाब दिया। 'और एक बात और?'

'क्या?'

'मैं बताऊँगी वही जो बताना चाहूँगी...आपको मुझसे कुछ बताने के लिए ज़ोर नहीं डालेंगे...एक घंटे में चले जायेंगे।'

'मंजूर है...'

इस बीच उसका फैंटा और मेरा कोक आ गया था।

सुमन मेरा असली नाम नहीं है, न ही यह जीवन। यह सब बाहर बोर्ड पर लिखने के लिए है। माँ-बाप ने बड़े प्यार से मेरा नाम रखा था मनोरमा। पढ़ाया-लिखाया, बड़े होने पर एक पढ़े-लिखे होनहार आदमी से बाँध दिया। बाबू मुझे तो जीवन ने सिखाया है होनहार होने से कुछ नहीं होता। आदमी का अपना कर्म-भाग्य होता है। उसी के हिसाब से उसे मिलता है जितना मिलना होता है। चाहे कुछ कर लीजिए।

शादी के तीन साल बाद भी जब पति अरुण को नेपाल में नौकरी मिलने की कोई सूरत नहीं दिखाई दे रही थी तो उसने रोज़गार के लिए सीमा उस पार देखना शुरू कर दिया। सफलता भी मिल गयी। परदेस में, बिहार के मुजफ़्फ़रपुर में एक अंग्रेज़ी स्कूल खुला था। बड़ा नामी। उसी में साइंस टीचर की नौकरी मिली, रहने को घर का भरोसा, बच्चे को स्कूल में मुफ्त अंग्रेज़ी शिक्षा का भरोसा। सोचिये और क्या चाहिए एक नये-नये बसे परिवार को। नेपाल में रहनेवाले एक मधेशी के लिए इससे बड़ा सपना क्या हो सकता था। मधेशी यानी भारतीय मूल के आदमी के लिए नेपाल में रहना ऐसे ही मुश्किल होता जा रहा था। अरुण कुमार अपने परिवार के साथ जनकपुर से मुजफ़्फ़रपुर आ गया। नेपाली की जगह भारू नोट

गिनने का सपना लिए।

कुछ दिन सब कुछ सुन्दर सपने की तरह चलता रहा...

लेकिन पिछले दिनों जिस तरह से हर सुन्दर लगने वाला सपना दुःस्स्वप्न साबित हुआ है वही हश्र अरुण कुमार के उस सपने का हुआ। नहीं स्कूल ने उसके साथ किसी तरह की धोखाधड़ी नहीं की वह तो शहर के लोगों ने ही स्कूल के साथ धोखा कर दिया। शहर के लोग तब शायद उस तरह के महँगे स्कूल के लिए तैयार नहीं हुए थे। उस स्कूल के बारे में यह चर्चा फैल गयी, बड़ा हाई-फाई स्कूल है। उस समय कम से कम मुजफ़्फ़रपुर जैसे शहर में हाई-फाई स्कूल में अपने बच्चे को कोई नहीं पढ़ाना चाहता था। लोग कहते हाई-फाई स्कूल में बच्चा पढ़ेगा तो हाथ से बेहाथ हो जायेगा। अपने जानते कौन ऐसा होने देना चाहेगा।

दो साल बीतते-बीतते स्कूल अपने किये बहुत से वादों से मुकरने लगा और सेंट कबीर कॉन्वेंट स्कूल के सुन्दर सपने का अन्त हो गया। अरुण कुमार जी की तीन महीने की सैलरी स्कूल नहीं दे सका। वे भारत के नहीं नेपाल के नागरिक थे, कानूनन कुछ कर भी नहीं सकते थे। अचानक जैसे सपना किसी धमाके से टूट गया हो।

अगर मुजफ़्फ़रपुर जैसे शहर में किसी की नौकरी छूट जाये तो बड़ी परेशानी हो जाती है। एक तो इतने स्कूल थे नहीं कि उनको दूसरी नौकरी मिल जाये। जब से नेपाल में माओवादी आन्दोलन शुरू हुआ था तब से सीमावर्ती शहरों में नेपाली मूल के लोगों को नौकरी मिलनी थोड़ी मुश्किल हो गयी थी। जो थोड़े बहुत अंग्रेज़ी माध्यम स्कूल थे उन्होंने या तो साफ़ मना कर दिया या इतने कम पैसे देने की बात की कि नौकरी न करने के अलावा उनके पास और कोई आप्शन नहीं बच गया। कुछ दिन तो घर में बैठकर अच्छे दिन का इन्तज़ार करने लगे। लेकिन समय ने उस इन्तज़ार के लिए भी अधिक अवसर नहीं दिया।

मुजफ़्फ़रपुर न तो तब दिल्ली थीं न आज है—अगर वहाँ इतने अवसर होते तो क्या लोग ट्रेनों में भर-भर कर रोज़ दिल्ली-बंगलोर जाने में लगे रहते। नौकरी छूटने से कई संकट तो तत्काल खड़े हो गये। पहला तो घर का था। स्कूल के पास अपेक्षाकृत थोड़े अच्छे और महँगे किराये वाले जिस मकान के पिछले हिस्से में वे रह रहे

थे उसको छोड़ के वे शहर से दूर नये बने इलाके में रहने चले गये। दो सालों में परिवार में एक सदस्य की बढ़ोतरी और हो गयी थी। तीन महीने पहले ही बेटा हुआ था। बेटी भी स्कूल जाने की उम्र की हो रही थी। अरुण जी ने उसी के नाम पर रागिनी ट्यूशन सेंटर खोला। आगे योजना थी कोचिंग सेंटर खोलने की।

न जाने कितने लोग हैं जो उनकी तरह भविष्य की योजनाओं के सहारे इसी तरह अपने वर्तमान की मुश्किलों से पार पाते रहे हैं। लेकिन मुश्किलें कभी ख़त्म हो पाती हैं?—घड़ी देखते हुए ऐसे बोली मानो परेशानियों के ख़त्म होने का समय देख रही हो।

सवाल इसका नहीं है कि ट्यूशन चला या नहीं...इतना ज़रूर हुआ घर के किराये के पैसे आने लगे, बच्चों के दूध के पैसे आने लगे। दूर-दूर के गाँव से लड़के मुजफ़्फ़रपुर में पढ़ने आते थे। लॉज में रहकर तैयारी करते, अरुण जी के रेट सबसे कम थे। पैसे बचाने के ख़याल से कुछ लड़के उनके ट्यूशन सेंटर में भी आ जाते। उनका भी काम चल जाता मास्टर साहब की गृहस्थी।

लेकिन बात सिर्फ़ गृहस्थी चलने की नहीं होती है। कभी-कभी दोनों सोचते अगर इसी तरह से जीना था तो अपना शहर जनकपुर क्या बुरा था। ऐसे मौक़ों पर अरुण अपनी पत्नी को समझाता, वहाँ रहकर तुम सोचो क्या हम ट्यूशन सेंटर चला सकते थे। लोग कितना हँसते। अगर कोई पढ़ने आता तो पैसा भी ठीक से नहीं देता। फिर वहाँ तो सब अपने होते क़िस्से पैसे माँगते। यहाँ देखो लोग मास्टर साहब कहते हैं। इसी तरह की छोटी-छोटी खुशियाँ जीवन की गाड़ी को आगे बढ़ाने के काम आतीं।

अनजान लोगों के बीच किसी तरह के काम करने में शर्म तो नहीं आती कम से कम...अक्सर पढ़ता रहता हूँ कि इंग्लैंड, अमेरिका में जाकर अच्छे-अच्छे घरों के लोग टैक्सी चलाने लगते हैं, घरों में नौकर का काम करने लगते हैं...भूल गयी हो लगता है...हम भी परदेस में हैं, अरुण बात को समाप्त करने के ख़याल से कहता।

वैसे ये सब कहने-सुनने की बातें हैं। धीरे-धीरे कमाई और खर्च की दूरी बढ़ती गयी और उस दूरी से मजबूरी बढ़ती गयी। उस मजबूरी ने आख़िर मनोरमा के पैर बाहर निकाल ही दिये।

नहीं घबड़ाइये नहीं...

टीवी पर गीत-संगीत की प्रतियोगिताएँ बढ़ती जा रही थीं। शहर में बच्चों को संगीत सिखाने का चलन बढ़ रहा था और बाज़ार की उस बढ़ती माँग को ध्यान में रखकर संगीत विद्यालय भी खुलने लगे थे। पास में ही एक दिन उन्होंने सुषमा संगीत विद्यालय का बोर्ड लगा देखा और चली गयी वहाँ बात करने...

उसे अयोध्या वाले पंडितजी की बात याद आयी। लगा हो न हो उसकी शोहरत का रास्ता यहीं से जाता हो। क्या पता माँ जानकी ने उसी के लिए यह स्कूल खुलवाया हो। महज संयोग था उसका गला विद्यालय की संचालिका को भी पसन्द आ गया। मनोरमा देवी सुषमा संगीत विद्यालय में संगीत सिखाने लगीं। पैसे बहुत तो नहीं मिलते थे लेकिन कहावत है कि ना से हाँ तो हुआ। फिर तो बहुत कुछ हुआ ...ऐसा जैसा किसी ने नहीं सोचा होगा। ख़ुद मनोरमा ने भी नहीं।

संगीत विद्यालय की संचालिका बिंदिया प्रसाद अक्सर उसे बातों-बातों में बताने लगीं कि उसका गला कितना अच्छा है, अगर वह चाहे तो गाने में अपना करियर कितना अच्छा बना सकती है, बिना स्टेज पर ऑर्केस्ट्रा में गाने भी गाकर पैसे कमाये जा सकते हैं। इस बात ने मनोरमा का ध्यान खींचा—आख़िर वो कैसे?

तब बिन्दिया प्रसाद ने उसे पहली बार चतुर्भुज स्थान में गाने के बारे में बताया। पहली बार सुनकर तो मनोरमा घबड़ा गयी क्योंकि चतुर्भुज स्थान को लोग जिस्म व्यापार की मंडी के रूप में जानते थे। एक ऐसी दुनिया के रूप में जहाँ दिन का उनींदापन और रात का जगरना था। लेकिन धीरे-धीरे बिंदिया ने उसे समझाना शुरू किया...

कभी कहती, गाने का वहाँ कितना पुराना ट्रेडिशन है, वहाँ ब्रजबाला देवी जैसी गायिकाएँ हुई हैं जिनके ऊपर देश तो छोड़ो विदेश के विद्वानों तक ने लिखा है, फ़िल्में बनायी हैं। कम से कम 100 साल की परम्परा है वहाँ गाने की...तुम जैसा समझती हो वैसा वहाँ कुछ नहीं होता, गाने वालों की वहाँ अलग दुनिया है, धन्धा करने वाली वहाँ नहीं रहती, वे उसके पीछे की गुमनाम गलियों में रहती हैं। वैसे वहाँ गाने के लिए लाइसेंस लेना पड़ता है। आजकल नया लाइसेंस किसी को नहीं मिलता लेकिन कोई पुरानी गायिका अपना लाइसेंस जब चाहे किसी दूसरे के नाम कर सकती है।

कभी समझाती, 'तुम गलत समझ रही हो। तुम्हारे अन्दर हुनर

है। उसको समझो। एक बार गायिका के रूप में वहाँ नाम हो गया तो समझो दुनिया में नाम हो गया। बड़ी-बड़ी महफ़िलों में बड़े-बड़े लोगों के सामने गाने का मौक़ा मिलता है सो अलग। मैं तो एक ऐसी गायिका को जानती भी हूँ। बेचारी बुढ़ापा बंगाल के अपने गाँव में जाकर काटना चाहती है। अगर तुम 5000 ख़र्च करना चाहो तो मैं उसका लाइसेंस तुम्हारे नाम करवा सकती हूँ', बिंदिया ने आँखें मारते हुए कहा था।

उस दिन तो मनोरमा ने कुछ नहीं कहा लेकिन उसके दिमाग़ में बिंदिया की बात घूमने लगी। और भी कई तरह की बातें...बड़ी होती बेटी की पढ़ाई, आगे चलकर मेडिकल की तैयारी, बेटे की बढ़िया अंग्रेज़ी स्कूल में पढ़ाई। जमा करने को थोड़ा पैसा ताकि अपने जनकपुर में माँ सीता के मन्दिर के पास छोटा सा ही सही मगर अपना एक घर बनवाकर वहीं मन्दिर में भजन गा-गाकर बाकी जीवन काट सके। न सही जवानी दोनों का बुढ़ापा तो आराम से कट सके।

उन दिनों रात को खाना खाते समय अरुण से वह अक्सर बातें करने लगी थी, सपनों तथा उन सपनों को पूरा करने के लिए पैसे जुटाने, जुगाने की बात करने लगी थी। अरुण का जीवन ऐसा ट्यूशनमय हो गया था कि सारा समय या तो पढ़ाने या पढ़ाने की तैयारी में निकल जाता। वह हमेशा इस कोशिश में लगा रहता उसके पढ़ाये कुछ लड़कों को इतने नम्बर आ जायें कि उसका ट्यूशन की दुनिया में नाम हो जाये। घर में ख़ुशहाली आती दिखाई दे रही थी। लगने लगा कि अब सब कुछ ठीक हो जायेगा कि तभी कुछ ऐसा हुआ जिसने सब कुछ ठीक नहीं रहने दिया...

मनोरमा उर्फ़ सुमन कुमारी की ज़िन्दगी की कहानी भी किसी रहस्य-रोमांच की कहानी की तरह लगने लगी है। जैसे ही लगता है कि बस अब सब कुछ ठीक होने वाला है कि कुछ ऐसा हो जाता जो कुछ भी ठीक नहीं रहने देता...

घबड़ाइए नहीं...कोई बिपदा नहीं आयी उस पर, मैं भी आपकी तरह कुछ ऐसा-वैसा सोचने लगा था...कलेजा मुँह को आ गया था। 'लेकिन एक बात बताइए क्या परदेस में रहना किसी बिपदा से कम है क्या? पति की आमदनी का कोई नियमित जरिया न हो, बच्चों की पढ़ाई, घर का किराया, सपनों के बढ़ते बाज़ार। कौन है

जो इनके बारे में नहीं सोचता, कौन है जो इनको पूरा नहीं करना चाहता'—भौंहें सिकोड़कर ऐसे बोली जैसे बहुत दिनों से यह सवाल पूछने के लिए किसी का इन्तज़ार कर रही हो।

बेटी अंग्रेज़ी स्कूल में पढ़ने लगी थी। अब उसका स्टैंडर्ड भी तो देखना पड़ता है। अपने सपनों को तो मार भी ले इंसान लेकिन बच्चों के सपने...घर में रंगीन टीवी होना चाहिए, सबके पापा गाड़ी से स्कूल छोड़ने आते हैं पप्पा के पास कम से कम स्कूटर तो होना ही चाहिए। शाम में लाइट नहीं रहती है जेनरेटर वाले से कनेक्शन लेना चाहिए....

सपने बढ़ते जा रहे थे हक़ीक़त वही...

बाज़ार ने शहरों को सपने की दुकान बना दिया है। सपने लिए लोग दूर-दूर से आते हैं। उनको पूरा कैसे करें असली मुश्किल तो यह होती है। उन दिनों मैंने पहली बार उस दूसरे बाज़ार के बारे में सोचना शुरू किया जिसके बारे में बिंदिया बताती थी। सुननेवालों की पसन्द का गाना गाओ पैसे पाओ, सच बताऊँ मुझे इसमें कुछ बुराई नहीं लगती थी। लोक-लाज तो वहाँ होती है जहाँ कोई जानने वाला होता हो। जब घर-घर बाज़ार बनता जा रहा हो तो कहाँ का लोक कहाँ की लाज—मनोरमा ने सुमन कुमारी के रूप में ऐसा ही कुछ बोला था शायद।

एक दिन मनोरमा ने अपने पति से खाना खाते-खाते बिंदिया वाली बात बताई। कहा गाना गाने में मुझे कोई बुराई तो नहीं दिखाई देती है। जैसे गाना सिखाना वैसे गाना गाना। लोग तो क्या-क्या तक कर लेते हैं। जानते हैं बड़े शहरों में आजकल गलत काम करते हुए जो औरतें पकड़ी जाती हैं वे सब वहाँ की नहीं होतीं बाहर की होती हैं। सबके बारे में अख़बार में छपता रहता है—उसने थोड़ा रुककर कहा।

पति के चेहरे पर चिन्ता की रेखाएँ बढ़ गयीं जो पत्नी की इस बात के साथ मिट गयीं, 'पैसे कमाने की कोशिश करनी तो चाहिए लेकिन जो पैसे इज़्ज़त से मिले वही अच्छा लगता है। अगर आप कहेंगे तभी तो कोई काम करूँगी।'

'लेकिन मजबूरी थी कि बढ़ती जा रही थी। हर महीने फीस कहाँ से दें, कैसे दें इसका संकट बना रहता...अब परदेस में न तो कोई

उधार देने वाला होता है न कर्ज देने वाला। क्या करें? अक्सर पढ़ती हूँ अख़बारों में कि दिल्ली-मुम्बई जैसे शहरों में जब औरतें काम पर जाती हैं तो अक्सर उनके बॉस उनके साथ गलत हरकत करते हैं। वे क्या करती हैं काम छोड़ देती हैं'—उसने पूछा था?

मैं उनको रोज़ समझाती गाना गाकर ही तो पैसे कमाने हैं। क्या बुराई है। एक बार शुरू करने दीजिए। अगर कुछ ऐसा-वैसा हुआ तो छोड़ दूँगी। आख़िर एक दिन उन्होंने कह दिया—ठीक है और सिर गोंतकर खाने लगे। मुझे उस दिन बड़ी हैरत हुई। सचमुच। जब तक मेरा पति मुझे मना करता रहा तब तक मुझे बुरा लगता रहा लेकिन जिस दिन वह मान गया उस दिन सच बताऊँ मुझे अच्छा नहीं लगा। उस दिन मुझे सचमुच इस बात का अहसास हो गया कि इसके बस का अब कुछ नहीं है। दो बच्चे पैदा करना इसके बस में था सो इसने कर दिया। अब जो करना है मुझे ही करना है। जिस दिन मुझे यह अहसास हुआ उस दिन से मेरा संकल्प और मजबूत हो गया। अपने बूते कुछ करने का।

उसने बस एक बात कही—'जब औरत के पैर एक बार घर से बाहर निकल जाते हैं तो उसको रोका नहीं जा सकता। बस कुछ ऐसा मत करना कि इस अनजान नगर में हम किसी को मुँह दिखाने के लायक न रहें।' जब आदमी निकम्मा हो जाता है तो बस ज़ुबान में ही दम रह जाता है। उस दिन से उसकी बातों की परवाह करना मैंने छोड़ दिया। वैसे इस मामले में वह अच्छा है कभी चिल्ला-चिल्ली नहीं करता। नाराज़ होता है तो गुम्मा बन जाता है। कुछ करता नहीं है बस चुप होके मारता है।

वैसे हम दोनों जानते थे कुछ हो भी गया तो यहाँ मुँह देखने वाला कौन है। और फिर मुँह छिपाकर भागने के लिए अपना जनकपुर तो है ही।

वैसे सच बताऊँ तो मुजफ़्फ़रपुर जैसे शहरों में भी अब पहले की तरह मोहल्ला, समाज जैसी बात नहीं रह गयी थी। अनजानापन बढ़ता जा रहा था। लोग खाली समय या तो बाज़ारों के नये-नये शोरूम में घूम कर बिताते या टीवी के परिवार-समाज के साथ जुड़कर सुख महसूस करते। वैसे भी अनजान लोगों के बीच रहने से समाज कहाँ बन पाता है। अरुण जी ने इतना ज़रूर किया कि उस मोहल्ले से

दूर बेला रोड में शहर के एक दूसरे नये बनते मोहल्ले में रहने चले गये। ट्यूशन सेंटर भी घर से दूर हो गया और अगर कोई पूछता भी तो यही बताते कि संगीत सिखाने जाती है। सुषमा संगीत विद्यालय की ओर से कुछ लड़कियों को घर में जाकर गाना सिखाती है।

एक बात बताऊँ एक झलक में देखने में मनोरमा ऐसी थी भी नहीं कि उसको लेकर कोई ऐसी-वैसी बात सोचता। वह तो उसके आवाज़ में ऐसी कशिश थी कि सुनने वाले उसके मुरीद हो जाते।

बिन्दिया ने सब कुछ ठीक कर दिया। तय हुआ 1 रुपये में 15 पैसे लेगी। उसी ने यह कमरा दिलवाया। बाद में पता चला उसने बाज़ार में 12 गायिकाएँ बिठा रखी थीं। सबसे रुपये के 20 लेती हूँ तुमसे 15 लूँगी। उसकी शिकायत क्या करूँ। एक वही तो है जिसने शहर में सहारा दिया। आज अगर घर में हर सुविधा है, दो-दो बच्चे अंग्रेज़ी स्कूलों में पढ़ रहे हैं तो उसी की बदौलत। रही बात उसके धन्धे की तो वह किसी तरह की बेईमानी नहीं करती। सबका ध्यान रखती है। और एक अनजान औरत से क्या चाहिए। कभी-कभी डर लगता है तो वही हौसला देती है।

मेरा दूसरा जीवन शुरू हो गया। शाम को 4 से 8 या नौ बजे तक सुमन कुमारी बनकर चतुर्भुज स्थान की गायिका बन जाती। वहाँ से बाहर निकलते ही मनोरमा।

पहले यही सोचा था कुछ दिन में कुछ पैसे जमा हो जायें तो यह पेशा छोड़ देगी। कमाई हुई भी लेकिन ज़रूरतें भी बढ़ती गयीं।

'डर नहीं लगता था', मैंने पूछा।

'लगता था शुरू-शुरू में। लेकिन अगल-बगल के कमरों में और भी तो रहती हैं गायिकाएँ। अगर किसी रसिया का मन बहकता है तो मैं तेज़ आवाज़ में बोलने लगती हूँ। इशारा समझकर खँखारते हुए वे दूसरे कमरों से निकल आती हैं। वैसे बाबू साहब एक बात बताइए ये बड़े-बड़े शहरों में बड़ी-बड़ी नौकरियों में जो लड़कियाँ काम करती हैं उनको अपने साथ काम करने वाले मर्दों से खुद को नहीं बचाना पड़ता होगा। औरत चाहे किसी ओहदे पर हो, किसी भी तरह के पेशे में हो उसको मर्द एक ही निगाह से देखते हैं। जब तक उनकी नज़रें नहीं बदलेंगी न, मुझे नहीं लगता औरतों की हालत कुछ ख़ास बदलने वाली है।'

जब भी वह इस तरह की बातें करती, मैं सोच में पड़ जाता।

'बाद में तबला बजाने वाले, हारमोनियम वाले, सारंगी वाले ये सब हमारे लिए परिवार की तरह हो गये। हम सबकी रोज़ी-रोटी एक-दूसरे से जुड़ी हुई है। वैसे एक राज की बात बताऊँ हम कभी किसी कस्टमर को अकेले में गाना नहीं सुनातीं चाहे वो कितना ही जाना-पहचाना क्यों न हो। अकेले में अच्छे-अच्छे आदमी को शैतान बनते देर नहीं लगती। राज की बात जानते हैं क्या है, हम साजिन्दों के साथ गाती ही इसलिए हैं कि एक कमरे में इतने लोगों के बीच बैठकर गाना सुनते समय सुनने वाला अपने आपको काबू में रख सके। सच बताऊँ तो पहली बार इस परदेस में मुझे इन साजिन्दों के साथ रहकर लगा कोई अपना भी है शहर में', वह बातें करते-करते खुलती जा रही थी। 'पहले दो-एक साल कमाई भी ठीक हुई लेकिन जबसे भोजपुरी सिनेमा चला है। कस्टमर जो आते हैं वे अधिक भोजपुरी की माँग करते हैं। अब तो यहाँ आने वाली नयी-नयी लड़कियों के साथ नाचनेवालियाँ भी रहती हैं। ऐसे-ऐसे गीतों के साथ ऐसे-ऐसे नाच कि अब तो लगता है हमारा धन्धा बन्द होने वाला है...'

'फिर आप क्या करेंगी?'

'अब तो मेरे पति का ट्यूशन भी बन्द जैसा हो गया है। अब शहर में बड़े-बड़े कोचिंग सेंटर खुल गये हैं। पहले भी उससे कोई उम्मीद नहीं थी अब तो और नहीं रही। छोड़ना तो मैं भी चाहती हूँ इस काम को। बस बेटी हाई स्कूल पास कर जाये, बेटे का अच्छे अंग्रेज़ी स्कूल में दाखिला हो जाये। फिर देखिएगा मैं जनकपुर में जाकर अपना संगीत विद्यालय खोल लूँगी। वहाँ हम मधेशियों के बच्चे अब हिन्दी गाना ख़ूबी से सीखने लगे हैं। देखिएगा...'

मैं कुछ और पूछता इससे पहले उसने घड़ी दिखाते हुए कहा एक घंटा हो गया है। मैं वादे के मुताबिक उसको देने के लिए नोट गिनने लगा।

'जानते हैं बाबू मैंने एक घंटे क्यों कहा था। आपने इतने पैसे दिये इसलिए आज मैं किसी कस्टमर का इन्तज़ार नहीं करनेवाली। ज़रा जल्दी घर पहुँचना चाहती हूँ। रोज़ जब तक पहुँचती हूँ बच्चे सोने की तैयारी में होते हैं। आज आपकी कृपा से उसके साथ कुछ टाइम बिता लूँगी।'

यही है मेरे दूसरे जीवन की सारी कहानी। मेरी सच्चाई का आईना। आप तो लिखना चाहते हैं न? हो सकता है आपके किसी काम आ जाये। लिखिएगा, 'हम जो करते हैं खुलेआम करते हैं, किसी को धोखा नहीं देते।'

'बस आपसे एक बात कहती हूँ मेरा नाम मत लिख दीजिएगा। अगर कभी कोई जानने वाला पढ़ लेगा और पढ़कर मुझे पहचान लेगा तो मेरी पहली ज़िन्दगी पर इस दूसरी ज़िन्दगी का साया पड़ जायेगा। मेरे इस जीवन को गुमनाम ही रहने दीजिएगा।'

'एक बात है, आज बहुत दिनों बाद किसी से खुलकर इतनी बात की। मन बड़ा हल्का लग रहा है', मेरे बाहर निकलने से पहले यह उसका आख़िरी वाक्य था।

उस शाम चतुर्भुज मन्दिर के ठीक बगल वाली गली के ऐन मोड़ के उस धूल-धूल मकान से जब मैं निकला तो मुझे हर खुले दरवाज़े के पीछे एक दूसरा जीवन दिखाई देने लगा। हर चेहरे के पीछे एक दूसरा चेहरा। मुझे लगा वह कह रही है, एक आदमी जीवन भर में कितने चेहरे बदल लेता है कभी इस बारे में आपने सोचा है। हर सच के पीछे कितने झूठ छिपे होते हैं...

वैसे एक बात बताऊँ, जैसे आपको यह कहानी कुछ अधिक नाटकीय लग रही है वैसे ही बाद में मुझे भी लगने लगी। इसीलिए तो उसकी बातचीत का छिपाकर बनाया गया टेप, उसकी बातचीत के नोट्स जो मैंने दिखाकर बनाये थे, सब रखकर धीरे-धीरे मैं भूल चुका था। बहुत दिनों तक मैंने उस प्रसंग में कुछ नहीं लिखा। लेकिन जब कभी अपनी किताबों के बीच बातचीत वाली वह डायरी दिख जाती उसकी कहानी याद आ जाती। कभी-कभी उसका ध्यान आ जाता तो थोड़ी देर अपने जीवन की उस रोमांचक घटना को याद करके मन ही मन अपने को गुदगुदा लेता।

जो कुछ भी लिखा है उस शाम की स्मृतियाँ हैं जिसमें एक झूठे जीवन का सच है। एक बार मन में आया उसकी बातचीत प्रकाशित करवा दूँ। लेकिन जिस सच की बुनियाद ही झूठ पर हो उसे कौन सच मानेगा। जब इतने दिनों बाद भी ख़ुद मेरा मन भी उसे सच मानने का नहीं होता तो आपका क्या होगा! जाने क्यों आज मुझे अपने मरहूम उस्ताद की पंक्तियाँ याद आ रही हैं। वे कहते थे जब

यथार्थ ही इतना अविश्वसनीय हो चला हो तो ऐसे में किसी भी बात पर हैरत नहीं होनी चाहिए।

इस बात पर भी नहीं...मैं सोचता रहा।

वैसे एक बात बताऊँ, आपकी तरह अब मुझे भी यही लग रहा है वह चली गयी होगी जनकपुर। वहाँ उसने अपना संगीत विद्यालय खोल लिया होगा। ...न जाने क्यों यह भी लग रहा है गली के ऐन मोड़ के उस मकान का दरवाज़ा अब भी उसी तरह खुला होगा...

दूसरी दुनिया का दरवाज़ा जिसके अँधेरों में दूसरे जीवन का वास है।

जो नामवर बड़े थे गुमनाम सो गये
कुछ बस्तियों में कातिल हुक्काम हो गये
दाग़ों से भरा दामन जिसका यहाँ है जितना
टोपी पहन पहन के इमाम हो गये

जो नामवर बड़े थे
गुमनाम सो गये
कुछ बस्तियों में
कातिल हुक्काम हो
गये
दाग़ों से भरा दामन
जिसका यहाँ है जितना
टोपी पहन पहन के
इमाम हो गये

अन्तिम प्रणाम लोकदेवता को

अगर चतुर्भुज स्थान यहाँ के कुलदेवता हैं तो जानकीवल्लभ शास्त्री लोक देवता!

'ई रणवीर बड़ा हीरो बनकर सिनेमा में लफाशुटिंग करता है न आजकल! इसके परबाबा बाबू पृथ्वीराज कपूर और चचिया बाबा शशि कपूर साल दो साल में एक चक्कर अपने शास्त्री जी के यहाँ न मार जायें तब तक उनको चैन नहीं पड़ता था। आज न रणवीरवा बड़का हीरो हो गया है', शुक्ला चौक वाले चौधरी जी का सुनाया यह क़िस्सा आख़िरी था। जितना लोग उतना क़िस्सा—आचार्य जानकीवल्लभ शास्त्री के क़िस्सों के बिना शहर, शहर के सीमान्त की इस बस्ती की कोई कहानी कैसे पूरी हो सकती है।

अब वे ख़ुद यहाँ की संस्कृति, यहाँ के महफ़िलों के रतजगों की दुनिया के सीमान्त पर रहते थे। जैसे पुराने ज़माने में घर के बड़े बुजुर्ग घर में नहीं बाहर दरवाज़े पर, दालान में रहते थे। जब था तब भी जब सब बेअदब होता जा रहा था तब भी वही थे अदब की पहचान।

होने को तो बड़े-बड़े हुए। खड़ी बोली का अलख जगाने वाले बाबू अयोध्या प्रसाद खत्री हुए, देवकीनन्दन खत्री आये, रहे, बांग्ला की आरम्भिक लेखिका अनुरूपा देवी यहीं बहू बनकर रही, अज्ञेय के 'तीसरा सप्तक' में जगह बनाने वाले मदन वात्स्यायन हुए, बेनीपुरी जी हुए। सब हुए लेकिन नाम रहा बस जानकीवल्लभ शास्त्री का। मजाल था कि शहर में देश का, समाज में बड़ा कहाने वाला कोई आ जाये और यहाँ न आये। आम लोग देवी मन्दिर, बाबा गरीबनाथ के दर्शन कर के धन्य होते, बड़का बड़का लोग शास्त्री जी का।

कहते हैं चन्द्रशेखर जब तीन महीने के लिए देश के प्रधानमन्त्री बनकर आये तो मुजफ़्फ़रपुर भी आये थे। जाना ही था गये भी

शास्त्री जी के घर। कहते हैं जो साथ गये थे उन्होंने परिचय देते हुए कहा—चन्द्रशेखर जी आये हैं।

'कौन चन्द्रशेखर?' सुनकर शास्त्री जी बोले।

क़िस्से हैं! क़िस्से-कहानियों ने शास्त्री जी को उम्र भर एक ऐसे कवि के रूप में बनाये रखा जो उनके लिए महानायक था। महानायक है। मैंने कभी किसी को उनकी कोई कविता सुनाते हुए नहीं सुना, किसी को उनकी किताबों के नाम लेते हुए नहीं सुना। उनका नाम सबसे सुना।

सबसे पहले ओझा सर ने सुनाया था। मैट्रिक की परीक्षा का टाइम था। ट्यूशन पढ़ने जाते थे। अंग्रेज़ी का ट्यूशन पढ़ना ज़रूरी होता था। अंग्रेज़ी के सर थे लेकिन कविताएँ हिन्दी की सुनाते थे।

'जानकीवल्लभ शास्त्री हैं। मुज़फ़्फ़रपुर में। हिन्दी में सूर्यकान्त त्रिपाठी 'निराला' के बाद सबसे बड़े कवि। शुद्ध हिन्दी लिखोगे तो उनके जैसे कवि बनोगे। जानते हो निराला ने छायावाद ख़त्म करने की घोषणा कर दी थी। लेकिन शास्त्री जी की कविताओं ने उनको मजबूर कर दिया छायावाद को आगे बढ़ाने के लिए। लेकिन घोषणा हो चुकी थी। अपनी की हुई घोषणा वापस ले लेते तो महाकवि कैसे रह जाते। इसका रास्ता उन्होंने ही निकाला। उन्होंने फिर घोषणा की कि छायावाद का उद्देश्य देश को आज़ाद करवाना था। आज़ादी के साथ वह समाप्त हो गया। लेकिन 'उत्तर छायावाद' की कविताएँ आती रहेंगी। जिसके सबसे बड़े प्रतिनिधि हैं जानकीवल्लभ शास्त्री!

शास्त्री जी को पता चला तो बड़े नाराज़ हुए। निराला को पत्र लिखा कि अपने से दूर करना चाहते हैं तो सीधे कह दीजिए। ये उत्तर छायावाद की दीवार क्यों बना रहे हैं? कहते हैं निराला ने जवाब दिया—तुम सभी वादों से ऊपर रहोगे, कालजयी बनोगे!' फिर थोड़ा रुककर बोले, 'ऐसे हैं जानकीवल्लभ शास्त्री।'

वे सचमुच अपने शहर के लोगों के लिए कालजयी बने रहे। जैसे कुलदेवता होते हैं न गाँव-घरों में। हम उनको पीछे छोड़ आगे बढ़ जाते हैं। मौक़े-कुमौक़े जब कभी गाँव जाना हुआ तो लीप-पोत कर सिन्दूर से टीका लगा दिया, दो-चार अगरबत्तियाँ जला लीं। बस माटी के देव ख़ुश। वे कुल देव बने रहे। शहर के लोग अपनी

सभ्यता का परिचय देने के लिए उनके जन्मदिन पर जुटते थे। ख़बर अख़बारों में छपती थी। जानकीवल्लभ शास्त्री ने अपनी बिल्लियों और कुत्तों के बीच अपना जन्मदिन मनाया। कैसे उनके जन्मदिन के दिन उनकी गायों को नहा-धोकर तैयार किया जाता था? 80 के दशक में हम इसी तरह के समाचार सुनते, क़िस्से सुनते बड़े हुए।

सच बताऊँ मेरे लिए आज भी इस बात से कोई फ़र्क़ नहीं पड़ता है कि हिन्दी साहित्य के इतिहासों में उनका नाम नहीं आता, महाकवियों की किसी सूची में उनका नाम नहीं दिखाई देता है। कभी किसी बड़े समझे जाने वाले आलोचक-लेखक ने उनका नाम ठीक से नहीं लिया। लेकिन आज भी आप मुजफ़्फ़रपुर चले जायें तो आपको समझ में आ जायेगा कि महाकवि कौन है?

वे दिनकर की तरह के कवि नहीं हैं जिनकी आदमकद तस्वीर आपको अचानक सीतामढ़ी के किसी इलेक्ट्रॉनिक्स की दूकान में टँगी मिल जायेगी। जिनकी कविताएँ आपको गली-मोहल्ले के नेता भी सुनाते मिल जायें–

मेंहदी जब सहती है प्रहार/बनती ललनाओं का सिंगार...
मानव जब ज़ोर लगाता है पत्थर पानी बन जाता है...

वैसे सुनाने वाले इसके पीछे भी बड़ा भारी षड्यन्त्र मानते हैं। कहते हैं आज़ादी के बाद समाज-सुधार, उद्धार का दौर चला उसका जोर 70 के दशक में मुजफ़्फ़रपुर और आसपास के ज़िलों में तेज़ हुआ। कहते हैं कोरलहिया के समाजवादी नेता जी ने इलाके के ज़मींदारों को चतुर्भुज स्थान की बाइयों के हाथों लुटते जाने, बर्बाद होने से बचाने के लिए एक नये आन्दोलन की शुरुआत हुई। शादी की रात वर-वधू परिवार के मिलन के मरजाद के आयोजन में शहरों में पढ़ने वाले घर के युवाओं को आगे किया जाता था। दोनों पक्ष के लड़के मरजाद में कविताएँ सुनाते। मरजाद में गोपाल सिंह नेपाली, बच्चन की कविताओं के मुक़ाबले होने लगे।

इस बात का कोई आधार होता तो मैं ज़ोर देकर कहता लेकिन निराधार बात जरा धीरे से कह रहा हूँ। असल में इलाके में ज़्यादातर ज़मींदार, सम्पन्न किसान भूमिहार जाति के थे। बस क्या था उनकी कविताएँ शादी-ब्याह के मरजाद के माध्यम से घर-घर पहुँचने लगीं।

जाने किस मनचले ने किसके दरवाज़े पर मरजाद में यह सुनाया था—

सुनूँ क्या सिन्धु मैं गर्जन तुम्हारा
सिमरिया घाट का भूमिहार हूँ मैं!

कहते हैं ब्राह्मण जानकीवल्लभ शास्त्री के ख़िलाफ़ इलाके के भूमिहारों का यह सबसे बड़ा षड्यन्त्र था। जिससे उनकी कविताएँ लोगों के कंठ का हार न बन पायें। लेकिन सूरज की रौशनी को चाँद का ग्रहण कितनी देर रोक सका है। न सही उनकी कविताएँ लेकिन उनका नाम अपने आप में दिनकर से ज़्यादा रौशनी वाला हुआ। कम से कम मुजफ़्फ़रपुर में। देवी, देवता, नेता, कार्यकर्ता, सेवक, अफ़सर सबके अछैत जानकीवल्लभ शास्त्री का नाम, उनका घर सबकी नज़रों में पावन बना रहा। वे किसी के घर जाते थे या नहीं उनके घर आने वालों की तादाद कभी कम नहीं हुई।

जो लेखक कहाता था, कहाना चाहता था, छपता था, छपाना चाहता था, आलिम-फाज़िल कहाना चाहता था उनके दरवाज़े आता था। वे किसके साथ कैसा व्यवहार कर दें कुछ पता नहीं रहता था। लोग फिर भी आते थे। उनका अपना स्टारडम था। अन्त तक रहा। उनके मरने से कुछ महीने पहले जब शहर गया था तो शुक्ला चौक वाले चौधरी जी से मिलना हुआ था। कहने लगे, 'अन्तिमे टाइम समझ लीजिए। दिन भर पत्रकार लोग आता रहता है। टाउन से अब कोनो नहीं आता है।' जैसे-जैसे मुजफ़्फ़रपुर प्रकाशन का, अख़बारों का एक प्रमुख केन्द्र बनता गया जानकीवल्लभ शास्त्री किताबों के बढ़ते उद्योग की बड़ी पूँजी हो गये। अख़बारों के लिए तो वे हर दिन एक बनी बनायी ख़बर की तरह हो गये थे। जीते जी बने रहे। जिस दौर में पद्मश्री लेने वालों की कोई ख़बर नहीं बन रही थी उस दौर में उन्होंने पद्मश्री ठुकरा कर ख़बर बनायी। ख़बरों की ख़बर वही थे तो ब्रेकिंग न्यूज भी।

टाउन यानी उस शहर से उनका नाता उम्र भर बना रहा। उन्होंने शहर के एक सीमान्त पर एक बदनाम साझे जाने वाले मोहल्ले के पास बसकर शहर का एक कोण अपनी तरफ़ झुकाने की कोशिश की थी। शहर ही उनकी तरफ़ झुकता गया वे उसकी तरफ़ नहीं झुके। कई क़िस्से हैं। एक क़िस्सा यह है कि वे जिस कॉलेज में पढ़ाते

थे उस कॉलेज के उनके एक सहकर्मी बिहार सरकार में मन्त्री बन गये। मन्त्री बनने के बाद उन्होंने शास्त्री जी से सरकार की किसी संस्था का प्रमुख बनने का प्रस्ताव रखा। शास्त्री जी ने पूछा, 'क्या फ़ायदा होगा? पैसा ज़्यादा मिलेगा?' मन्त्री जी ने कहा कि पैसा का तो ज़्यादा फ़ायदा नहीं होगा लेकिन रुतबा बढ़ जायेगा। बस, शास्त्री जी उखड़ गये। बोले, अभी रुतबा कम है क्या?

इंसानों से भर पाया तो जानवरों में जी लगाया—शास्त्री जी अपने पशु प्रेम को लेकर कहते थे। जब तक मैं बड़ा हुआ। लेखक बनने की ललक पैदा हुई। उनके घर जाना हुआ तब तक बिल्लियाँ उनके घर से विदा ले चुकी थीं। नहीं तो उनके घर आने जाने से पुराना नाता रखने वाले लोगों का यही कहना रहा है कि उनके घर में कुत्ते और बिल्लियाँ साथ-साथ रहते थे। मेल भाव से। बाद में कुत्ते बच गये थे और गायें। उन कुत्तों के बिस्किट के डिब्बों से शास्त्री जी जाने पर प्रेमपूर्वक बिस्किट दिया करते थे। हम भी प्रसाद की तरह ग्रहण करते और खा लेते थे। सोचते, शायद लेखक बनने की पहली सीढ़ी यही होती हो।

उनके गायों के जखीरे को लेकर तरह-तरह की चर्चा थी। कई क़िस्से कि इनकी देखरेख का पैसा कहाँ से आता है? बड़े क़िस्से थे। एक कहानी चलती थी कि पृथ्वीराज कपूर जब तक जीते रहे उन गायों का ख़र्च उठाते रहे। इसकी भी एक कहानी बताई जाती है। शहर के पुराने बाशिंदों के घरों में आज भी जाइये, पुरनिया लोगों से मिलिए, बात कीजिए तो बतायेंगे कि आज़ादी के आसपास से ही पृथ्वीराज कपूर मुजफ़्फ़रपुर में अपने पृथ्वी थियेटर की मंडली लेकर आते थे। शहर में तब रूपाश्री थियेटर होता था जहाँ उनके शो होते थे। आने जाने के उसी दौर में दो चीज़ों से उनका नाता हुआ जो जीवन भर नहीं टूटा। एक तो देवी मन्दिर के बंगाली पंडित जी थे। दूसरे, जानकीवल्लभ शास्त्री, जिनकी कविताओं, कविताओं को सुनाने के अन्दाज़, गला। सबसे बढ़कर उनकी विद्वत्ता ने उनको ऐसा प्रभावित किया कि शास्त्री जी उनके दोस्तों की विशाल मंडली का अटूट हिस्सा बन गये।

कहते हैं जब पृथ्वीराज कपूर की नाटक मंडली बन्द हो गयी।

उनका आना जाना कम हो गया तब भी उन पंडित जी और शास्त्री जी से उनका नाता बना रहा। एक बार की बात है पृथ्वीराज कपूर बड़े दुखी थे। कारण यह था कि उनके सबसे छोटे बेटे शशि कपूर का कैरियर चल नहीं पा रहा था। उनकी पहले फ़िल्म 'धर्मपुत्र' की तारीफ़ तो बहुत हुई थी लेकिन फ़िल्म डूब गयी थी। एक के बाद एक फ़िल्म डूबती जा रही थी। कहते हैं पृथ्वीराज कपूर उस पंडित से अपने बेटे के लिए आशीर्वाद लेने आये थे। पंडित ने सलाह दी कि वे गाय पाल लें। उनके बेटे की किस्मत चमक जायेगी।

सवाल था बम्बई में गाय कहाँ पालें? तरीका यही निकला कि उनके नाम की गाय जानकीवल्लभ शास्त्री के दरवाज़े पर पले। कहते हैं उसके कुछ दिनों बाद शशि कपूर की फ़िल्म रिलीज हुई 'जब जब फूल खिले'। शशि कपूर की फ़िल्मी गाड़ी चल निकली। पृथ्वीराज कपूर उस गाय का ख़र्च याद से भिजवाते थे। उसके बच्चे होते गये। शास्त्री जी ने न गाय न उसके बच्चों को कभी बेचा। गाय का परिवार बढ़ता गया। यही कारण था कि बाद में कई बार शशि कपूर भी शास्त्री जी के घर आये थे। आते रहते थे।

वैसे जानकीवल्लभ शास्त्री ने यह कहानी अपनी पुस्तक 'नटसम्राट पृथ्वीराज कपूर' में नहीं लिखी है!

कम से कम शहर में सब जानते थे कि वे अपने विशाल परिसर में वसन्त पंचमी के दिन महाकवि निराला का जन्मदिन मनाया करते थे। जिन लोगों ने निराला को अपनी कविताओं का पाठ करते सुना था उनका यह भी कहना था कि शास्त्री जी निराला की कविताओं का ठीक उनके अन्दाज़ में पाठ किया करते थे। डिट्टो! निराला से उनका प्रेम यहाँ तक था कि अगर कोई लेखक निराला पर किताब लिख देता था तो उससे नाराज़ हो जाते थे। वे इस बात के ऊपर किसी तरह की बहस नहीं कर सकते थे कि निराला की रचनाओं, उनके जीवन, उनकी मेधा को उनसे बेहतर कोई भी नहीं समझता था। नहीं समझ सकता था। यह अलग बात है कि हिन्दी के पाठ्यक्रमों में निराला के विद्वानों में उनका कहीं नाम तक नहीं आता, कहीं उनका ज़िक्र तक नहीं होता।

इन क़िस्सों में एक सच भी है। जिन दिनों मैंने उनके यहाँ आना

जाना शुरू किया था तब उनके घर के बाहर की बैठक में उनकी कई कविताओं की पंक्तियों के साथ कुछ पेंटिंग्स टँगी थी। एक कविता पहली बार पढ़ने में ही याद हो गयी थी। आज भी याद है—

फूले चमन से रूठकर
बैठी विज़न में ठूँठ पर
है एक बुलबुल गा रही
कैसी उदासी छा रही!

वे जानते थे कि हिन्दी साहित्य में उनकी बड़ी उपेक्षा हुई। हम सब जानते थे। चौधरी जी ने एक बार कहा था, 'बनारस के विद्वान लोग उनसे बहुत चिढ़ते थे। वहीं निराला जी ने कह दिया था कि मेरा उत्तराधिकारी कोई हो सकता है तो जानकी। बस तभी से उनको लेकर चिढ़ हो गयी। कहते हैं बनारस के विद्वानों के हाथ में ही आज़ादी के बाद हिन्दी का इतिहास लिखने का काम आया। बस उन्होंने बदला निकाल लिया।'

मैं चाहता था उनके ऊपर कुछ ऐसा लिखूँ कि बस उनकी उपेक्षा दूर हो जाये। खुद शास्त्री जी ने अपनी कई किताबें दी थीं। मैंने पढ़ा भी। सच बताऊँ। मुझे उनकी रचनाओं का कोई सन्दर्भ ही नहीं समझ में आया। वे असल में अपने समय के सन्दर्भों से जुड़ पाने वाले लेखक नहीं थे। वे हर काल के थे। किसी भी दौर के नहीं। शायद इसीलिए वे इतिहास के किसी सन्दर्भ से नहीं जुड़ पाये। क़िस्से-कहानियों से जुड़कर मिथक बन गये। जीते जी थे। दूर होकर भी क़िस्से-कहानियों में आज भी मौजूद हैं। बने रहेंगे।

इतिहास का न्याय आख़िरी नहीं होता!

...किसने बाँसुरी बजाई?
जनम-जनम की पहचानी—
वह तान कहाँ से आयी?

असल ख़ुदाई बाकी हिस्सा
ख़तम कहानी बाकी क़िस्सा
अपनी गाँठें अपनी बाँचें
यही बचा है अपना विरसा
गली गली मातम है पसरा
न उन्नीसा ना है बीसा!

असल खुदाई बाकी
हिस्सा
ख़तम कहानी बाकी
किस्सा
अपनी गाँठें अपनी बाँचें
यही बचा है अपना
विरसा
गली गली मातम है
पसरा
न उन्नीसा ना है बीसा!

आख़िरी बात

दुनिया संगतखाना है!

ये बारह क़िस्से जैसे एक गुमनाम संस्कृति के बारहमासा की तरह हैं। सजता, उजड़ता बाज़ार, आते फनकार, जाते फनकार। युग बीते, चतुर्भुज स्थान आज भी मौजूद है। क़िस्सों से बाहर उसका किरदार आज भी मौजूद है। सारे बाबू, साहब अपने अतीत को भुलाने को ही विकास कहते हैं। आगे बढ़ना माने पीछे को भूल जाना। जाड़ों में आग के घूरे के पास जमने वाले क़िस्से गुम हो रहे हैं। छोटका बाबा का क़िस्सा कि 1955 की बाढ़ में जब उन्होंने मठ के पीछे वाली दीवार से छलाँग लगायी थी तो सीधे दो घंटे के बाद चकमहिला गाँव के देवीस्थान के पास जाकर निकले। दो घंटे में गाँव में हाहाकार मच गया था, छोटका मालिक डूब गये! छोटका मालिक डूब गये!

'रामसेवक! लेकिन चकमहिला का देवीस्थान तो पाकिस्तान की लड़ाई में जीत के बाद फ़ौजी बाबा ने बनवाया था?' छोटका बाबा की कहानी पूरी होने के बाद यह सुनाकर सरयुग बाबा उनकी कहानी की हवा निकाल देते थे। उसके बाद दोनों काफ़ी देर तक सही-गलत के खेल में उलझ जाते।

यही होता है मुँहामुँही के क़िस्सों में। जीभ थोड़ी इधर-उधर फिसल जाती है। थोड़ी बहुत फिसली ज़रूर है मगर इतना है कि चतुर्भुज स्थान की अमर सभ्यता की अमिट कहानी का वैभव यहाँ मौजूद है। वह वैभव जो कभी तिरहुत की शान थी। उन्नीसवीं शताब्दी में जब तिरहुत शिक्षा का, व्यापार का, आधुनिकता का, क्लबों का, बाज़ारों का केन्द्र था। कहते हैं उस ज़माने में रातों में चतुर्भुज स्थान के चौराहे, उसकी गलियों में इतनी रौशनी रहती थी कि कब सुबह हो जाती थी पता ही नहीं चलता था। चतुर्भुज स्थान के फनकारों

की रौशनी उसे और रोशन बनाती थी। बताते हैं उस दौर में शहर की महिलाओं में विलायती स्नो-पाउडर का चलन चतुर्भुज स्थान की गायिकाओं के बारे में सुन-सुन कर चला। बाहरी आबादी यहाँ अलग-अलग इलाकों से आधुनिकता की हवा लेकर आ रही थी और सारी हवाएँ चतुर्भुज स्थान में जाकर मिल जाती थीं। बाज़ार बढ़ता गया, रौनकें बढ़ती गयीं, क़िस्से फैलते गये।

कोशिश यही थी हर इलाके का रंग इन क़िस्सों में आ पाये। अब भी चतुर्भुज स्थान मौजूद है। लेकिन कहते हैं इसका फन, इसकी रंगत अब वह नहीं रही। यही तो रोना है कि अब वह नहीं रही। लेकिन यक़ीन मानिये अब भी आप इसकी गलियों में भटकेंगे तो अनजान घूरती आँखें आपको न जाने कितने गुमनाम क़िस्सों का पता देती लगेंगी। हर खिड़की एक नया नज़ारा देती है और हर नज़ारे का एक क़िस्सा होता है। ऐसा लगता है जैसे कहानियों के किरदारों की तरह यहाँ लोग बैठे हैं। कहानियाँ गुम होती जा रही हैं किरदार बचे रह गये हैं!

अन्त में एक बार फिर जगत 'नक्षत्र' याद आ रहे हैं। यहाँ के क़िस्सों के वही शायर किरदार। कहाँ से आये, कहाँ गये–

चार पहर दुनिया में डेरा
चार बाँस पर जाना है
चार ही लोग बचे सब संगी
बाकी भरम बहाना है
कहे 'नक्षत्र' सुनो गुणवंतो
दुनिया संगतखाना है!

असल ख़ुदाई बाकी हिस्सा
ख़तम कहानी बाकी क़िस्सा
अपनी गाँठें अपनी बाँचें
यही बचा है अपना विरसा
गली गली मातम है पसरा
न उन्नीसा ना है बीसा!

□□